KB150703

광해경

解光經

이훈영 신무협 장편 소설

광해경

4

뿔미디어

| 목차 |

第一章

폐허

을씨년스러운 바람이 폐가나 다름없어 보이는 장원을
휘감고 돌았다.

　세인들에게 천하제일가라 칭송받던 가문이 몰락하고 그
잔재처럼 남겨진 장원, 과거의 영화 때문인지 폐장원의 모
습은 더더욱 쓸쓸하게 보였다.

　귀신들의 무덤처럼 변해 음산함만이 가득한 공간은 그
야말로 완벽히 버려진 상태였다. 담장 곳곳이 허물어져 있
고 멀쩡한 전각은 그 어디에서도 찾아보기 힘들었다.

　그런 폐장원 위로 은은한 달빛이 내렸다.

　마치 그대로 시간이 정지된 듯한 고요와 침묵만이 끝없
이 이어질 것 같았다.

그러던 어느 순간 무너진 돌담 사이로 바스락거리는 소리가 일었다. 연이어 허물어진 돌무더기 위로 폴짝 뛰어오르는 그림자가 있었다.

아직 다 자라지 못한 노루 한 마리였다. 지난 겨우내 유독 심했던 폭설 탓인지 새끼 노루는 한눈에도 상태가 좋지 않아 보였다.

갈빗대가 선명히 거죽 위로 드러난 것이 굶주림에 지친 티가 역력했다.

새끼 노루는 코를 벌름거리며 낯선 공간 안으로 걸음을 옮겼다. 쫑긋 세운 귀와 커다란 눈망울엔 경계의 빛이 가득했지만 그보다는 배고픔을 더 견디기 힘든 듯 담장 안쪽을 향해 빠르게 걸음을 옮겼다.

그렇게 노루 새끼가 한참이나 담장을 따라 돌던 순간 전혀 예기치 못한 바람 소리가 일었다.

슛!

마치 화살이 쏘아지는 것 같은 날카로운 파공성이었고, 미처 그 소리를 듣지 못한 새끼 노루의 눈은 순식간에 굳어진 채 허공으로 치솟았다.

정확히는 노루의 머리가 몸통에서 분리되어 허공으로 떠오른 것이다. 그리고 그 머리가 바닥에 떨어질 때서야 여전히 꼿꼿하게 서 있던 노루의 목 언저리에서 분수처럼 피가 솟구쳤다.

촤아아아아아!

솟아오른 피가 담장과 바닥에 흩뿌려지고 이내 노루의 자그마한 몸뚱이가 바닥에 풀썩 쓰러졌다.

그때서야 사람의 그림자 하나가 담장 위로 모습을 드러냈다.

흑의 무복을 입고 한 손에 검을 든 젊은 사내였다.

순간 담장과 반대편 전각 쪽에서 날카로운 음성이 터져 나왔다.

"대체 무슨 짓이냐!"

그 음성이 신호라도 되는 양 적막하기만 하던 장원 이 곳저곳에서 사람의 그림자가 불쑥불쑥 솟아오르기 시작했다.

그렇게 모습을 드러낸 이들이 하나둘 노루 피로 흥건해진 담장 쪽으로 모여들었다.

장원 곳곳에 몸을 감추고 있던 이들의 수는 어림잡아도 서른 명에 달했다. 그들 또한 처음 모습을 드러낸 젊은 사내처럼 흑의를 입고 각기 다른 병장기를 휴대한 무인들이었다.

흉흉한 분위기를 풍기고 있는 그들 중 그다지 나이 들어 보이는 이를 찾기는 어려웠으며 그중에는 여인들도 간간이 섞여 있었다.

그 사이에서 잔뜩 비아냥거리는 음성이 흘러나왔다.

"창천검(蒼天劍)이 대단하긴 정말 대단하군. 이렇게 깔끔하게 짐승 모가지를 베어 버린 걸 보면."

"그러게 말이야. 다만 검을 휘두른 자의 눈이 금수와 사람을 구분치 못한다는 게 문제지."

"쳇! 이거 모가지 간수 잘해야지. 역도의 잔당 놈들보다 눈먼 검에 먼저 일이 날지도 모르겠어!"

연달아 입을 여는 사내들이나 그 주변에 자리한 이들의 표정에는 노골적인 불만이 가득했고, 그들의 시선은 자연스레 처음 모습을 드러낸 젊은 사내를 향하고 있었다.

새끼 노루의 목을 베어 버린 젊은 사내, 하나 그는 전혀 동요치 않고 있었다.

아니, 주변의 불만에는 전혀 신경 쓰고 있지 않은 듯 죽은 노루를 바라보고 있을 뿐이었다.

그럼에도 그의 인물은 단연 빼어났다.

모인 이들이 대부분 연배의 차가 없어 보였지만 그중에서도 가히 군계일학이라 해도 좋을 정도로 수려한 얼굴을 하고 있었다.

어딘지 차가워 보이면서도 깊은 눈길까지 더해진 사내는 한눈에도 범상치 않아 보일 정도였다.

그런 사내는 주변의 노골적인 불만을 대수롭게 여기지 않으며 나직하게 입을 열었다.

"투정이라면 집안 어른들에게나 하지."

사내의 음성에 분위기는 더더욱 흉흉하게 변했다.

그 눈빛이나 표정은 물론이고 어투마저 과히 곱지 않으니 당연한 듯 반발이 일었다.

"뭐! 뭐라고!"

"흥! 네놈이 검룡(劍龍)이니 뭐니 하며 이름을 좀 얻더니 기고만장이 끝을 모르는구나."

"내 남궁가주께 죄를 구하더라도 네놈 버릇을 단단히 고쳐 주고 말리라."

당장이라도 달려들 듯 목소리를 높이며 세 명의 사내가 나섰는데, 정작 검룡이라 불린 사내는 그들에게 전혀 신경 쓰지 않는다는 얼굴이었다.

그러면서 검 끝으로 죽은 노루의 몸통을 툭툭 건드리는 사내.

"누구 소도(小刀) 같은 것 없나? 아무래도 이걸로 가죽을 벗기기엔 무리인 것 같은데……."

사내가 자신의 검과 주변을 둘러보며 입을 열자 조금 전 입을 열었던 세 명의 사내가 더욱 노기충천한 음성을 내뱉었다.

"네놈이 정말!"

"우리가 여기 놀러 온 줄 아느냐?"

"단목세가의 잔당들이 언제 나타날지 모르는데 고작 한다는 소리가……."

세 사내는 당장이라도 무기를 빼 들 것처럼 날뛰었지만 정작 그 이상 다른 일을 벌이지는 못했다.

그러면서도 쭈뼛거리는 모양새가 무언가 심히 갈등하는 것처럼 보였다.

사실 남궁세가라는 사내의 배경 정도야 별로 대단할 것이 없었다. 이 자리에서만큼은 그 이름이 별로 내세울 것이 없기 때문이었다.

단지 검룡 남궁인이라는 사내의 이름과 그의 검에 얽힌 소문이 꺼림칙할 뿐이었다.

도저히 믿기 어려운 이야기들이지만 그에 관한 소문들이 절반 정도만 사실이라 해도 괜히 덤볐다가 낭패를 당하는 것이 누구일지 뻔하기 때문이었다.

견원지간이나 다름없던 오대검파를 홀로 찾아다니며 비무행을 벌인 것이 바로 남궁인이었다.

물론 이기기도 하고 패하기도 했다지만 그 상대들이 너무나 엄청나 쉬 믿기지 않을 정도였다.

청성이야 본시 오만하여 이대제자를 내보냈다 보기 좋게 깨졌다고 해도, 점창의 검호(劍豪)와 일백 초를 겨뤘다는 소문이나 공동의 환몽(幻夢)이 일 초의 겨룸 뒤 스스로 패배를 인정했다는 이야기는 정말로 믿기 어려운 일이었다.

아니, 그마저도 억지로 이해하자면 그럴 수도 있다 여

겼다.

검호와 환몽이 지닌 무게를 볼 때 당시만 해도 무명소졸이나 다름없던 남궁인에게 최선을 다한다는 것 자체가 부끄러운 일이었을 테니 말이다.

하지만 그 후 화산과 무당에서 있었던 일은 정말로 이해하기조차 힘든 일이었다.

화산에서 남궁인을 맞은 것이 신검(神劍)이라는 것이다.

다른 누구도 아닌 화산파의 장문인이며 천중십좌에 속한 화산신검이 직접 일검의 가르침을 내렸다는 이야기는 그야말로 입이 쩍 벌어질 수밖에 없는 일이었다.

더구나 신검은 천중십좌 중에서도 은연 중 최강이라 꼽히는 이였기에 더더욱 믿을 수가 없었다.

그것은 남궁세가의 후예란 배경만으로는 어림도 없는 일이었다.

현 남궁세가주조차 감히 마주할 수 없는 이가 바로 신검이라는 것은 뻔히 알고 있는 사실, 대관절 그런 신검이 왜 남궁인 같은 애송이를 직접 맞았는지 알다가도 모를 일이었다.

갖가지 무성한 소문만 나돌 뿐, 하지만 분명 남궁인은 신검의 일검을 받았고 멀쩡히 화산을 내려왔다.

거기다 그 후 무당에서 있었던 남궁인의 마지막 비무는 더욱 엄청난 일이었다.

무당에서 남궁인을 맞은 것은 다음 대 장문인으로 거론되는 현운(炫雲)진인이었으며, 그것만으로도 대단한 일이건만 그때 무암(無暗)이 직접 모습을 드러냈다는 것이다.

소림의 지공대사와 더불어 도불쌍성으로 불리는 이가 바로 무암상인이었다.

게다가 무암은 반백년 세월 동안이나 천하제일검의 이름을 놓지 않고 있는 이 시대의 절대적 거인이었다.

그가 직접 나서 두 사람의 비무를 막았다는 이야기나 수십 년 동안 누구도 들이지 않았던 그의 은거지처에 남궁인이 삼 일 밤낮이나 머물렀다는 일, 그리고 마지막엔 현 무당 장문인에게 태청신단을 받아 하산했다는 이야기들은 남궁인의 비무행에 그야말로 화룡점정이 된 사건이었다.

그 후 그가 안휘의 남궁세가로 돌아왔을 때 남궁인의 존재는 다른 후기지수들과는 비교조차 할 수 없는 위치에 올라 있었다.

검호와 환몽만 해도 십수(十秀)의 상석을 다투는 이들이며 무당의 현운진인은 삼십 대 중반의 나이로 얼마 전 천중십좌에 이름을 올린 인물이었다.

그런 이들과 함께 거론되며 신검을 비롯하여 무암상인까지 인연을 맺은 남궁인이 고작 후기지수들과 같은 반열에 놓일 수는 없는 일인 것이다.

그렇게 얻은 별호가 바로 창천검룡(蒼天劍龍)이었다.

만일 그대로 남궁인의 비무행이 끝이 났다면 그의 별호는 아직도 온전히 남았을 것이며, 오늘날 폐가나 다름없는 곳에서 동료들에게 면박이나 당하고 있는 일 따위는 결코 벌어지지 않았을 것이다.

그만큼 그가 삼 년 전 벌였던 비무행은 대단한 일이었다.

검제의 가문 북궁세가를 멸한 이후 그 책임을 서로에게 떠넘기며 근 백여 년간이나 반목했던 강호의 두 축이 남궁인의 비무행을 통해 화해의 물꼬가 트였으니, 남궁인이야말로 진정한 영웅지재이며 미래의 천하제일인이라고 너나없이 칭송했던 것이다.

하나 문제는 전혀 엉뚱한 곳에서 벌어졌다.

남궁인이 받은 태청신단이 가짜라는 소문이 흘러나온 것이다.

더군다나 그 소문이 시작된 곳은 남궁세가였다. 항간에는 남궁인이 무당에서 받은 것이 염소똥이라는 말까지 나돌았다.

물론 그럴 리야 없다지만 태청신단이 가짜일 확률이 매우 높다는 이야기만큼은 꽤나 신빙성이 있었다.

남궁세가의 적자이자 소가주인 남궁천이 그걸 먹고 한 달이나 배앓이를 했던 일만은 분명했기 때문이었다.

그러한 소문이 걷잡을 수 없이 퍼지자 꽤나 큰 분란으로 번질 수밖에 없었다.

그럼에도 정확한 결론이 내려진 것은 아니었다.

정말로 무당 장문인이 일부러 가짜 태청신단을 주었는지, 그도 아니면 남궁인이 일부러 이복동생을 엿먹이려고 바꿔치기를 했는지에 대한 의견도 분분했다.

다만 무림의 기둥이라는 무암상인의 말을 무당의 장문인이 어겼을 리 없다는 의견이 우세했으니, 자연스레 남궁세가 쪽으로 의심이 쏠리는 것도 어쩔 수가 없었다.

물론 남궁세가의 입장에서도 억울하기 그지없는 것은 마찬가지였다.

이제는 쇠락하여 겨우겨우 오대세가의 말석에 있다지만 한때 강호제일가 하면 남궁세가를 당연시 여길 때가 있었을 만큼 유구한 역사를 지닌 곳이 바로 남궁세가였다.

그곳의 가주라는 이가 아무런 득도 없는 일을 위해 무당파와 도성을 모리배로 만들 이유는 그 어디에도 없는 것이다.

결국 모든 죄는 남궁인이 뒤집어쓸 수밖에 없었다.

만일 그때 남궁인이 태청신단을 받지 않았다면, 그도 아니라 태청신단을 무당에서 그냥 먹어 치우고 말았다면 많은 것이 달라졌을 것이다.

하나 남궁인은 그러지 않았다.

그의 잘못이라면 그저 무당에서 받은 목갑을 신주단지 모시듯 품어 남궁세가의 가주이자 아비라고 부르지도 못하는 부친에게 내놓은 것이 전부일 뿐이었다.

그 후 제 형을 시기해 독수를 썼다는 누명과 함께 천하의 거짓말쟁이로 낙인 찍혀 버린 것이 삼 년 전 남궁인이 행한 비무행의 결말이었다.

더불어 불과 얼마 전까지 금족령과 함께 옥살이나 다름없는 생활을 했다고 하니 그가 벌인 비무행마저 온전히 사실이라 믿지 않는 이들이 대부분이었다.

더군다나 남궁인은 이곳 지검단(知劍團)에 합류한 후로도 그 일에 대해 어떤 해명조차 하지 않았다.

그러니 죄지은 자가 유구무언하고 있는 것으로만 보였다. 물론 그렇다고 그에 얽힌 소문 모두를 거짓으로 치부할 수는 없었다.

사실 무엇이 진실인지 알 도리는 없었다.

다만 남궁인이 강하다는 것만은 인정하지 않을 수 없었다.

그가 아직까지 남궁세가의 이름을 달고 있다는 것만 보아도 그가 강하지 않고는 불가능한 일이기 때문이었다.

사실 그의 출신 내력은 남궁세가의 치부처럼 여겨질 정도였다.

보통 기녀도 아니고 창기의 소생이니 그만큼이나 비천

한 것일 수밖에 없었다.

그런 이가 남궁 성을 쓰며 살아갈 수 있는 이유는 내버리기에 아까울 만큼의 재주 때문이리라.

"출신이 천한 것들은 이래서 안 돼!"

"듣자 하니 갇혀 지내며 쥐새끼를 잡아먹었다고?"

"본시 근본 없는 것들이 무엇을 가리겠는가? 지금도 보게. 막중한 임무 중에 고작 먹을 것이나 탐하며 이런 소란을 피우지 않는가. 그게 제정신을 지닌 이가 할 짓이란 말인가!"

조금 전까지 씩씩거리던 세 사내가 생각을 바꾸었는지 연이어 남궁인을 조롱하며 주변의 무인들에게 동조를 구하기 시작했다.

어차피 싸워 봐야 남는 것도 없는 이를 상대로 괜한 모험을 할 이유가 없다고 판단한 것이다.

누구라도 그냥 듣고 넘기기 힘들 정도의 모욕이었지만 남궁인은 그들의 이야기를 들은 척도 하지 않았다.

"가죽은 내가 벗기지. 같이 먹고 싶은 사람은 불이라도 피워라."

남궁인의 음성에 주변 인물들은 더욱 당황하는 얼굴이었다.

단목세가의 잔당이 언제 나타날지 모르며 그들을 제압하기 위한 잠복을 하고 있는 처지였다.

물론 그럴 가능성이 낮다고는 해도 이렇게 모습을 드러내는 것만은 큰일 날 일이었다.

한데 불을 피우고 고기까지 구워 먹자는 말이었다. 자칫 이 일이 알려지면 지검단 전체가 치도곤을 면키 어려울 것이다.

더구나 지척이나 다름없는 곳에 오수련의 실질적인 수뇌부가 모여 있었다.

천하상단의 본단이 있던 장원에 오수련의 핵심 고수들 대부분이 모여 있으니 언제 어느 때 이곳까지 순시가 나올지 몰랐다.

도저히 제정신이라면 할 수 없는 이야길 남궁인이 꺼내고 있는 것이다.

"네놈이 이제 우리까지 같이 죽으려 드는구나."

"놈! 내 이번 일은 결코 좌시하지 않을 것이다. 당장 어르신들에게 이 일을 이실직고할 것이다."

"남궁세가가 네놈을 벌하지 않는다면 본가에서라도 네놈을 금옥에 처넣고 말리라."

세 사내 황보경, 당조인, 조양명의 음성엔 이제 독기마저 가득했다.

그러던 중 무척이나 단아한 음성이 그들 사이로 흘러나왔다.

"모두 그만들 하세요."

세 사내와 남궁인 사이로 걸어 나오며 입을 연 여인은 그 아름다움이 형용키 어려울 정도였다.

무엇보다 총기 가득한 눈망울은 단출한 흑의 무복을 걸치고 있음에도 단연 돋보일 정도로 맑은 빛을 내고 있었다.

그녀가 나서자 황보경은 더더욱 의기양양한 표정이었다.

"제갈 소저! 소저께선 어찌 저놈의 짓거리를 간과하시는 것이오?"

"그렇소! 저놈 때문에 우리 지검단 전체가 징계를 당할 수도 있소."

"부단주인 제갈 소저께서는 절대 이 일을 좌시하면 안 될 것이오."

당조인과 조양명까지 황보경의 말에 가세했다.

본시 이 세 명은 지검단에서도 손꼽히는 강자이면서도 출신 또한 다른 이들과 비교하기 힘들 정도라 그 영향력이 상당한 이들이었다.

하지만 남궁인은 손가락으로 귓구멍을 후비며 나직하게 입을 열었다.

"거참! 주절주절 말도 많군. 먹기 싫으면 말던가?"

"이놈!"

"네놈이!"

"정녕!"

이제는 더 이상 참을 수가 없다고 판단했는지, 그도 아니면 말려 줄 제갈소소가 나섰다는 것 때문인지 동시에 기세를 뿜어냈다.

"그만두라고 했어요!"

제갈소소의 음성이 조금 전과 달리 날카롭게 흘러나왔다.

순간 입에 자물쇠가 걸린 듯 세 사내는 동시에 입을 닫았으며 쩔쩔매며 여인의 눈치를 살폈다.

그녀 제갈소소는 남궁인 따위와는 비교조차 할 수 없는 위치에 있으니 그들로선 당연한 반응이었다.

본래 지검단 소속의 무인들은 오수련 중에서도 방계 가문이나 외척들의 문파 출신이 주를 이루지만 그녀만큼은 예외였다.

오수련을 영도하는 제갈세가의 장녀일 뿐 아니라 오수련의 총사 자리가 그녀의 것이 될 것임을 의심하는 이가 없을 정도로 뛰어난 여인이었다.

실제로도 오수련 수뇌부 회의에도 빠짐없이 참석할 정도이니 그녀의 위상을 더 설명할 필요가 없을 것이다.

"남궁인 공자! 더 이상 소란은 좌시할 수 없어요."

제갈소소의 음성은 나직하면서도 차가웠다. 하나 남궁인은 피식하고 웃어 버렸다.

"어차피 아무도 오지 않아! 그건 소소 네가 더 잘 알 텐데?"

"무례하시군요. 여긴 사적인 자리가 아니에요. 또한 저는 이곳의 책임을 맡고 있어요!"

"아아! 미안. 부단주라고 불러야 하나? 그래도 너무 야박한걸. 예전엔 시집오겠다고 그렇게 울고불고 난리쳐 놓고!"

"남궁 공자! 그게 언제 적 일인데!"

여인의 음성에 더욱 날카롭게 흘러나왔고 순간 주변의 분위기는 더욱 살벌하게 변했다.

농담이라도 할 소리가 있고 하지 않을 소리가 있는 법이다.

더군다나 이 자리에 그녀를 흠모하는 이가 한둘이 아닌 상황이니 남궁인을 향한 살벌한 눈빛은 더욱 짙어질 수밖에 없었다.

"허! 이러다 진짜 칼부림 나겠네. 다들 진정들 하라구. 노루 고기가 먹기 싫다면 제자리로 들어가면 될 거 아닌가?"

남궁인은 주변을 둘러싼 이들을 보며 손을 휘적거렸다.

마치 귀찮은 벌레를 쫓는 듯한 행동, 순간 제갈소소의 얼굴이 더욱 차갑게 변했다.

"정히 이렇게 나오신다면 남궁 공자를 포박하여 압송할 수밖에 없어요. 남궁 공자 하나 때문에 지검단 전체가 징계를 당할 순 없으니까요."

그녀의 말에 남궁인은 또다시 피식 웃었다.

"소소, 아니 부단주. 그러다 정말 적이 나타나면 어쩌려고 그래? 잘 알잖아. 만약이지만 진짜 누군가라도 나타나면 이런 녀석들로는 아무것도 할 수 없다는걸?"

남궁인의 말에 제갈소소의 눈망울이 나직이 흔들렸고 얼굴엔 약간의 당황함이 깃들었다.

물론 그녀는 남궁인의 강함을 잘 알고 있었다.

정확히 어느 정도라 확신하진 못하지만 결코 지검단 따위에 있을 실력이 아니라는 것은 확실했다.

하지만 과거의 그는 철저히 자신의 실력을 감추는 인물이었다. 결코 오늘처럼 주변을 자극할 사내가 아니었다.

'저들의 도발에 심기가 상한 것인가요? 아니면 이제는 감출 필요가 없을 만한 경지에 이른 것인가요?'

제갈소소가 남궁인을 바라보는 마음은 참으로 복잡했다.

어린 시절 그를 본 후로 다른 어떤 가문의 사내들도 눈에 차지 않았다.

하나 그는 남궁세가 내에서도 천덕꾸러기였다.

창기였던 그의 어미가 남궁세가 앞에서 스스로 목숨을 끊으며 그를 살렸다고 했다.

"다섯 살까지만 키워 주십시오. 그래도 이 아이의 얼굴에 소가주님의 모습이 없다면 죽여도 원망치 않겠습니다.

누가 뭐래도 이 아이는 소가주님의 씨앗입니다. 아이를 가진 날 검을 입에 문 거대한 용이 제 배로 들어오는 꿈을 꾸었답니다. 제발……. 이 천한 것 때문이라면 염려 마십시오. 오늘 이후로 세상에 없을 터이니……."

당시의 남궁가주는 당시의 소가주를 보며 눈을 흘겼고 그는 아니라고 길길이 날뛰었다고 전해졌다.

오죽했으면 그가 직접 아이를 죽이겠다고 길길이 날뛰었다고 하니.

가주의 자리를 염려했던 당시의 소가주로서는 어쩌면 어쩔 수 없는 행동이었을 수도 있었다.

어찌 되었든 당시 남궁가주의 배려로 젖도 떼지 못한 남궁인이 세가의 허드렛일을 하는 이들 손에 키워질 수 있었다.

그때의 소가주는 지금의 남궁가주가 되었고 그런 남궁가주와 한눈에도 부자간임을 알아볼 수 있을 정도로 닮은 남궁인의 삶이 어떠했을지는 누구라도 짐작할 수 있을 것이다.

그럼에도 남궁인은 지금에 이르렀다.

그가 창천검룡이란 별호를 얻었을 때 그 누구보다 기뻤던 것이 바로 제갈소소였다.

하나 그는 또다시 나락으로 떨어졌고 여전히 주변의 시선에는 신경을 쓰지 않았다.

그것이 제갈소소를 힘들게 하는 일이었다.

그는 적어도 이 자리에 있는 이들 따위에게 무시당해선 안 되는 인물이었다.

그런 제갈소소의 내심은 알지도 못하면서 다시 나서는 이들이 있었다. 당장이라도 달려들어 남궁인을 제압하고 말겠다는 비장한 표정들이었다.

"대체 적이 누구인지도 모른다는 건가……."

그 순간에도 다시 흘러나온 남궁인의 말에 가뜩이나 심사가 꼬여 있던 세 사내가 다시 목소리를 높였다.

"네 이놈! 천지분간 못하는 것은 네놈뿐이질 않느냐?"

"역도의 잔당을 소탕하고자 하는 막중한 임무를 누가 모르겠느냐!"

"네놈만 없어도 진즉 일이 끝났을 것이다."

으르렁거리는 세 사내의 음성에 남궁인은 참 니들도 딱하다는 것이 역력히 드러나는 표정을 지었다.

"거참……. 이걸 알고 있다고 해야 하는 건가? 아니면 모르고 있다고 봐야 하는 건가."

"대체 뭔 소릴 짓거리는 거냐?"

황보세가의 삼남 황보경이 목소리를 또다시 목소리를 높이자 그제야 남궁인의 표정이 조금 진지하게 변했다.

"여기가 단목세가란 걸 잊었나?"

"그걸 누가 모른다고?"

연이어진 반문은 황보경과 죽마지우인 당조인이었다.

그는 사천당가의 실세인 명혼당의 당주 독안비수 당유명의 장자였다.

"네놈은 대체 뭔 헛소리를 지껄이고 있는 것이냐?"

황보경과 당조인에 이어 조양명이 입을 열었는데, 그는 상산조가의 소가주로 출신은 오대세가에 못 미치지만 다음 대 조가의 가주로 내정되어 있을 만큼 출중한 능력을 지닌 이였다.

연이어진 세 사내의 목소리에 남궁인이 슬그머니 일어서 무너진 장원을 느릿한 시선으로 한 바퀴 둘러보았다.

그 표정과 눈빛은 조금 전과 너무나도 달라 알 수 없는 위축감이 느끼게 했다.

그런 상태로 남궁인이 다시 나직한 음성을 내뱉기 시작했다.

"얼마 전까지만 해도 이곳은 천하제일가라고 불렸다. 우리 쪽은 물론 구대문파마저 인정하지 않을 수 없던 이름이었지."

"남궁 공자께서 하시고자 하는 이야기가 무엇인가요?"

달라진 남궁인의 분위기를 느낀 제갈소소가 재빠르게 나섰다.

사실 그녀는 지금 남궁인이 하려는 이야기의 의도를 어느 정도 짐작하고 있었다.

하지만 주변의 분위기를 환기시킬 필요가 있다는 판단
이었다.

그런 그녀의 내심을 남궁인 역시 짐작했는지 입가에 피
식하는 실소를 지은 뒤 다시금 담담히 입을 열었다.

"이곳을 무너뜨린 것이 우리의 힘이냐? 순무 직할 병참
셋이 동원되었고 동창의 위사 천 명이 가세했다. 그것만
해도 사천 명에 달하는 숫자였다. 그뿐인 줄 아나? 너희들
도 귀가 있다면 내밀원에 대해선 들어 봤을 것이다. 그 내
밀원 전체가 동원되었고, 이 기회에 황실에 빌붙어 보려는
강호의 세력들까지 속속들이 합류했다. 쉬쉬하고 있긴 해
도 구정회에선 장로급 인물들을 파견했고, 우리 쪽에서도
각 가문의 높으신 양반들이 꽤나 분주하게 움직였음을 너
희들도 알고 있을 것이다. 그 정도가 모이고서야 무너뜨릴
수 있는 곳이 바로 여기 단목세가란 말이다."

남궁인의 음성에 주변의 분위기가 무겁게 가라앉았다.

사실 지금 남궁인의 말은 대부분 조금씩이나마 알고 있
는 이야기들이었다.

검륜쌍절 단목중경이 자금성에 잠입하여 태공공을 시해
하려 했던 일로 단목세가가 역모에 연루되었으며, 그 일의
여파로 단목세가는 물론 천하상단까지 완벽히 몰락했으니
말이다.

북궁혈사 이후 가장 큰 강호의 사단이니 그에 얽힌 사

정이야 당연한 듯 퍼져 나갈 수밖에 없는 일이다.

하나 정작 남궁인이 지금 무슨 말을 하려는지 정확히 파악한 이가 없었다.

"답답하군. 네놈들이 잡겠다고 죽치고 있는 이곳의 잔당들이 누군지 아직도 모르겠다는 것이냐?"

연이어진 남궁인의 음성에 묵묵부답이었다.

이에 쐐기를 박듯 남궁인의 음성이 차갑게 이어졌다.

"그 어마어마한 포위망을 뚫고 세상 속에 숨어 버린 이들이란 말이다."

남궁인의 나직하고도 무거운 음성, 그제야 주위를 둘러싼 이들의 얼굴빛이 파르르 떨렸다.

사실 지검단이 이곳에 배치된 것은 불과 석 달 전이었다.

그전까지만 해도 천의대(天意隊)와 원로원 소속 고수들이 이곳을 지켰으며, 그 이전엔 동창과 내밀원은 물론 관부의 군졸들까지 동원되어 삼엄한 경비를 펼쳤다고 했다.

특히나 천의대와 원로원이 이곳을 지켰다는 사실은 그 자체로도 큰 의미가 있는 일이었다.

원로원과 천의대, 그리고 이 자리에 없는 용무단(龍武團)은 그 자체로 오수련 전체의 힘이라 해도 과언이 아닌 곳이다.

이곳에 있는 지검단과는 하늘과 땅만큼이나 격차가 있

는 곳이다.

한데도 지검단이 천의대를 대신해 이곳으로 보내진 것
이다.

물론 대부분은 그만큼 막중한 임무를 맡았다고 좋아하
고 있었지만 그 안에 있는 의미는 다른 것이었다.

용무단 대신 지검단을 보내도 별 탈이 없다는 말, 그만
큼 이곳을 지키는 일이 별일이 아니라는 의미였다.

더군다나 지금은 천하상단의 숨겨진 재산을 찾아내는
일에 오수련의 역량이 총동원하고 있는 상황이었다.

단목세가의 몰락과 함께 어마어마한 재물이 관부에 몰
수되었다고 하지만 그것이 빙산의 일각에 불과함을 모르
는 이가 없었다.

그 때문에라도 하루빨리 잠적한 천하 십숙을 찾는 일이
중요했다. 이대로 시간이 흐른다면 그야말로 죽 쒀서 개
준 꼴을 당할 수도 있는 것이었다.

오랜 세월 천하상단의 눈치를 보던 대상(大商)들이 분
주히 움직이고 있으니 시기를 놓치면 남는 것이 없게 될
수도 있었다.

천행인지 전혀 예기치 못한 녹림산채들의 출현으로 약
간의 시간을 벌었다는 것이 위안이었고, 그사이 중소상단
들이 우후죽순처럼 생겨나 대상들의 신경이 그쪽으로 쏠
리고 있다는 것 또한 반길 일이었다.

하지만 결국 이대로라면 각 지역의 거대 상단들이 천하 상단의 상권을 나눠 먹을 것이 뻔했다.

그러기 전에 단목세가의 숨겨진 재산을 찾아야만 했다.

물론 지금이라도 각 가문이 직접 영향력이 미치는 상단과 연계한다면 지역의 상권 정도를 흡수하는 것은 크게 어렵지 않았다.

하나 천하상단의 붕괴와 함께 생긴 중원 전체의 상권이란 커다란 먹이를 두고 고작 눈앞의 자그마한 밥상에 만족할 수는 없었다.

불과 이 년 전까지만 해도 단목세가가 홀로 독식하던 중원의 상권이라는 거대한 먹이. 오수련의 힘이면 충분히 먹을 수 있는 잔칫상이었다.

그것을 어쭙잖은 상단 나부랭이나 군소방파와 공유할 이유는 그 어디에도 없었다.

게다가 단목세가의 잔당들을 처단하는 일을 대신 떠안는 조건으로 앞으로 찾아내는 단목세가나 천하상단의 재산 모두를 오수련이 취할 수 있다는 약조까지 받아 놓았다. 이는 그야말로 밥상 위에 숟가락까지 올려놓은 형국이었다.

이제 떠먹기만 하면 되는 일, 오수련의 수뇌부들이 이곳 장사에 모인 것에는 그런 내막이 들어 있었다.

"너무 걱정들 말라고. 그렇게 힘들게 빠져나간 자들이

여길 다시 올 이유 따윈 없을 테니까 말이야. 설령 다시 온다면 지검단 정도로 막을 수 없는 것도 당연하고."

남궁인의 말에 모두가 할 말을 잃은 표정이었다.

그의 말에 딱히 반박할 말이 떠오르지 않았기 때문이었다.

단목세가의 힘은 그들도 익히 알고 있었다.

단목세가의 숨은 힘이라는 음자대는 물론이요, 비륜당(飛輪黨)과 신창대(神槍隊)에 속한 무인들은 죽어 가면서도 가히 일당백의 신위를 보였다는 이야기가 공공연히 떠돌았다.

더구나 추명오로(追明五老)라는 다섯 가신들은 이전까지 그 이름조차 제대로 알려진 이들이 아니었는데, 그 하나하나의 무위가 천중십좌에 버금간다는 소문이 떠돌 정도였으니 그야말로 기가 막힌 일이 아닐 수 없었다.

물론 항전하던 이들 대부분 목숨을 잃기는 했지만 또 어딘가에 그만한 이들이 남아 있지 말라는 법이 없었다.

실제로도 단목세가의 안주인인 용화부인과 그 딸인 단목연화가 그 어마어마한 포위망을 뚫고 탈출에 성공한 것만 보아도, 단목세가에 아직까지 숨겨진 힘이 있다고 봐야 한다는 의견에 힘을 실어 주었다.

그렇기에 원로원과 천의대가 근 일 년이란 시간을 이곳에서 보낼 수밖에 없었던 것이고.

"그렇다고 해도 여길 포기할 순 없어요. 더군다나 단목세가의 소가주가 저 산자락 어딘가에 있다는 것은 매우 가능성이 높은 정보이니까요. 이곳의 잔당들이 아직도 건재하다면 그와 합류하러 오지 말란 법은 없지요."

제갈소소의 음성은 일견 남궁인에게 반발하는 것으로 보였지만 그 속내는 또 달랐다.

사실 이곳을 지키는 이유가 전혀 쓸모없는 것이 아님을 그에게 알려 주고 싶어서였다.

단목세가의 소가주 단목강.

그는 아직까지 행방이 묘연했고, 그의 존재가 혹여 지리멸렬한 잔당들의 구심점이 될까 걱정하는 것이 오수련 수뇌부의 근심이었다.

어쩌면 그가 숨겨진 재산을 찾는 열쇠가 될 수도 있는 일이니 결코 소홀할 수가 없기도 했다.

하나 남궁인은 다른 생각이었다.

"단목세가를 너무 우습게 여기는군. 아니, 단목중경이란 사람을 제대로 알지 못하는 거야? 그가 태공공을 베러가기 전 오늘 같은 일을 예상하지 못했을까? 그랬다면 그 많던 천하상단의 재물이 하루아침에 사라진 것을 어찌 설명할 수 있겠느냐?"

"……"

"그는 실패를 예상하고 오늘 같은 일을 충분히 대비한

사람이야. 그런 이가 유일한 적자의 안위를 소홀히 했을 것 같으냐?"

"하지만……."

"내 장담하지. 정말로 누군가 이곳에 나타날 때가 된다면 그만한 힘이 있을 때뿐이야. 물론 지키는 것이 원로원이나 천의대가 된다고 해서 달라질 것도 없고."

남궁인의 단정 짓는 말에 제갈소소의 눈가가 살짝 올라갔다.

"본련의 힘을 너무 낮게 보시는군요. 그동안 단목세가를 두고 볼 수밖에 없었던 건 단지 명분이 없었기 때문이에요. 오랜 시간 참아 왔고, 이제는 명분마저 우리 쪽에 있어요. 대체 남궁 공자는 무엇 때문에 그리 편견을 가지시는 건가요?"

제갈소소의 음성 안에는 답답함이 묻어나 있었다.

그가 자신을 제대로 드러내기만 한다면 능히 오수련의 요직에 앉을 수 있을 것이기 때문이었다.

모르긴 몰라도 각 가문의 수장들 정도 되면 그의 능력을 어느 정도는 파악하고 있을 것이 틀림없었다.

하나 그는 일부러라도 그것을 거부하는 것처럼 보였다. 제갈소소는 그것이 더욱 안타까웠고.

순간 남궁인의 입에서 예기치 않은 실소가 터져 나왔다.

"하하하하!."

제갈소소의 얼굴이 전에 없이 굳어졌다. 진심이 무시당한 것에 대한 반발이었다.

"아! 미안. 다른 뜻이 있는 건 아니고…… 좀 의외네. 소소가 이 정도까지 적아의 전력을 잘못 파악하고 있다는 건."

"무슨 뜻이죠?"

제갈소소의 눈가에 은은한 노기가 흘러나왔다.

하나 남궁인은 전에 없이 굳은 얼굴로 나직한 음성을 내뱉었다.

"천하세일이란 이름을 지닐 수 있는 것은 그만한 능력이 있을 때뿐이야. 그리고 여기 단목세가는 오랜 세월 동안 그 이름을 움켜쥐고 있었던 곳이고."

어딘지 모를 위압감이 가득한 그의 음성에 제갈소소는 저도 모르게 몸이 떨리는 기분이었다.

하나 그녀는 어느새 차분한 눈빛으로 남궁인을 응시했다.

그가 무엇 때문에 단목세가를 경원시 하는지 알 것 같았기 때문이었다.

"천하제일……. 그렇군요. 남궁세가도 한때 그 이름을 지녔던 곳이지요. 하나 과거의 이름이 현실을 살게 해 주진 않습니다. 혹시 모르죠. 환우오천존 같은 괴물들이 다시 살아온다면 또 달라질지도……."

그녀는 남궁인이 과거 남궁세가가 지녔던 이름에 파묻혀 지내는 것은 아닐까 하는 생각이 들었다.

아니, 어린 날의 연정 때문에 이제껏 그를 지나치게 높게 보고 있었던 것은 아닌가 하는 생각까지 일었다.

하나 남궁인은 어느새 입가에 기이한 미소를 머금고 있었다.

"너무 장담하진 말라고. 단목세가를 누가 세웠는지 알고 있다면……!"

그의 차분함 때문인지 제갈소소는 무언가 울컥하는 기분이 들었다.

그가 강하다는 것도 알고 무공에 미쳐 있다는 것도 알지만 이만큼이나 삐뚤어져 있을 줄은 예상치 못했다.

"단목세가에 무제의 진전이 온전히 남아 있지 않음을 모르시나요? 그랬다면 검륜쌍절이 그리되진 않았겠지요. 사실 천중십좌에 꼽히던 그의 실력조차 지금은 의심이 가는군요. 고작 일개 환관에게 제압을 당했다니……."

제갈소소의 음성은 무척이나 건조했다. 한 가닥 남아 있던 정마저 씻어 내겠다는 마음이 그 음성에 담겨 있는 것만 같았다.

하나 남궁인은 여전히 보일 듯 말 듯한 미소를 지었다.

마치 너는 모르는 무언가를 알고 있다는 듯…….

'청성으로 가기 전 이곳을 먼저 찾았다. 그때 본 단목중경은 정말 대단했다. 그는 진짜다. 한데 그런 이가 일개 환관에게 제압당했다고? 그걸 그냥 믿으라고? 이 일엔 내막이 있다. 소소 너나 세가의 늙은이들이 짐작도 못하는 뭔가 커다란 게 있단 말이다.'

남궁인의 침중한 눈길을 읽었는지 제갈소소의 눈에도 언뜻 이채가 띠었다.

본시 그녀는 총기가 하늘에 닿았다고 할 정도로 뛰어난 재주를 지닌 여인이었다.

'그래요! 사실 이 일에 흑막이 있다는 것은 다들 알고 있지요. 강호제일의 대협이라 칭송 받던 검륜쌍절이 이유도 없이 지금성에 난입했을 리야 없겠지요. 하나 일의 연유를 떠나 그와 단목세가가 사라진 것은 오수련에 더없는 복이 되는 일이에요. 그런 단목세가는 앞으로도 영원히 사라지는 것이 좋구요.'

내심 마음을 추스른 제갈소소의 눈빛이 다시 남궁인을 향했다.

그러곤 무언가 생각난 듯 남궁인을 향해 물었다.

"삼 년 전 혹시 이곳에 들렀었나요?"

필요 이상으로 단목세가를 높게 보고 있는 것 때문에 혹시나 하여 묻게 된 말이었다.

순간 남궁인이 씨익 하고 웃었다.

그 웃음이 너무나 의외인지라 오히려 그 의미를 이해할

수 있었다.

남궁인이 입을 열었다.

"소가주란 녀석에게 졌다."

"……."

"삼 년 전 그 무렵……."

제갈소소의 눈빛이 말도 못하게 굳어졌다.

삼 년 전이라면 단목강의 나이가 열일곱.

도저히 믿을 수가 없는 일이었다.

남궁인이 고작 열일곱의 단목강에게 졌다는 이야기이기에 더더욱 납득이 되지 않았다.

그는 그때에도 이미 남궁세가 최고의 고수였다. 삼 년이 지난 지금이라면 오수련 내에서도 당가의 가주와 자신의 부친만이 그와 대적할 수 있을 것이다.

암왕(暗王)으로 불리는 당이종과 일군(一君)으로 꼽히는 부친 제갈공후, 그 둘은 천중십좌에 이름을 올라 있는 오수련의 절대고수다.

남궁인은 이제 고작 스물 후반의 나이로 그런 절대고수들과 나란히 걸을 정도에 이른 무인인 것이다.

다른 누구도 아닌 부친의 평가이니 결코 틀리지 않을 것이다.

한데 남궁인이 고작 열일곱 살의 단목강에게 졌다는 것을 어찌 믿을 수 있겠는가?

그것이 삼 년 전이면 더욱 납득이 되지 않았다.

"녀석에게 지지만 않았어도 먼 길을 떠나진 않았을 것이다. 사실 그땐 꽤나 강하다고 우쭐했었다. 그때 내가 무슨 마음으로 여길 찾았겠느냐?"

"아!"

남궁인의 말에 제갈소소는 저도 모르게 탄성을 내뱉었다.

'분명 검륜쌍절과 비무를 하러 온 것이고, 이길 자신이 있었던 것이로구나. 그만큼 자신이 있었다는 뜻!'

그렇게 생각하니 그 후 비무행에 관한 그의 소문이 절로 이해되었다.

검호와 백 초를 겨룬 것이나 몽환을 일 초로 이긴 것은 그저 자신의 실력을 확인한 절차였을 뿐이리라.

화산이나 무당은 그것을 알아보았던 것이고.

그 말은 단목세가의 힘이 알려진 것보다 훨씬 대단하다는 또 다른 반증이었다.

제갈소소의 눈빛은 더욱더 깊어질 수밖에 없었다.

"그렇군요. 단목세가로군요. 무제가 그 무명을 떨치기 시작한 것도 그 나이 즈음…… 이토록 조용한 이유를 알겠어요. 단목세가는 단목강…… 그를 기다리고 있는 것이로군요."

解放光州

第二章

자부에서

사방이 병풍과도 같은 절벽으로 둘러싸인 분지 안에 자
그마한 실개천이 흐르고 있었다. 폭이 한 자나 될까 말까
한 그 개천은 동쪽 절벽 아래쪽에서 흘러 내려와 분지 중
심에 자리한 자그마한 연못까지 길게 이어졌다.

 맑은 개천물이 모여드는 연못은 고작해야 이 장 반 남
짓이니 그다지 크다고 할 것은 못 되었다. 다만 그 작은
크기치고는 깊이가 쉬 가늠이 되지 않는 것이 기이할 뿐
이었다.

 그 연못 앞에 흑의 경장을 입은 서른 줄의 사내 한 명
이 쭈그리고 앉아 연신 고개를 갸웃거렸다.

 '허! 참 이상하네.'

아무리 눈을 크게 뜨고 보아도 연못 깊은 쪽은 그저 시꺼멓게 보일 뿐이니, 대체 이 자그마한 연못의 바닥이 얼마나 깊은지 짐작이 되지 않는 것이다.

그래서인지 아니면 또 다른 고민이 있어서인지 흑의 사내의 표정은 더더욱 복잡해 보였다.

어딘지 맹하게 보이는 표정, 하지만 사내의 이름과 무게는 결코 가볍지 않았다.

단목세가의 음자대 하면 지난 단목세가의 혈사에서 그 맹위를 똑똑히 떨친 바 있었다. 그중 음자대의 대주는 그야말로 전설로 회자될 만큼의 신위를 뽐냈다.

관과 무림이 합동을 해 펼친 어마어마한 포위망을 뚫은 뒤 끝없는 동창과 내밀원의 추적을 유유히 피해 사라진 음자대의 대주, 그의 위상이 높아지지 않을 수 없었다.

더구나 혼자 움직인 것도 아니고 단목세가의 안주인과 여식까지 동행하며 그 같은 일을 해냈으니 그의 이름은 누구도 무시할 수 없게 되었다.

하지만 그 일을 가능케 한 사내는 지금 연못을 바라보며 어딘지 뚱한 눈길을 하고 있었다.

그가 분지 안에 들어선 것도 열흘가량이 흐른 시점이었다.

"여긴 분명 신목이란 나무가 있던 자리인데……."

음자대주 암천은 혼잣말을 내뱉으며 연신 눈알을 굴렸

다.

대체 그 커다란 나무가 어떻게 이 안에서 감쪽같이 사라질 수가 있었는지 이해되지 않았다.

드나드는 길이라고 해 봤자 미로와도 같은 기나긴 동굴뿐이다. 그런 곳을 통해 그 커다란 나무를 옮길 수는 없는 일, 아니 잘게 쪼갠다면 불가능한 일은 아닐 것이다.

하지만 대체 그 커다란 나무를 조각내 동부 밖으로 옮긴다면 얼마나 오랜 시간이 걸릴지 짐작조차 되지 않았다.

게다가 아무리 생각해도 혁무린이나 그의 부친이 그런 하잘것없는 짓을 하며 시간을 보냈을 것 같진 않았다.

그렇다면 대체 신목은 어디로 갔을까?

이 안 어딘가에 그 흔적이라도 남아 있다면 이렇듯 의구심이 들지는 않을 것 같았다.

"젠장! 말라 죽어 땔감으로 쓴다고 해도 백 년은 충분히 쓰겠구먼. 대체 어떻게 된 거야!"

암천은 투덜거렸다.

사실 궁금한 것은 단지 비정상적으로 큰 나무 한 그루가 없어졌다는 것만은 아니었다.

사 년이란 시간이 흘렀으니 무언가 변했다고 이상할 것은 없었다.

더군다나 이곳이 망량겁조가 머무는 곳임을 감안하면 무슨 일이 벌어졌다고 해도 그러려니 하고 넘겨야 할 판이었다.

사실 망량겁조란 그 존재 자체보다 이상할 수 있는 일은 아무것도 없기 때문이었다.

하지만 암천은 지난 열흘 내내 넋 나간 표정으로 있을 수밖에 없었다.

의문 나는 모든 것들을 수긍하게 만드는 존재, 결국 그를 생각하면 다른 일들은 아무것도 아니게 만드는 그의 존재 자체가 신목처럼 흔적도 없이 사라져 버린 것이다.

그것은 암천을 실로 당황케 만드는 일이었다.

"설마 죽은 것일까? 그럴 리가 있나? 수백 년을 살았는데 하필 요 몇 년 사이에 죽었다니…… 그랬다면 그건 다행인 건가, 아님 불행한 건가. 아! 정말 모르겠구나."

입가로 흘러나오는 암천의 음성은 점차 낮아졌는데 그 표정은 점점 더 복잡하게만 변해 갔다.

그의 존재가 두려운 것은 어쩔 수 없는 일이었지만, 혹시나 그의 도움을 받을 수도 있지 않을까 하는 기대를 한 것도 사실이었다.

그만큼 지금의 상황은 좋지 못했다.

중원 도처에 단목세가의 안가(安家)가 있었다. 원래대로라면 용화부인이나 단목연화 역시 그 안가 중 하나에서 때를 기다릴 계획이었다.

한데 일이 틀어지기 시작했다.

안가는 결코 안전하지 못했다. 거의 모든 안가가 동시에 습격을 당한 것이다.

그마저도 어렵사리 피해 최후의 은신처를 찾아 움직였지만 황궁의 고수들은 귀신같이 추적을 해 왔다.

결국 중원 땅 어디에도 머물 곳이 없는 처지가 되었으며 사정이 그러하니 다른 이들이 걱정되지 않을 수 없었다.

천하 십숙의 안위는 물론이요, 훗날을 기약하기 위해 몸을 피한 세가의 무인들 또한 어떤 상태인지 전혀 알 수가 없었다.

안주인과 금지옥엽을 위해 마련된 안가마저 노출된 상황이니 다른 이들의 사정은 더욱 어려울 것이 뻔한 것이다.

아무리 비선을 통해 연락을 취해 보아도 답신이 오는 곳은 없었고 어쩌면 사정은 더욱 나쁠지도 모른다는 생각이었다.

물론 그들의 강함을 믿고 있다지만 적들은 생각보다 더욱 치밀했다.

거기다 내부의 밀고가 없다면 결코 일어날 수 없는 일들이 벌어졌다.

중원 도처에 숨겨 있는 안가의 위치를 소상히 알고 있는 자의 배신, 그런 정도라면 세가의 핵심 수뇌부임이 분명했다.

'그럴 리가 없어. 나 역시 고작 호남과 귀주에 있는 안가 다섯 곳만을 알 뿐이다. 한데 모든 안가를 알 정도라면 적어도 원로전의 칠대가신이나 천하상단의 대숙 정도밖에 없지 않은가! 하지만 그분들이야말로 누구보다 세가를 아끼는 분들……. 세가를 위해서라면 목숨마저 내던질 분들이 아닌가? 피눈물을 흘리며 몸을 빼신 분들이 그럴 리가 없지 않은가.'

암천의 눈이 가늘게 떠졌다.

아무리 생각해도 답을 내릴 수가 없었다.

그러면서도 본가에 남아 희생한 이들을 하나씩 떠올려 보았다.

비륜당의 당주나 신창대의 대주는 코흘리개 시절부터 함께해 온 죽마고우였다.

그들은 아낌없이 목숨을 내던졌다.

거기다 추명오로마저 생생히 떠올랐다.

단목세가의 미래를 위해 불길 속으로 자신의 몸을 던진 이들, 세상에 단목세가가 완전히 멸문한 것으로 보이기 위해 그 강한 이들이 스스로 사지를 택해 남은 것이다.

그들이라면 죽을지언정 동료들을 배신할 리 없었다. 더구나 그들 중 안가의 위치를 그렇게나 소상히 알고 있을 만한 이는 없었다.

'하면 역시 천하 십숙 쪽인가…… 안가를 마련한 것은 상단 쪽, 하니 그쪽에서 흘러 나갔을 확률이 높다. 하지만 십숙이 모두 붙잡히지 않고서야 어찌 모든 안가가 드러날 수 있겠는가. 십숙 중 누가 배신이라도 했다는 것인가?'

암천의 눈가가 일순간 차가워졌다.

평소에는 볼 수 없는 너무나도 차가운 눈빛, 이 년여의 시간 동안 죽음의 기로를 넘나들며 쌓인 분노가 안광을 통해 서릿발처럼 뿜어질 것 같았다.

'아무리 생각해도 그쪽밖에 없어. 하면 작정을 하고 배신을 했다는 것인가? 아니면 안가의 위치를 미리 파악하고 있을 이유가 없지 않은가?'

암천의 의문과 분노는 더욱 짙어졌으나 지금 할 수 있는 일은 아무것도 없었다.

그저 기다릴 수밖에 없는 처지, 그때 마침 연못 위로 잔잔한 파문이 일었다.

손바닥만 한 거북이 한 마리가 헤엄치며 생겨난 자그마한 파문이었다. 그 아래쪽으로 비단 잉어 몇 마리가 유유히 물 안을 노니는 것까지 보였다.

하나 연못의 더 깊은 곳은 온통 시커멓게 보여 대관절 무엇이 있는지 짐작이 가질 않았다.

측량하기 힘든 연못의 깊이처럼 암천의 의문도 더없이 깊어져만 가는 느낌이었다.

그 순간 나직한 음성이 암천의 귓가로 이어졌다.

"만년금구와 천년화리예요!"

너무나 갑작스런 음성에 화들짝 놀란 암천이 눈을 돌렸다.

언제 왔는지 뒤쪽으로 히죽 웃고 있는 혁무린이 보였다.

암천은 무린과 연못 안을 번갈아 바라보고 있었는데 그 눈은 정말로 저 거북이와 잉어가 전설의 영물인가 하는 얼굴이었다.

"하핫! 그럴 리가 없잖아. 아저씨도 참 단순하긴!"

농이 진득하게 섞인 음성에도 불구하고 암천은 딱딱한 얼굴로 혁무린을 향해 예를 취했다.

"혁 공자를 뵙습니다."

"재미없이 변해 버렸네. 고생이 이만저만 아니었나 봐요?"

혁무린이 여전히 농담처럼 딴소리를 뱉자 암천이 진중한 표정으로 물었다.

"아가씨께선 차도가 있으신지요?"

"뭐, 고비는 넘겼으니까, 오늘 내일 안으로 의식을 차릴 거예요."

"고…… 고맙습니다. 이 은혜를 다 어찌 갚아야 할지……"

"대주 아저씨가 그럴 거 뭐 있어. 다 강이 그 녀석 복이지. 세상 천지에 나 같은 의형이 또 어디 있겠어요?"

잔뜩 거드름을 피우는 혁무린, 하지만 암천은 진심으로 그 앞에 황송하고 고마워하는 얼굴이었다.

사실 혁무린의 말투나 행동은 당연한 것일지도 몰랐다.

생면부지의 여인들을, 그것도 단지 의동생의 어머니와 누이란 이유로 무가지보나 다름없는 영약을 한순간의 망설임도 없이 내놓을 수 있는 이가 세상 천지에 또 어디 있을까 하는 생각이었다.

혁무린이 아니었다면 심신이 피폐했던 단목강의 어머니가 과거의 모습을 조금이나마 회복할 수도 없었을 것이며, 생사지경을 오가던 단목강의 누이가 회복될 수도 없었을 것이다.

모든 것이 혁무린 때문에 가능했음은 틀림없는 사실, 암천이 그 앞에 황송해할 수밖에 없는 이유였다.

"아이 참! 진짜 이렇게 나오면 재미없는데."

"어찌 혁 공자께서 베풀어 주신 은혜를 가볍게 여길 수 있겠습니까?"

암천은 극상의 예를 취했으나 혁무린은 정말로 싫다는 표정이었다.

"그거야 보통 사람들 생각이고. 강이 녀석이라도 나처럼 했을 거라고 믿어!"

"……."

"그나저나 아저씨도 참 대단하네. 그렇게나 쫓기면서도 용케 여기까지 다 찾아오고……."

무린의 음성이 조금 낮아졌고 암천의 얼굴은 더욱 딱딱하게 굳어졌다.

"알고 계셨습니까? 세가에 벌어진 일을……."

"응!"

혁무린의 나직한 대답에 암천은 놀란 표정을 지었다.

그때 다시 혁무린이 입을 열었다.

"그래서 한동안 고민을 좀 했는데……. 역시 안 되겠더라구."

"무슨 말씀이신지……."

"단목세가에서 벌어진 일 말야. 더군다나 이건 강이 녀석의 일이잖아."

무린이 정확히 무슨 말을 하는 것인지 몰라 암천은 의문을 감추지 못한 표정이었다.

말뜻을 유추하면 세가에 벌어진 일을 막을 수도 있었고 도움을 줄 수도 있었다는 의미로 들렸다.

물론 보통 사람이라면 말도 안 되는 소리라 일축했겠지만 눈앞의 사내에겐 그런 상식의 범주가 통용되지 않음을 잘 알고 있었다.

더구나 그의 말처럼 단목세가의 일은 단목세가의 힘으

로 푸는 것이 순리, 또한 그것이 단목세가가 천하제일가로
존재할 수 있었던 이유라 생각했다.

"본가의 일에 신경 써 주셨다니 감사드립니다. 하나 말
씀처럼 모든 것은 소가주께서 풀어내셔야 할 일이지요. 비
록 언제가 될지 장담할 수 없지만 말입니다."

암천의 음성이 씁쓸함을 담은 채 흘러나오자 혁무린의
얼굴에 묘한 미소가 지어졌다.

"너무 걱정 말라구요. 그 녀석, 잘 하고 있으니까!"

순간 암천의 눈이 번쩍하고 뜨였다.

암천의 눈은 과거의 어느 때처럼 헤벌쭉 웃고 있는 무
린의 얼굴을 살피는 데 여념이 없었다.

"서, 설마 소가주와 연통을 주고받고 계십니까?"

사실 단목세가와 천하상단의 일이야 천하에 모르는 이
가 없으니 여기까지 소문이 전해졌다 해서 크게 이상할
이유는 없었다.

하나 소가주 단목강의 행방은 달랐다.

그에 관한 소식은 세가 식솔들조차 전혀 모르고 있는
것이다.

폐관에 들어갔다는 것만 알 뿐 정작 어디에 있는지 아
는 이는 오직 가주 단목중경뿐이었다.

그리고 그 단목중경은 지금 생사조차 불투명한 상태로
황궁의 뇌옥에 갇혀 있다는 소문만 무성할 뿐이고. 하나

그마저도 사실인지 아닌지 알 수 없는 형편이었다.

한데 지금 혁무린이 소가주의 출관이 멀지 않았음을 말하고 있었다.

이는 어떤 방법으로인가 서로 연락을 주고받고 있음을 뜻하는 것. 암천의 눈빛에 의문과 기대감이 가득할 수밖에 없는 것이다.

"혹시 소가주님과 연통이 가능하시다면 본가의 상황을……."

암천의 음성은 무척이나 조심스러웠는데 그런 암천을 보는 혁무린의 눈빛이 묘했다.

"그건 좀 곤란하네. 지금은 어렵거든."

"무슨 말씀이신지 이해하기 어렵습니다."

"사실 걱정이 돼서 한참이나 녀석을 찾았거든……. 하지만 그것도 지금은 어렵다는 말이죠."

혁무린이 조금 난처하다는 표정으로 입을 열었지만 암천의 얼굴에는 화색이 돌았다.

"정말이십니까? 소가주를 뵈었다는 말씀이? 지금 어디 계신 것입니까? 악록산이나 형산 근처라면 위험할 수도 있습니다."

달려들기라도 할 태세로 입을 여는 암천은 꽤나 다급한 표정이었다.

세가와 닿아 있는 악록산은 물론이요, 악록산의 줄기가

뻗어 나간 형산 곳곳에 놈들의 눈이 심어져 있었다.

사실 암천이나 세가의 식솔들 역시 악록산 어딘가에 단목강의 폐관 수련동이 있을 것이라고 짐작할 뿐 정확한 위치를 알지 못하는 것이다.

소가주 단목강은 가주가 거사를 치르기 전까지 이따금 모습을 드러냈을 뿐인데, 그 후 행적을 알고 있는 이는 오직 실종된 단목중경뿐이었다.

하니 소가주 단목강이 어디에 어떤 상태로 있는지 알지 못하는 것이고 그것은 정말로 미치고 환장할 노릇이었다.

아무리 수련이 중요하다고 해도 단목세가의 소식을 들었다면 폐관을 풀고 나왔어야 정상이지 않겠는가.

그러니 어쩌면 그러한 소식조차 들을 수 없는 심처에 있을지도 몰랐다.

어찌 되었든 할 수 있는 일이라곤 그저 기다릴 수밖에 없는 처지였다.

아니, 지금의 상황이라면 오히려 무소식이 희소식일지도 몰랐다.

준비는 했으나 생각보다 전력에 막중한 피해를 입었기에 시기가 좋지 않음은 물론이요, 단목강의 폐관이 길어진다 함은 그가 더욱 강해져서 나올 가능성이 높다는 것을 의미하기 때문이었다.

하지만 폐관 수련은 종종 예기치 못한 사고를 불러올

수도 있었다. 혹여 주화입마라도 걸린다면 큰일이 아닐 수 없었다.

영원토록 세상 밖으로 나오지 못할 수도 있는 일, 평소라면 도움을 줄 수 있을지 몰라도 지금 본가는 폐허나 다름없었다.

외려 그가 도움을 청한다면 적도들에게 나 좀 잡아가 달라고 소리치는 꼴이나 진배없는 것이다.

하니 그런 걱정들이 기우가 되길 바랄 뿐이었다.

그저 안위만이라도 확인할 수 있다면 지금처럼 답답하진 않을 터, 암천의 목소리가 다급해질 수밖에 없는 일이었다.

"대체 소가주께선 지금 어디에 계십니까? 본가의 소식을 들은 것인지, 아니 정말 무사하시긴 한 겁니까?"

연이어진 암천의 재촉에 혁무린이 은근슬쩍 뒷머리를 긁적였다.

"아! 뭐, 전에 봤을 땐 분명 무사하긴 했는데……."

"혁 공자! 제발! 제발 속 시원히 말씀 좀!"

"그렇게 재촉하지 말라구요. 녀석 멀쩡했으니까. 아니 그 정도가 아니라 엄청 강해졌다구!"

무린이 말에 그제야 암천이 안도하며 자신의 실책을 깨달았다.

"죄송합니다. 그간 하도 답답해서 그만……."

"아이 참! 그 맘은 충분히 이해해. 나 그렇게 꽉 막힌 사람 아니래도 그러네."

"하지만 대체 어떻게 소가주의 행방을……."

혁무린이 이 상황에 거짓말 같은 걸 할 사내가 아님은 알았지만 그저 그의 말 한마디로 믿어 버리기엔 의문점이 한두 가지가 아니었다.

세가의 남은 세력들이 드러날 각오까지 하며 온 힘을 다해 찾았음에도 오리무중이었던 것이 단목강의 행방이기 때문이었다.

"그게, 그러니까. 대주 아저씨, 혹시 만수신공(萬獸神功)이라고 알아?"

혁무린의 예기치 못한 반문에 암천은 흠칫했다.

"혹, 금마(禽魔)의 독문절기, 그것을 말씀하시는 겁니까?"

암천의 음성이 떨리며 흘러나왔다.

네 발 달린 짐승들은 물론 날짐승까지 마음대로 조종했다는 금마의 신공절학이 바로 만수신공이었다.

특히나 금마는 헤아릴 수 없는 새 떼들을 부려 하늘을 뒤덮은 채 중원 하늘을 자유자재로 떠다녔다는 전설적인 고수였다.

당연히 만수신공 또한 전설이나 다름없는 그의 신공절기니 암천의 눈빛이 예사롭지 않음은 당연했다.

"알고 있다니 설명하기 쉽겠네. 전에 알고 있던 거의 유일한 무공이었어. 익히기도 쉽고 여기 살면 정말 심심해서 몰래몰래 익혀 뒀거든……."

혁무린의 말에 암천은 내심 뜨악한 기분이었다.

'만수신공이란 게 쉬워? 대체 혁 공자는……'

"그걸 이용하면 짐승들과 교감을 할 수 있어요. 경지가 높아지면 녀석들을 통해 멀리 있는 곳도 볼 수 있고……. 어떤 건지 한번 볼래요?"

무린의 말에 암천은 저도 모르게 고개를 끄덕였다.

암천 또한 무인이니 희대의 절기를 보여 주겠다는 말을 거절할 이유가 없었다.

혁무린은 기다렸다는 듯 두 손가락을 이빨 사이에 끼우고 바람을 불었다.

휘이익!

손가락 사이에서 날카로운 파열음이 일어 분지를 타고 하늘로 치솟는 것이 느껴졌다.

잠시 뒤 뻥 뚫린 분지의 하늘 위로 한 마리 새가 모습을 드러내더니 엄청난 속도로 날아 내렸다.

날카로운 부리를 가진 맹금류로 마치 먹이를 낚아채려는 듯 발톱까지 세우고 있었다.

그렇게 급강하하던 새가 혁무린의 머리 위쪽에서 갑작스레 속도를 줄이더니 어깨 위로 가볍게 내려앉았다.

하나 암천은 담담한 눈길로 무린의 어깨에 걸터앉은 새를 바라보았다.

물론 그것이 멋지게 조련된 매라는 것이나 그 생김이나 푸른 빛깔이 무척이나 특이하다는 것은 인정했다.

하나 그것으로 만수신공을 봤다고 할 수는 없는 일이었다.

그런 암천의 내심을 알고 있는지 혁무린이 피식 웃었다.

"해동청이에요. 아직은 좀 똑똑한 정도에 불과하지만 나중엔 영물이 될 녀석이고."

혁무린의 말에 암천은 다시 의문이 일었다.

해동청에 대해선 들어 본 적이 있었다.

작지만 하늘을 지배하는 힘을 지녔다는 맹금의 왕, 하나 역시나 만수신공과 연결 짓기는 쉽지 않았다.

"어째 시선이 삐딱하네. 눈치챘겠지만 지금은 만수신공을 펼칠 수 없어요."

"……?"

"그래서 이 녀석에게 가르치고 있는 중이죠."

"네에?"

너무나 황당한 말에 암천이 저도 모르게 목소리를 높였다.

하나 혁무린은 그저 웃으며 입을 열었다.

"뭐 일단은 걸음마 수준이지만 그래도 보면 신기할걸요. 자, 응구(鷹九)야! 저 아저씨께 네 재주 좀 보여 줘라."

무린의 어깨에 걸터앉은 매의 눈을 응시하며 입을 열었고 암천은 뭐가 뭔지 몰라 그저 눈만 멀뚱하게 뜨고 지켜봤다.

한데 그 순간 매의 눈동자에 기이한 변화가 일기 시작했다.

사람과는 달리 하나의 검은 눈동자에 노란색 자위로 채워진 것이 해동청의 눈이었다.

그런 해동청의 눈에 변화가 일었다. 삽시간에 검은 동자가 갈라지며 세 개로 분화되었으며, 이내 그것이 노란색 자위 위를 빙글빙글 돌기 시작한 것이다.

너무나 기이한 현상에 암천이 당황하는 순간, 응구라는 다소 촌스런 이름의 매가 허공으로 치솟았다.

비상하는 속도가 어찌나 빠른지 암천의 고개가 그 속도를 잡으려고 뚝 소리가 날 정도로 젖혀졌다.

끼아아아아악!

날아오르는 매의 입에서 더없이 날카로운 소리가 터져 나온 것도 그 순간이었다.

분지 안의 울림 때문인지 아니면 본시 해동청이란 매가 다 그런 것인지는 몰랐지만 그 체구에서 나왔다고는 믿기 힘들 정도로 커다란 소리가 분지를 타고 하늘로 뻗어 올랐다.

그렇게 허공으로 치솟아오른 응구, 그리고 잠시 뒤 암천의 눈에 믿지 못할 광경이 들어왔다.

분지 위 하늘로 날아오른 해동청 주위로 하나둘 새 떼들이 모이기 시작했다. 그리고 그 수는 삽시간에 불어나 머잖아 온통 새 떼들로 분지 위가 까맣게 보일 만큼 채워졌다.

안력을 높여 살펴 보니 새 떼의 종류도 정말 가지각색이었다.

더구나 평소엔 먹잇감에 불과해 보이는 자그마한 새들까지 태연하게 맹금류 사이를 날고 있었다.

그 기이한 광경에 암천은 입이 쩍 벌어질 수밖에 없었다.

"지금은 이 정도가 전부예요. 하지만 만수신공은 성취에 따라 엄청 달라지니까 나중엔 저걸 타고 다닐 수도 있을 거예요."

"아……."

암천은 다시금 저도 모르게 탄성을 내뱉었다.

눈앞에 보이는 것이 있으니 믿지 않을 수가 없었다.

그렇다고 해도 일개 날짐승 따위가 만수신공이란 절기를 펼칠 수 있다는 것은 정말로 믿기 어려웠다.

'그런 거라면…… 나한테 좀 가르쳐 달라고 해 볼까?'

암천은 저도 모르게 그런 생각을 했다.

음자대나 자신이 하는 일의 특성상 만수신공과 같은 신기를 익혔다면 정말로 요긴하게 쓸 수 있을 것 같았다.

작은 짐승들을 부리고 새 떼 같은 것을 타고 날아다닐 수 있다면 못할 것이 없을 것 같다는 생각이었다.

"하하! 아저씬 힘들 거예요. 저 정도 되는 데도 몇 십 년은 걸릴걸요? 그래도 배울래요?"

무린의 말에 암천은 퍼뜩 정신을 차렸다.

물론 가르쳐만 준다면 몇 십 년이 걸려도 배우고 싶은 마음이었다.

하나 괜한 욕심에 정신만 산란해졌다는 생각이 들어 부끄러웠다.

더구나 지금 중요한 것은 소가주가 처한 상황이었다.

만수신공을 직접 보고 나니 혁무린이 소가주의 상황을 알고 있다는 사실을 추호도 의심할 필요가 없었다.

지금은 소가주가 어디서 무엇을 하고 있는지 듣고 싶은 마음이었다.

"강이 녀석이 왠지 부러워지네. 아저씨 같은 사람을 곁에 둘 수 있다는 게…… 그냥 모른 척하고 아버지 말에 따를 걸 그랬나 봐."

무린의 갑작스런 말에 암천이 조심스런 눈빛이었다.

눈치 빠른 암천이 무린의 말뜻을 못 알아들을 리 없었다.

망량겁조가 자신을 초노인의 자리에 두려 했음을 알기 때문이었다. 물론 지금의 무린은 그럴 마음이 없음을 잘 알고 있지만.

"절 높이 봐 주시는 것은 감사드립니다만, 오늘날 저를 있게 해 준 것은 단목세가입니다. 떠날 수 없음을 이해해 주시길……."

암천의 음성은 조심스러웠지만 그 안에는 굳은 의지가 담겨 있었다. 또한 다시 한 번 자신의 뜻을 명확히 하려는 의도였다.

"그렇게 말 안 해도 잘 알죠. 그래서 녀석이 부러운 거고……. 솔직히 원래대로라면 대주 아저씬 자부의 사람이어야 해. 자부의 율령은 꽤나 엄하거든."

무린의 음성은 나직했지만 조금 전에는 느끼지 못했던 위엄 같은 것이 서려 있었다.

암천은 조심스레 무린을 쳐다보았다.

'자부의 율령이라니…….'

의문이 일었지만 묻지는 않았다. 왠지 그걸 알게 되면 헤어나지 못할 덫에 걸릴 것 같다는 기이한 느낌이 들었기 때문이었다.

그런 암천을 보며 무린이 생긋 웃었다.

"세상이 감당할 수 없는 힘을 회수하는 것. 그게 자부의 일 중 하나였거든……. 아저씬 혼검을 익혔잖아. 거기다 선천지기까지. 혼검이야 별거 아니라고 해도 선천지기는 외부인이 가져선 안 되는 힘이거든요."

무린의 말에 암천은 저도 모르게 마른침을 삼켜야 했다.

어째 이야기가 묘한 방향으로 흘러간다는 생각에 등줄기에 식은땀이 맺히는 기분이었다.

그와 동시에 이전부터 쭈욱 이어져 온 의아함이 동시에 머릿속을 가득 채우는 기분이었다.

망량겁조란 이해 불가능한 존재에 대한 의문점들, 지금 무린의 말에 그에 대한 답이 있음을 짐작할 수 있었다.

하나 당장 더 파고들었다간 결론이 좋지 않을 것 같다는 느낌이 본능을 자극했다.

왠지 자부라는 이곳의 비밀은 알면 알수록 얽매이게 되는 힘이 있을 것이란 생각이 든 것이다.

그런 암천의 마음을 읽기라도 한 것처럼 혁무린이 다시 입을 열었다.

"너무 걱정 마요. 자부의 율령이란 건 반드시 그렇게 해야 한다고 정해진 건 아니니까. 천문을 잇는 자의 의지가 곧 자부의 율령이고, 지금은 내가 바로 이곳의 주인이니까요. 난 아버지처럼 꽉 막힌 사람이 아니거든요."

무린의 음성은 무척이나 쾌활한 듯 보였지만 그 안에 어딘지 씁쓸함이 느껴졌다.

그 순간이 돼서야 암천은 정말로 망량겹조가 죽고 없음을 알 수 있었다.

물론 어느 정도 예상은 하고 있었지만 막상 그렇다고 생각하니 안도감이 들기도 하면서 한편으론 허탈함이 일기도 했다.

그 존재 사실만으로도 강호를 뒤집어 놓을 수 있는 이가 바로 망량겹조인데, 그런 이가 이렇게 세상의 끝이나 다름없는 곳에서 조용하게 사라졌다니 정말로 너무나 허무하다는 생각이 든 것이다.

"지겹게도 오래 사셨으니까요……."

"……."

"한데 보내고 나니 알게 되는 것들이 참 많았어요. 사실 아저씨한테 말하는 게 좀 오락가락하죠? 어쩔 수가 없어요. 힘만이 아니라 전대의 기억까지 받아야 하는 거거든요."

"네엣?"

전혀 이해할 수 없는 말에 암천의 음성이 커졌다.

'힘과 기억을 받다니? 격체전공 같은 건가? 아니면 사령술 같은 사공?'

암천의 머릿속은 순식간에 각종 의문들로 채워졌다.

강호엔 무공만 있는 게 아니라 수많은 종류의 대법들이 있다.

그중엔 몇 가지 조건만 충족시킨다면 상대의 몸에 내력을 대신 불어넣어 주는 것이 가능했다. 물론 공력이 높은 이가 자신의 공력을 나누어 주는 것이니 없던 힘이 생기는 것은 아니었다.

거기다 사술이라 치부되지만 상대방의 심령을 제압하여 머릿속 기억을 끄집어내는 일이 가능하며 그것이 어떤 경지를 넘으면 상대의 영혼마저 뒤바꿀 수 있다는 이야기도 떠돌았다.

암천의 머릿속은 그런 생각들로 복잡해져만 같다.

하나 풀 수 없는 의문에 매달리는 것은 암천의 체질이 아니었다.

'뭐, 어차피 상식의 범주란 게 통용되지 않잖아. 망량겁조라는 존재는…….'

암천은 의문을 억지로 털어 버렸다.

그게 속 편하기 때문이었다. 또한 정히 궁금해 못 참겠으면 눈앞의 무린에게 물으면 될 일이라고 생각했다.

지금이라면 무린이 자신이 궁금한 것을 모두 풀어 줄 수 있음을 충분히 짐작하고 있는 것이다.

"그래도 다행인 건 아버지가 꽤나 절 생각해 주셨다는 거죠. 대부분의 기억을 스스로 지워 놓았거든요. 그래도 당신이 세상 속에서 행한 일들은 대부분 남겨 두셨어요. 해서 전 그만큼의 삶을 대신 산 것 같은 기분이랄까? 뭐 그래서 그런지 제가 좀 오락가락해요. 갑자기 한 삼백 살 쯤 된 것같이 변하면 이상하거든요. 이해할 수 있죠? 제가 그렇게 막 가는 놈은 아니거든요."

말을 하면서 무린의 표정이 조금은 밝아졌다.

"하여간 궁금한 건 알게 되었는데……. 또 알게 되고 나니까 왜 생전에 그렇게 입을 다물었는지도 이해하게 되더라구요. 솔직히 맥이 빠져 버렸어요. 원래 계획은 이게 아니었는데……. 힘이 생기면 제일 먼저 초노의 복수를 하려고 했는데, 정말 부질없다는 생각밖에 안 들어요. 솔직히 처음엔 나 진짜 방황했어요. 안 믿기죠?"

신세 한탄처럼 이어지다 갑작스런 반문을 하자 암천은 꽤나 당황했다.

머리가 그다지 나쁜 편은 아니라고 자부했지만 혁무린의 말을 전부 이해할 수는 없었다.

다만 조각조각 이어지는 이야기 하나하나가 결코 가벼운 것 같지 않으니 그저 묵묵히 경청할 뿐이었고, 그래도 풀리지 않는 의문은 나중에 되물으면 될 일이라 생각했다.

하나 지금은 왠지 가만히 들어 주는 것이 좋을 것 같다는 생각이었다.

"말을 하다 보니 갑자기 초노 생각이 나네. 아저씰 보

면 초노가 참 사람 보는 눈이 있는 거 같아. 새삼 보고 싶
네……."

뜬금없이 초노인을 언급하자 암천은 당황했다.

"저 또한 그렇습니다. 하지만 혁 공자! 전 그리 대단할
게 없는……."

"겸손하긴……. 고마워. 내 이야기 들어 줘서. 그냥 이
정도만 알고 있는 게 좋을 거 같아. 더 알면 진짜 나랑 살
아야 할지도 모르니까."

"……."

"아참! 궁금한 건 강이 녀석이지? 그 자식 지금 북경에
있어. 그것도 자금성 안 봉명궁에."

"네엣?"

너무나 갑자기 단목강에 대한 이야길 꺼내자 암천의 음
성은 자연스레 높아졌다.

"지금도 있는지는 모르겠고. 아무튼 일 년 반쯤 전에
봤으니까. 아직도 거기 있을 거야."

"대체 소가주께서 왜 봉명궁에? 설마 내밀원에 잡혀 계
신 것은……."

입을 여는 암천은 자신의 추측에 자신이 없었다.

봉명궁은 황제의 금지옥엽 자운공주의 거처였다.

더구나 유가장의 후손과 혼담이 오갔고 유가장에 직접
찾아온 적도 있으니 암천 역시 당연히 자운공주를 알고

있었다.

하지만 소가주가 봉명궁에 있다는 말은 정말 믿기지 않았다.

'공주도 설마 환관 편인가? 하여 내밀원과 짜고 소가주를 감금시킨 것이고…… 설마 은닉한 재산 때문에 고문 같은 것을 당하고 계신 것인가!'

상황이 너무나 예상외인지라 온갖 억측이 머리를 가득 메웠다.

하나 의문은 쉽게 풀렸다.

"갇힌 것은 아니고, 무공 수련 중이었어. 꽤나 깊은 곳이고, 녀석 찾으려다 일 한 번 치렀어. 그 덕에 다신 만수신공을 쓸 수 없게 돼 버렸지만……."

여전히 이해되지 않는 혁무린의 말이기에 조금 더 자세한 상황을 듣고 싶었다.

"만수신공은 단계가 많아. 친화, 교화, 감화, 동화, 영능화까지……. 그리고 영능화에 이른 매개체가 타격을 입으면 고스란히 시전자가 타격을 받고. 나 정말로 죽을 뻔했어."

"좀 쉽게 말씀을!"

"음, 그러니까. 아까 내가 좀 방황했다고 했잖아? 정말 만사가 귀찮고 그래서, 아무것도 안 했어. 그러니까 결국 심심하더라구. 당연히 친구 녀석들 생각이 났고, 찾아볼 생각으로 만수신공을 좀 썼어. 밖에 나가고 싶진 않았지만 녀석들은 보고 싶었으니까. 또 별일 없는지도 궁금하고……."

"하면 정말로 여기서 중원을 살피는 것이 가능하셨다는?"

"내가 거짓말할 사람으로 보여?"

"그게 아니라, 정말 쉽게 믿기지가 않아서 말입니다."

"만수신공은 원리만 알면 의외로 익히긴 쉬워. 일반적인 무론하곤 각도가 좀 달라서 그렇지, 하여튼 그렇게 녀석들을 찾았어. 다들 걱정할 필요 없이 잘 지내더라구."

"다른 공자 분들도 무탈하시던가요?"

"응! 대체로, 다들 열심히 하고 있더라구."

"하면 소가주께선?"

"하여간 강이 그 녀석이 문제라니까. 좀처럼 찾을 수가 없더라구. 아, 혹시 오해할까 봐 말하는데 만수신공이라고 아무거나 막 부리는 건 아냐. 최소한의 이지란 것이 있어야 한다구. 벌이나 개미 같은 것마저 부린다면 세상을 지배하게?"

"저, 그런 것보다 소가주님은 어떻게……."

"미안, 미안. 오랜만에 사람하고 말하니까 자꾸 말이 많아지네. 하여튼 원래 동화의 단계만으로 찾아야 했는데 도저히 찾을 길이 없어서 영능화까지 쓴 거야. 동화된 매개체는 그저 볼 수밖에 없지만 영능화는 내가 가진 감각을 그대로 대신할 수 있거든."

혁무린의 말에 암천은 더욱 당황한 얼굴이었다.

상식적으로 납득이 가지 않는 이야기, 하나 무린은 신경 쓰지 않았다.

"뭐…… 짐승의 머릿속에 내가 들어간다고 생각하면 이해하기 편해! 그렇게 한참이나 찾았어. 단목세가가 불탄 것도 사실 그 무렵이었고……."

"음!"

암천은 저 모르게 침음성을 내뱉었다.

그때라면 이 년 전 여름을 말하는 것, 하면 혁무린은 그 이전에 그 능력이란 것을 얻었다는 뜻이었다.

'하긴 정말로 망량접조의 능력을 얻었다면 본가를 구해줄 수도 있었으리라!'

"일이 터지니까 마음이 급해지더라. 이 동물 저 동물 옮겨 다니며 녀석을 찾았어. 사실 그거 굉장히 무리거든. 하여간 녀석의 체취를 쫓아 오질라게 뒤졌다구. 악록산이랑 형산은 이제 눈 감고도 다닐 수 있어."

무린의 말을 들으니 그가 얼마나 단목강을 찾기 위해 수고했는지를 충분히 알 수 있었다.

암천은 괜히 고마움에 뭉클한 마음마저 일었다.

"하지만 없더라. 포기할 생각까지 했는데 은근히 걱정

되더라구. 또 녀석 아버지도 생각이 나고 해서 혹시나 하며 북경을 갔더니, 거기서 녀석의 체취가 느껴지더라구."

"아!"

가주의 행적이 발각되고 그 종적이 사라진 곳이 바로 자금성이었다.

소문으로야 ~~죽~~었다느니 뇌옥에 갇혔다느니 하는 말들이 있지만 정작 확인된 것은 아니었다.

"녀석은 그 귀여운 공주마마가 있는 곳 지하에 있었어. 솔직히 정말 놀랐어. 진짜 예뻐졌던걸. 하여간 강이 그 녀석 과감해졌어. 연후의 짝인데 가로챌 심산인지도 몰라. 정말로 다시 봤어. 진짜로, 난 강이 편이야. 솔직히 연후보다 둘이 훨씬 더 잘 어울리고."

"저, 소가주님은……."

"알았어. 녀석의 체취가 나는 곳은 봉명궁 밑쪽이었어. 비밀 통로 같은 게 있었고 오가는 길은 전혀 없었어. 할 수 없이 영력을 쥐로 옮겼지. 그보다 작은 건 안 되더라구."

"그래서 어찌 되었습니까?"

"어찌 되긴 어찌 돼. 죽을 고생해서 구멍 파고 계단으로 내려갔지. 한참 내려가니까 꽉 막힌 밀실이 있었어. 거기 가니까 녀석의 냄새는 물론 어마어마한 기운들까지 느낄 수가 있더라구."

거기까지 이야기한 혁무린이 갑작스레 말을 끊더니 깊은 한숨을 쉬었다.

"말씀하시다 말고 왜?"

"아까워서 그래. 그때 조금만 침착했으면……."

"혹시 무슨 일이?"

"급했지 뭐야. 반가운 마음에 밀실의 이음새를 뚫고 냅다 들어갔거든. 내가 얼마나 고생했는지 알아? 석 자 두께의 벽돌을 이빨이 다 닳도록 갈고 또 갈았다고. 한 달이나 걸렸어. 영능화가 된다고 해서 쥐새끼가 무슨 검기 같은 걸 쓸 수 있는 건 아니니까. 정말 죽을 고생하고 들어간 건데……."

"그런데요?"

"간신히 들어갔는데 젠장!"

"젠장이라니요?"

"콰쾅 했어."

"네?"

"어마어마한 강기 같은 게 날아들었다고. 내가 녀석을 본 건 진짜 눈 깜짝할 사이였어. 반가움을 표시할 시간도 없었다구."

"대체, 소가주께서 왜……?"

"당연하잖아. 연공실에 쥐새끼가 들어왔는데……."

"아!"

"정말 죽을 뻔했다고. 이 내가 죽을 뻔했단 말이지. 그러고 나니까 퍼득 정신이 들던걸. 나는 아직 스물두 살이고 열심히 살아갈 나이란 걸. 강이 그 녀석에게 은혜를 입었다고 해야 할까, 솔직히 얼마 전까진 그 충격에서 벗어나느라 꼼짝없이 누워만 있었어."

혁무린이 히죽 웃었다.

정확히 어느 정도인지는 몰라도 당시 혁무린이 큰 부상을 입었다는 것만은 틀림없어 보였다.

그런데도 혁무린은 아무 일도 아니라는 듯 그저 웃고 있었다.

뭐랄까, 전에는 그에게서 느껴 보지 못한 너무나 담담한 모습이었다.

어찌 보면 참으로 평범해 보이는, 또 어찌 보면 절대자의 여유처럼 보이는, 그것도 아니면 모든 것에 초탈해 버린 이의 모습처럼 보이기도 했다.

그의 내막을 어느 정도 알고 있기 때문인지, 그도 아니면 단목강의 무사함을 확인했기 때문인지 암천 또한 마음 한구석을 짓누르던 납덩이를 내려놓은 기분이었다.

그러다 조금 전 혁무린이 했던 말이 떠올랐다.

"저 혁 공자? 조금 전 소가주가 강기를 일으켰다 했습니까?"

암천은 자기가 잘못 들은 게 아닌가 하며 되물었고 그

눈빛은 무언가에 대한 기대감으로 불타올랐다.

"글쎄, 정확히 뭐라고 불러야 할지는 모르겠네. 검이나 도에서 나온 건 아니고 납작한 원반 모양이거든."

"하면 팔비신륜이었을 것입니다."

암천은 조금 실망한 음성이었다.

아무리 단목강이 무학의 천재라 해도 그 나이에 강기를 일으킬 수는 없는 일이라 여겼다.

일 년 반 전이라면 고작 열여덟, 강호상에 그 나이에 강기를 형상화한 고수가 누가 있겠는가?

그래도 세가의 제일신병인 팔비신륜이 단목강에게 전해졌다는 사실은 무척이나 고무적인 일이었다.

월인에 이어 묵소와 중혼을 직접 전한 것이 자신이었고 거기다 이제 팔비신륜까지 이어졌다 하니 과거 만병천왕이라 불리었던 무제의 병기를 온전히 갖춘 것이다.

물론 혈마도가 없다는 것은 아쉬웠지만 그건 욕심 내선 안 되는 물건임을 잘 알고 있었다.

더욱이 당장은 병기보다 무공의 진일보가 중요한 때였다.

단목강의 자질은 대단하니 언제인가 과거 무제의 신위를 이뤄 낼 수 있을지도 모른다는 기대로 마음마저 부풀었다.

그때가 되면 다시 단목세가는 세상에 모습을 드러낼 것

이고 오늘의 치욕을 되갚아 줄 수 있을 것이다.

그런 생각이 암천을 미소 짓게 했다.

한데 그 순간 혁무린이 묘한 표정으로 입을 열었다.

"내 눈을 뭘로 보는 거야?"

"네엣?"

"내 머릿속에 어떤 기억이 있는지 알기나 해?"

"갑자기 그런 말씀은 왜……."

"아버지와 무제의 싸움이 들어 있어. 그런 내가 팔비신륜하고 강기를 구별 못하겠어?"

순간 암천은 온몸이 굳어지는 느낌이었다.

무제를 언급하기에 당황했으며 그 속에 담긴 의미를 이해하기에 너무나 놀랄 수밖에 없었다.

둘의 대결이 어찌 결론지어졌는지 어찌하여 망량겁조의 가슴에 혈마도가 박혀 있는지, 이제는 혁무린에게 들을 수 있을 것 같았다.

하나 지금 암천에게 중요한 것은 과거의 비사 따위가 아니었다.

"서…… 설마……. 정말로 소가주께서……?"

"조금 더 자랑스럽게 여겨도 될 거야. 그만큼 강해졌거든."

'나도 설마 벌써 그걸 해낼 줄은 몰랐거든. 괜히 전했나 싶기도 하지만……. 그 자식 진짜 천재인 건 확실해!'

마치 자기 일인 양 자랑스럽게 웃고 있는 무린, 순간 암천은 저도 모르게 혁무린 앞에 머리를 조아렸다.

"고맙습니다. 고맙습니다. 혁 공자!"

암천은 그저 입에서 똑같은 말을 되풀이할 뿐이었다.

하나 혁무린은 겸연쩍은 듯 머리를 긁적였다.

"대주 아저씨가 나한테 고마워할 필요는 없지."

사실 지금 혁무린의 머릿속엔 한 줄기 미안한 감정이 스쳐 가고 있었다.

'휴! 사실을 알게 되면 그런 말은 하지 않을걸. 뭐……
아버지 입장이야 이해하게 되었지만 세상에 못할 짓을 한 건 사실이니까.'

第三章

마군(魔君)의 일보(一步)

호남성에서 사는 이들에게 가장 살기 좋은 곳을 꼽으라
면 대부분 장사를 꼽을 것이다.

　그것은 단지 장사가 호남의 성도라는 이유 때문만은 아
니었다.

　호남성의 백성들이 장사를 가장 살기 좋은 곳으로 꼽는
이유, 그것은 장사에 천하상단이 있기 때문이었다.

　전국 각지에서 모여드는 상인들과 그들이 교역하는 풍
부한 물자들로 인해 언제나 활기차고 부유함이 넘쳐 나던
곳이 바로 장사였다.

　하나 그것도 옛말이었다.

　천하상단이 역모에 휩쓸려 갈가리 찢겨진 후, 장사 땅

은 예전과는 달라졌다.

본시 도시의 크기가 있으니 분주함은 여전하지만 과거와 같을 수는 없었다.

그중에서도 상강의 포구는 그야말로 죽은 듯한 거리가 되어 버렸다.

과거에 넘쳐 나던 사람들을 생각하자면 기가 막힐 수밖에 없는 상황이었다.

천하상단의 남문과 지근거리에 있었기에 과거에는 그 어느 곳보다 많은 이들이 드나들던 곳이었다.

하나 이제는 찬바람만이 가득했다.

조금이라도 빨리 정박하기 위해 넘쳐 나던 선박들은 보이지 않았다. 마치 시간이 정지 된 듯한 한적한 포구엔 이른 봄바람만이 쌀쌀하게 불어올 뿐이었다. .

그나마 보이는 이들이라곤 흉흉한 기세를 풍기는 무인들 십여 명뿐, 그런 포구와 저잣거리를 바라보며 깊게 한숨을 쉬는 이가 있었다.

상강의 대로변 중에서 포구와 가장 가까워 한때 돈을 갈퀴로 긁어모았던 상상(相上)객잔의 주인 구삼동이 바로 그 한숨의 주인공이었다.

"휴! 어쩌자고 시절이 이렇게 변해 버린 것인지…… 이러다간 하나 남은 숙수 녀석 월급도 못 주겠어."

구삼동은 시름에 젖은 눈길로 한적하기만 한 포구를 바

라보았다.

과거엔 이 길목에만 객잔의 수가 열일곱 개나 되었다.

그래도 대부분 빈 방이 없을 정도로 장사가 잘되던 곳이었는데 이제는 모두 문을 닫았다.

오직 구삼동의 객잔만이 썰렁한 거리를 지키고 있을 뿐이었다.

"나도 이참에 유양강 쪽으로 자리를 알아봐야 하나……."

그렇게 혼잣말을 내뱉던 구삼동은 이내 고개를 내저었다.

"아니야! 언제까지 저놈들이 이곳을 지키고 있을 리가 없어. 저 망할 놈들만 사라지면 숨통이 트일 것이야."

구삼동은 창문을 통해 포구 쪽에 진을 치고 있는 무인들을 노려보며 이를 갈았다.

역모에 연루된 죄인들을 수색한다는 명목으로 드나드는 배마다 이 잡듯 뒤지니 상인들이 그 번거로움을 달가워할 리 없었다.

더구나 물길로 반 시진만 더 올라가면 유양강 포구에 이를 수 있으니 너나 할 것 없이 선박들이 그리로 몰릴 수밖에 없었다.

그나마 관부의 포졸들이 있을 때는 이 정도는 아니었다. 한데 일 년 전 즈음부터 저들이 포구를 관리하더니 이 지경으로 변한 것이다.

그래도 마냥 원망할 수밖에 없는 것이 저 무인들이 거의 유일한 객잔의 손님이라는 것이다.

저들마저 없었다면 진즉 객잔을 접고 떠야 했을 상황이니 마냥 미워할 수도 그렇다고 좋아할 수도 없는 처지인 것이다.

그렇게 구삼동이 한숨만 내쉬고 있을 무렵 상강을 지나치는 선박 한 척이 보였다.

보나마나 상류로 갈 것이 뻔한 큼지막한 상선을 보며 구삼동은 속이 쓰려 왔다.

대체로 상강을 이용하는 이들은 남쪽 지방 상인들이지만 멀게는 사천 땅에서 오는 이들까지 있었다.

상강의 물길은 꽤나 고단하니 뭍에 오르면 객잔에서 쉬어 감이 당연했다. 하니 과거라면 당연히 이곳 포구의 손님이어야 할 이들이었다.

구삼동은 일부러 고개를 돌려 버렸다.

괜한 기대를 가지고 바라보아야 입맛만 더욱 쓰다는 것을 잘 알고 있는 것이다.

한데 뜻하지 않은 분주한 소리가 들려왔다.

선박이 포구에 다가서는 것이다.

구삼동은 눈이 휘둥그레졌다.

혹여 상단이라도 내리나 하는 기대에 가슴이 두근거렸다.

하나 이내 그런 기대는 더욱 큰 실망으로 변해 버렸다.

배는 정박조차 하지 않았고 포구 근처를 스치듯 지나친 것이 전부였다.

그때를 맞춰 누군가 뱃머리에서 풀쩍 뛰어내린 것이 전부였다.

가깝다 해도 족히 이 장 거리는 될 듯한 거리를 훌쩍 뛰어내린 사내, 구삼동은 이내 고개를 돌려 버렸다.

"흥! 저놈들과 한 패로구나. 그 당가인가 뭐시긴가 하는 놈들이겠지……."

일 년 전부터 간혹 이곳에 배를 정박하고 내리는 이들이 있었지만 그들 대부분이 바로 사천 땅에 있다는 당가의 무사들이었다.

구삼동은 이번에도 당연히 그곳에서 온 무인일 것이라고 짐작해 버렸다.

또한 그들은 절대 객잔에 머무는 법 없이 천하상단 안으로 가 버리는 절대 도움이 안 되는 이들이었다.

한데 이제 보니 그것이 아닌 듯했다.

포구 쪽에서 뭔가 심상치 않은 소란이 계속되었다.

무사들이 목소리를 높였고 홀로 내린 사내를 에워싸고 고성이 오갔다.

그리고 이내 무인들이 병장기를 뽑는 심상치 않은 소리까지 들려왔다.

차차차창!

안 그래도 무료한 참이었기에 구삼동의 시선은 당연히 다시 포구 쪽으로 이어졌다.

한데 그 순간 구삼동은 황급히 눈을 돌려야만 했다.

파지지직!

무언가 강렬한 빛이 번쩍 하며 소름 끼치는 소리가 귓가를 울렸기 때문이었다.

눈물이 찔끔 날 정도로 날아든 빛살에 한동안 눈을 비벼야만 했던 구삼동.

이내 정신을 차리고 창밖을 바라보았는데 구삼동은 입이 쩍 벌어질 수밖에 없었다.

그 짧은 순간 열댓 명이나 되는 포구의 무인들이 길바닥에 나뒹굴며 간질병에 걸린 이들처럼 부들부들 떨고 있었기 때문이었다.

그리고 그들 사이를 태연하게 지나쳐 오는 사내가 있었다.

죽립을 쓰고 있고 전신을 감싼 흑색 피풍의를 입은 사내였다.

구삼동은 저도 모르게 꿀꺽하고 침을 삼켰다.

"젠장!"

본능적으로 큰일이 난 것을 직감한 구삼동이 황급히 못 본 척하기 위해 고개를 숙였으나 사내의 걸음은 곧장 객잔 쪽으로 향했다.

다시 한 번 마른침을 삼키는 구삼동.

끼이익!

객잔 문이 열리는 소리가 이처럼 소름 끼치게 들려온 적은 없었다.

평소라면 달려 나가 넙죽 머리를 조아렸을 상황이나 구삼동은 그저 부들부들 떨기만 했다.

때마침 객잔 안으로 들어온 죽립인의 음성이 이어졌다.

"주인장이시오?"

구삼동은 벌떡 일어서며 황급히 고개부터 숙였다.

"넵!"

구삼동은 답을 하면서도 절대 고개를 들지 않았다.

악독한 무림인들은 절대로 자신을 본 이를 살려 두지 않는다고 들었다.

관부를 대신하고 있는 무인들을 순식간에 쓰러뜨린 죽립인이니 자신의 목숨 정도야 파리 목숨 정도로 여길 것이란 생각마저 들었다.

한데 이어진 죽립 사내의 음성은 예상과는 전혀 달랐다.

"여쭙고 싶은 것이 있소."

분명한 예의를 갖춘 격식, 음성 또한 그렇게 나이가 많은 것 같지 않았다.

하나 구삼동은 여전히 고개를 들지 않았다.

얼굴을 보아 봤자 괜한 고초를 치를 것이 뻔하다는 생
각이었다.

"말씀만 하십시오. 아는 것은 모조리 답하겠습니다."

그런 구삼동의 태도가 거슬렸는지 죽립 사내는 잠시간
아무런 말도 하지 않았다.

구삼동은 다시 한 번 침을 삼켰다.

그 잠시의 시간이 수십 년의 세월이라도 된 듯 느리게
만 흘렀다.

결국 견디지 못한 구삼동이 조심스레 고개를 들어 올렸
다.

"묻고자 하시는 것이……."

"저들이 왜 나를 공격한 것이오?"

죽립 사내의 물음이 다시 이어지자 구삼동은 황급히 눈
을 내리깔았다. 그러면서도 잠시 어안이 벙벙한 얼굴이었
다.

'젠장! 그걸 왜 나한테 물어?'

정작 당사자가 모르는 일을 어찌 알겠느냐는 심정이었
지만 그것을 티 낼 수는 없었다.

"저들은 관부를 대신해 포구를 관리하는 무인들입니다.
역도의 잔당들을 수색하기 위해 일 년 전부터 이곳을 지
키고 있습니다."

구삼동은 최대한 공손하게 말을 했고, 잠시 뒤 죽립 사

내의 반문이 이어졌다.

"역도의 잔당이라……. 혹 저들이 단목세가와 관련 있소?"

"헙!"

구삼동은 다시 숨이 턱 막히는 소리를 내뱉었다.

구삼동은 잠시 동안 어찌 대답해야 할지 몰라 머리를 쥐어뜯고 싶은 마음이었다.

함부로 언급조차 해선 안 되는 말이 단목세가란 말인데 죽립 사내가 너무나 태연히 말하고 있는 것이다.

어쩌면 정말로 역모에 관련된 잔당일 수도 있다는 생각에 숨을 쉬기조차 힘들었다.

"묻고 있지 않소. 단목세가의 멸문과 저들이 관련 있소?"

당장이라도 목이 날아갈 듯한 서슬 퍼런 음성에 구삼동은 그저 주저앉아 울고 싶은 심정이었다.

"아이고! 저 같은 놈이 무엇을 알겠습니까? 제가 아는 건 저들이 저기 천하상단을 점령하고 있는 무인들이라는 것뿐입니다."

구삼동이 부들부들 떨며 포구 반대쪽 대로변에 자리한 기다란 담장을 가리켰다.

죽립 사내가 고개를 살짝 들더니 눈을 빛냈다.

마치 성벽처럼 보이는 일 장 높이의 견고한 담장이 길

을 따라 한참이나 이어져 있었다.

"천하상단이 이곳에 있소?"

연이어진 사내의 물음에 구삼동은 다시 황당한 얼굴을
했다.

장사에 천하상단이 있다는 것은 세 살 배기 어린애도
아는 일이었다. 하나 그런 마음을 표할 정도로 여유 있는
때가 아님을 잘 알고 있었다.

"저기 길을 따라가면 천하상단의 남문이 있습니다. 대
인. 저는 정말 아무것도 모릅니다. 그저 오대세가인가 오
수련인가 하는 이들이 저곳을 관리하고 있다는 것만 알
뿐입니다."

구삼동은 거의 울음 섞인 음성을 내뱉었고 죽립 사내는
한동안 말이 없었다.

그리고 이내 다시금 이어진 나직한 음성.

"단목세가가 있는 악록산으로 가자면 이곳이 빠르다고
하던데……. 저 길로 가면 되는 것이오?"

예상치 못한 사내의 음성에 구삼동이 조심스레 고개를
들었다.

죽립 사내의 손끝이 가리킨 대로를 확인한 구삼동의 눈
이 살짝 이채를 발했다.

'중원인이 아니로구나…….'

사내의 거뭇한 피부는 중원인의 그것이 아니었다. 하나

그런 잡생각 같은 것을 하고 있을 때는 아니었다.

"맞습니다. 저 길로 반 시진 정도 가다 보면 갈림길이 나오는데 위쪽 길은 장사로 이어지는 길이고 아래쪽 송림을 지나면 안록산으로 갈 수 있습니다. 빨리 걸어도 반나절은 걸릴 길입니다. 해 지기 전에 당도하려면 서두르시는 게……."

구삼동은 최대한 친절하고 자세하게 길을 알려 주었다.

서둘러 눈앞의 이 야차와도 같은 사내가 사라지기를 빌며.

그런 구삼동의 바람이 통했는지 사내의 입에서 예기치 못한 음성이 이어졌다.

"고맙소."

사내는 그 말을 남긴 채 걸음을 옮겼고, 구삼동은 한동안 그 자리에서 고개도 들지 못한 채 서 있어야만 했다.

이윽고 사내가 완벽히 대로변을 벗어난 것을 확인한 뒤에야 구삼동은 사태의 심각성을 깨달았다.

"아…… 일을 어찌해야 하나."

멀리 포구에 쓰러진 이들은 여전히 쓰러진 채 바들거리고 있었고, 저녁 시간의 교대조가 나오려면 아직 두 시진은 더 있어야만 했다.

오가는 이가 있어 누가 소식을 전하기라도 하면 다행이련만 길거리엔 개 새끼 한 마리 보이지 않았다.

자칫 이러다 저들이 죽기라도 하면 괜한 해코지를 당할 수도 있었다.

"젠장! 그래도 일단 안쪽에 알려 주긴 해야 할 것 같구나."

마음을 굳힌 구삼동이 조심스레 객잔 밖으로 나섰다.

혹여나 무시무시한 죽립 사내가 어딘가에서 지켜보지나 않을까 하는 생각에서였다.

괜히 저들을 도우려 했다가 목숨을 날릴 수도 있는 것이기에 당연한 듯 주위를 살폈다.

역시나 평소처럼 인적이 전혀 없는 상황, 구삼동은 조심스레 포구 쪽으로 걸음을 옮겼다.

가까이서 보니 무인들의 상태는 더욱 가관이었다.

살갗이 죄다 그을린 모습에 의복들마저 여기저기 타들어 간 것이 흉하기 그지없었다.

꼭 벼락을 맞은 듯한 그들의 모습에 무엇부터 해야 할지 판단이 서질 않았다.

그나마 다행인 것은 죽은 이가 없다는 사실 하나, 구삼동은 생각을 바꿔 장원 쪽으로 걸음을 옮기려 했다.

혼자서 이들을 옮길 수도 없으니 당연한 선택이었다.

그 순간 지척에 쓰러져 있던 무인 한 명이 부들부들 힘겹게 입을 열었다. .

"주…… 주인장……. 품 안에……."

자주 객잔에 들러서 낯이 익은 사내였다.

무슨 대의 조장인가 하는 사내였는데 귀담아 듣지 않아 기억을 하진 못했다.

하나 이 상황에 저리 힘을 쥐어짜 자신의 품을 가리키고 있으니 못 본 척할 수는 없는 일이었다.

구삼동이 조심스레 사내의 품을 뒤졌다.

그러곤 품 안에서 원통 모양의 기다란 막대 하나를 꺼낼 수 있었다.

"하늘에 대고…… 그 끝에…… 줄을…… 당겨 주시……"

사내는 다시 한 번 힘겹게 입을 열더니 이내 의식을 잃어버렸다.

구삼동은 잠시 주저하다가 사내의 말을 기억하며 막대를 들어 올렸다. 그리고 심지처럼 늘어진 줄을 힘껏 당겼다.

순간 고막이 찢어질 듯한 소리가 터져 나왔다.

퍼펑!

그리고 이내 하늘 위로 붉은색 연기가 퍼져 나가는 것이 보였다.

'신기한 폭죽일세!'

폭주 놀이야 명절 때마다 다반사로 볼 수 있는 것이라지만 이렇듯 대낮에도 또렷한 색깔을 그려 내는 폭죽은 처음 보는 것이었다.

자신이 처한 상황도 까먹은 채 잠시간 푸른 하늘에 퍼지고 있는 붉은 연기를 바라보는 구삼동.

하나 구삼동은 삽시간에 얼어붙고야 말았다.

겨우 숨 몇 번 내쉬는 시간이 흐른 뒤 사방에서 몰려드는 어마어마한 숫자의 무인들을 보아야 했기 때문이었다.

특히나 그중 몇몇은 너무나도 갑자기 나타났다. 그야말로 새처럼 허공에서 떨어져 내린 것이나 다름없었다.

"무슨 일이냐!"

순식간에 눈앞에 나타난 흑발 중년인의 음성과 그 무시무시한 눈길에 구삼동은 그저 석상처럼 굳어질 수밖에 없었다.

그 뒤를 이어 삽시간에 모여드는 이들 또한 도저히 사람이 내는 속도로 볼 수 없을 만큼 빨랐고 이내 그들이 뿜어내는 어마어마한 기세가 구삼동 하나에게 집중되었다.

그 기세에 구삼동은 완전히 넋이 빠지고 말았다.

"무슨 일이냐고 했지 않느냐?"

그 와중에 다시 이어진 서슬 퍼런 흑발 노인의 음성과 눈빛에 구삼동은 그만 풀썩하고 주저앉을 수밖에 없었다.

그때 구삼동을 구원해 준 이는 몇 번 객잔을 드나들며 안면이 있었던 중년 무사였다.

"당 가주님. 저자는 저 앞 객잔의 주인일 뿐입니다. 우선 숨통을 열어 자초지종을 듣는 것이……."

그렇게 말하는 중년 사내가 흑발 노인을 지나쳐 구삼동 앞에 이르렀다.

"이보시오. 날 알아보시겠소? 용무단의 단주라오. 일전에 대원들과 들렀었는데……."

사내가 다가오고서야 구삼동도 말문을 틀 수 있었다.

"네…… 알다마다요. 전……. 전 잘못한 것이 없습니다. 다만 도우려고 했을 뿐입니다. 이분이 부탁한 대로……."

최대한 힘을 쥐어짜며 의식을 잃은 사내를 가리키는 구삼동, 자칫 목이 날아갈 수도 있는 상황임을 알기에 혼신의 힘을 다할 뿐이었다.

"대체 누가 이런 짓을 저지른 것이오."

"얼굴을 보진 못했습니다. 다만…… 그는 악록산 단목세가를 찾는다고……."

"뭣이라고?"

때마침 다시금 흑발 노인의 음성이 이어졌고 구삼동은 또다시 숨이 막히는 소리를 토해 냈다.

"헉!"

"당 가주님! 노기를 가라앉혀 주십시오. 우선은 상황을 파악하는 것이 먼저입니다. 이보시오. 그자가 단목세가를 찾는다 했소?"

"네. 틀림없습니다."

"그자의 모습을 보았소?"

"아, 아닙니다. 죽립을 쓰고 있어서⋯⋯."

"하면 특이점은? 복장이라든지. 무기라든지?"

중년 사내의 음성은 나직했지만 그 눈빛에 담긴 기운만은 흑발 노인과는 또 다르게 구삼동을 압박했다.

없던 기억이라도 짜내야 할 상황.

구삼동은 죽립사내의 피부색을 떠올릴 수 있었다.

"흑색. 피풍의를 입었고⋯⋯ 이족으로 보였습니다. 남만 쪽⋯⋯. 피부색이 까만 것이 중원인과는 달라 보였습니다."

구삼동은 힘겹게 기억을 쥐어짰고 눈앞의 사내는 상황과는 달리 너무나 밝은 웃음을 보여 주었다.

"고맙소. 그 정도면 충분하외다. 오늘 일은 본련의 이름으로 크게 사례할 것이오."

뜻하지 않은 말에 구삼동은 눈을 크게 떴으나 더 이상 관심의 대상이 될 수 없었다.

중년 사내는 뒤돌아섰고 흑발 노인을 향해 마주 섰다.

"한 명에게 당한 듯싶습니다. 가주께서 나설 일은 아니니 저와 용무단이 추적토록 하겠습니다."

"아닐세! 나 또한 함께 가지. 그동안 무료하던 참이었네."

"알겠습니다. 일조와 이조, 삼조는 나를 따르고 나머지는 포구와 장원을 지킨다. 별도의 명령 없이는 자리를 이탈하지 말 것이며 부상자들을 치료해라. 사조장은 지검단에 전서를 띄워 만일을 대비하게 하고 이들 중 누구라도 정신을 차리면 자세한 내막을 전령을 통해 보고토록!"

중년 사내의 단호한 음성에 주변에 도열한 이들이 일제히 검을 세웠다.

"충!"

전에 없던 상황인지라 대답하는 이들의 전신에선 맹렬한 기세가 뿜어졌고 그들은 순식간에 자기가 할 일을 찾아 이동했다.

"간다!"

중년 사내가 신형을 박차고 나가자 오십여 명의 무인들이 맹렬한 속도로 그 뒤를 따랐다.

그리고 무시무시한 안광을 뿜어내던 흑발 노인 역시 가볍게 지면을 박차고 앞으로 나아갔다.

하나 그 속도는 실로 무지막지하게 빨라 순식간에 앞서간 이들을 지나쳐 용무단 단주라는 사내 옆으로 이어졌다.

"어떤 놈이 감히 이런 짓을 저질렀는지 궁금하구먼."

"칠조장 탁발기는 조장 중에서도 세 손가락 안에 들 실력입니다. 한데 신호조차 못 보내고 당했으니 결코 만만히 볼 수는 없는 것입니다."

"흠! 단목세가의 칠대가신이란 자들이 나오기라도 한

것인가? 이거 은근히 기대되는구먼."

"모르지요. 흑의를 입었다 하니 그 소문만 무성한 음자대의 대주일 수도……."

"어쨌든 간만에 대어라도 건지는 것인가."

쏜살같이 달려 나가면서도 두 사람은 호흡조차 흐트러뜨리지 않고 대화를 나누었다.

하나 그들의 대화는 그리 길게 이어질 필요도 없었다.

그들이 추적을 시작한 지 고작 일각도 되지 않아 적으로 추정되는 이를 발견할 수 있었기 때문이었다.

너무도 태연하게 길을 걷고 있는 사내.

그는 객잔 주인의 말처럼 죽립을 쓰고 흑색 피풍의를 걸치고 있었다.

오가는 이가 하나 없는 송림 입구에서 죽립 사내는 아주 느릿하게 고개를 돌릴 뿐이었다.

"놈! 거기 섰거라."

수풀이 놀랄 정도로 강렬하게 터져 나온 흑발 노인의 음성에 죽립 사내가 느릿하게 돌아섰다.

그런 사내의 눈에 일순간 맹수의 그것과도 같은 살벌한 안광이 스쳐 지나갔다.

그러면서도 죽립 사내는 더 이상 아무런 움직임도 하지 않고 묵묵히 자신을 향해 내달리고 있는 이들을 바라보기만 했다.

특히나 죽립 아래로 드러난 사내의 시선은 선두에 선 흑발 노인과 중년 사내를 향해 고정되었다.

"강하군! 하나 그들보단 약해!"

사내의 입술을 비집고 나직한 음성이 흘러나왔다.

그리고 잠시 뒤 선두에 내달리던 흑발 노인의 손에서 무시무시한 파공음이 쏘아졌다.

슈슈슛!

세 자루 유엽비가 날아들며 일으키는 파공음은 놀라울 정도로 날카로워 듣는 것만으로도 오금이 저릴 정도였다.

하나 죽립 사내는 미동도 하지 않았다.

세 자루 유엽비도는 모두 아슬아슬하게 사내를 비켜 갔다.

하나 그것은 흑발노인의 의도가 담긴 출수임은 명백해 보였다.

한 자루는 사내의 오른발 앞쪽에, 또 한 자루는 사내의 목을 스쳤고, 나머지 한 자루는 사내가 쓴 죽립을 반으로 가른 채 아슬아슬하게 머리 위를 지나갔다.

이십 장 거리에서 그것도 내달리는 와중임을 감안하면 실로 무시무시한 공격이 아닐 수 없었다.

하나 죽립 사내는 여전히 움직이지 않았다.

다만 죽립이 갈라지며 날카로운 눈매와 쉽게 보기 힘든 검붉은 얼굴색이 드러났을 뿐이다.

그리고 잠시 뒤 죽립 사내는 득달같이 몰려든 이들에게 완전히 포위되었다.

"놈! 그 정도에 얼어붙어 버릴 실력으로 감히 본련의 무사들을 해하다니!"

원형 진을 뚫고 중년 사내가 걸어 나왔다.

용무단의 단주인 제갈진무는 입가에 고소를 머금고 있었다.

처음 포구의 상황만 보고는 적잖이 긴장했지만 일이 너무 싱겁게 끝나 버린 듯해서 허탈한 마음까지 일었다.

하나 그런 제갈진무의 생각은 이내 달라질 수밖에 없었다.

죽립 사내를 제압한 흑발 노인이 옆에 서며 심상치 않은 말을 꺼냈기 때문이었다.

"방심하지 말게! 못 피한 것이 아니라 피하지 않은 것이 분명하니."

흑발 노인의 말에 제갈진무는 크게 놀란 표정이었다.

상황은 끝이 난 것 같았다. 이제 제압하여 문초를 하는 일만 남았다 여겼는데 그것이 아니라 하는 것이다.

하나 제갈진무는 감히 흑발 노인의 말을 의심할 수 없었다.

다른 누구도 아닌 암왕 당이종의 말을 흘려들을 수는 없기 때문이었다.

현 당가의 가주이자 천중십좌에 이름이 올라 있는 절세의 고수가 바로 당이종이었다.

그런 이가 상대를 낮게 보고 있지 않은데 자신이 경솔해선 안 될 일이었다.

더구나 상대는 남만 출신의 이족 사내이며 용무단의 일개 조를 순식간에 쓸어버릴 정도의 고수였다. 강호에 그런 정도의 고수가, 그것도 남만인 출신의 고수가 있었다면 소문이 나지 않을 리 없었다.

한데 들어 보지 못했으니 필시 내력이 감춰진 이가 틀림없었다.

조심해서 나쁜 것은 없는 상황, 제갈진무는 상황을 직시하며 다시금 소리쳤다.

"어떤 자이기에 감히 본련의 무사들을 해한 것이냐? 순순히 포박을 받는다면 정상을 참작해 줄 것이다."

제갈진무의 말에 이족 사내는 잠시간 말이 없었다.

더구나 그는 전혀 주눅 들지 않은 너무나 담담한 모습이었고 제갈진무는 다시 한 번 긴장의 끈을 옭죄었다.

이 정도 상황에서 저렇듯 태연하다면 오직 두 가지뿐이었다.

스스로의 무공을 자신할 정도로 강한 이가 아니면 상황을 파악치 못하는 머저리뿐, 한데 아무리 보아도 후자의 경우는 아닌 것 같았다.

하나 고작 사내 한 명을 제압하는 데 더 이상 망설일
이유는 없었다.

"관을 봐야 곡을 할 놈이구나. 모두……!"

"잠시만 기다리게."

제갈진무가 일제히 공격을 명하려는 찰나 당이종의 갑
작스런 개입이 있었다.

제갈진무로선 가만히 한 걸음을 물러설 수밖에 없는 상
황이었다.

오수련의 수장 중 한 명이자 그 홀로 용무단 전체를 상
대할 정도의 고수가 나선다는데 막을 이유가 없는 것이다.

당이종은 몇 걸음을 앞서 나가 이족 사내와 마주 섰다.

"이름은?"

상황과는 달리 다짜고짜 이름을 물어보는 당이종, 한데
뜻밖에 사내도 선선히 자신을 밝혔다.

"사다인."

역시나 누구 하나 들어 보지 못한 이름이었다.

"련의 식구들을 다치게 한 이유는?"

다시금 이어진 투박한 당이종의 물음에 다시금 사내가
답했다.

"먼저 검을 뽑았으니까."

사내의 무뚝뚝한 대답에 주변의 기세가 살벌하게 끓어
올랐다.

하나 당이종의 행사에 끼어들 정도로 간 큰 이는 없었다.

"본련에 대해 알고 있나?"

"……"

"오수련. 오대세가의 연합일세. 천하를 양분하고 있는 힘을 지니고 있고."

평소 보아 온 당이종의 모습과는 달라 제갈진무마저 의아함을 가질 수밖에 없었다.

적도가 분명한 이를 향해 필요 이상의 대접을 하고 있음을 느낀 것이다. 하나 자신이 보지 못한 무언가가 있으리라 믿고 제갈진무는 가만히 두 사람의 대화를 지켜보기만 했다.

"당신에게 처음 듣는군."

하나 연이어진 이족 사내의 대답에 더 이상 참지 못하는 이들이 있었다.

용무단 내에서도 당가에 속한 무인들이 바로 그들이었다.

감히 하늘 같은 가주에게 반말을 지껄이는 이들을 두고 볼 정도 당가의 무인들은 참을성이 많지 않았다.

"네 이놈! 감히 가주님께!"

"네놈의 혀를 뽑아 버리고 말리라."

원형 포진 안에서 두 사내가 서슬 퍼런 음성을 내뱉자 이족 사내의 눈가가 살짝 비틀렸다.

하나 그보다 먼저 당이종의 노성이 터져 나왔다.

"너희들 따위가 감히 내 행사를 간섭하려 드는 것이냐?"

그 음성과 함께 순식간에 휘감고 도는 강렬한 기세에 용무단의 고수들은 누구 하나 감히 입을 열 수 없을 지경이었다.

이제껏 태연하게 마주하던 이족 사내의 눈빛에도 은은한 놀람이 이어졌다.

'내 생각이 틀렸군. 중살이란 놈보다 아래가 아니야. 과연 중원이란 말인가.'

이족 사내 사다인은 과거에 쓰디쓴 낭패를 맛보게 했던 복면 괴인을 떠올렸다.

그때는 상대를 파악할 재주가 미약했으니 장담할 수는 없지만, 당시 복면 괴인과 눈앞의 흑발 노인의 무공이 우열을 논하기 힘들 것이란 느낌이 들었다.

그러한 생각이 이제껏 잠자하기만 하던 투지를 들끓게 했다.

순간 흑발 노인이 다시 물어왔다.

"단목세가를 찾는다 하던데 이유는?"

하지만 사다인은 답하지 않았다.

조금 전까지만 해도 굳이 필요 없는 분란을 만들고 싶진 않았다.

포구의 일은 단지 상대가 먼저 검을 뽑았기에 벌어진

일, 이번엔 상대가 말로 나오니 말로 응대했던 것이다.

하나 상대가 힘으로 억누르려 한다면 더 이상 참을 필요가 없다는 생각이었다.

"그렇게 묻는 당신들은 단목세가의 멸문과 관련 있는가?"

전혀 예기치 못한 상황에 이어진 반문이었기에 당이종마저 검미가 꿈틀거렸다.

하나 그 순간 사다인의 눈을 가만히 응시하던 당이종은 알 수 없는 불안감을 느꼈다.

오만할 정도의 자신감이 가득한 이족 사내에게선 이제껏 누구에게도 느껴 보지 못한 독특한 기운이 느껴졌다.

하나 당이종은 더 이상 신경 쓰지 않기로 했다.

처음 용무단을 만류한 것도 혹시나 있을 인명의 피해를 걱정했기 때문이었다.

어찌 되었든 상대는 어느 정도 실력을 지닌 고수가 분명했고, 괜한 오해로 시비가 생겼다면 큰 마찰을 일으키고 싶지 않았기 때문이었다.

하나 이제는 명확해졌다.

이족 사내가 최소한 단목세가 편이라는 것이 분명해졌기 때문이었다.

이 정도까지 했다면 과한 예를 차린 셈, 게다가 당이종이 직접 나섰으니 그야말로 파격적이라고 할 수 있는 대접이었다.

"굳이 벌주를 택하는군. 단목세가의 잔당이라면 목줄을 끊어도 할 말이 없음이야."

당이종의 음성엔 전에 없는 살기가 진득하게 묻어났다.

하지만 사다인은 오히려 그런 당이종을 향해 더욱 싸늘한 음성을 내뱉었다.

"그 말, 그대로 돌려주지. 내 아우에게 무슨 일이 생겼다면 그 일에 관련된 놈들 모두를 찾아 씨를 말려 준다."

"갈!"

더 이상 참지 못한 당이종이 대성을 터트리며 출수를 했다.

이족 사내가 말한 아우가 누구인지는 관심조차 없었다.

어차피 죽일 생각까진 없으니 제압하여 모진 문초를 겪어 보면 토설하게 될 일이었다.

이 거리라면 굳이 암기까지 쓸 필요도 없었다.

하나 손에 사정까지 두지는 않았다. 몇 군데 요혈을 짚고 사지를 무력화시키면 그만일 뿐, 고작 반 장 거리에 선 이족 사내를 제압하는 것은 너무나 쉬운 일처럼 여겨졌다.

그런 당이종의 생각이 오판이었음을 아는 데는 그리 오래 걸리지 않았다.

명문혈을 노리고 뻗어 나간 당이종이 손가락 끝이 채 닿기도 전 전혀 예기치 못한 공격을 당했기 때문이었다.

파지지직!

"커헉!"

비호처럼 쏘아지던 당이종의 신형은 날아들던 힘을 못 이기고 그대로 바닥에 꼬꾸라졌다.

찰나지간 당이종은 흙바닥에 얼굴을 처박은 채 풍이라도 맞은 이처럼 부들부들 떨어야 했다.

누구도 예기치 못한 일이 벌어졌기에 사위를 둘러싼 용무단의 무인들은 그저 멍한 표정을 지을 수밖에 없었다.

잠시 잠깐 섬광이 번쩍하는가 싶은 것이 전부였고 그 후 당이종이 쓰러져 있는 상황이니 그저 너무나 황당할 뿐이었다.

이 땅에 천중십좌 중 한 명을, 그것도 생사결로는 대적할 이가 없다는 암왕 당이종을 순식간에 쓰러뜨릴 수 있는 이가 있다고는 믿을 수가 없었다.

그것이 비록 당이종의 방심이 부른 대가라 해도 믿기지 않는 현실인 것은 부정할 수가 없었다.

모두가 얼이 빠진 모습이었고 그것은 용무단의 단주 제갈진무 또한 다르지 않았다.

순간 원진 안쪽에 자리한 사다인의 딱딱한 음성이 이어졌다.

"죽이진 않았다. 하나 내 앞을 막는 자는 용서치 않는다."

사다인은 뚜벅뚜벅 걸음을 옮겼다.

특히나 송림 앞쪽을 막고 있던 용무단의 무인들은 흠칫할 수밖에 없었다.

반대편의 제갈진무와 점점 더 다가오는 이족 사내를 어찌할 바를 몰라 주춤거릴 뿐이었다.

그러는 동안 사다인은 길을 막고 서 있는 이들의 지척에 이르렀다.

그때까지도 제갈진무는 그런 사다인의 등을 보고 주저하고 있을 뿐이었다.

'공격해야 한다! 모두 합공해야 해!'

머릿속은 그렇게 말했지만 본능은 그것을 만류했다.

다른 이들은 몰라도 제갈진무는 분명 볼 수 있었다.

이족 사내의 손끝에서 뿜어지는 뇌전의 광망이 당이종을 일격에 무너뜨린 것을!

제갈진무로선 도저히 쉽게 판단할 수가 없는 상황이었다.

일거에 공격을 취한다 해도 과연 그를 제압할 수 있을지 자신이 없는 것이다.

더구나 용무단은 세가의 직계 혈족들로 이루어진 무인들, 혹여 탈이라도 난다면 책임을 면키 어려운 일이었다.

하지만 망설이고 있을 수는 없었다.

이대로 싸워 보지도 않고 돌아간다면 용무단이 문제가 아니라 자신의 앞날은 끝장이었다.

오수련 내에서 얼굴을 들고 다닐 수 없게 될 것은 물론 숙부인 일군 제갈공후 앞에서 고개조차 들 수 없을 것이다.

'듣도 보도 못한 사술일 뿐이다! 모두 동시에 합공을!'

제갈진무는 격국 마음을 정했고 손을 들어 손가락 세 개를 폈다.

삼 조 모두가 일제히 적을 공격하라는 수신호였다. 그를 기점으로 기다렸다는 듯 용무단이 움직였다.

아니 일제히 움직이려 꿈틀하는 순간이었다.

파지지지직!!

도저히 믿을 수 없는 일이 벌어졌다.

허공에서 강렬한 뇌전의 줄기가 떨어지더니 이족 사내의 전신에 얽혀들었다.

그리고 그 기운은 순식간 송림 앞길을 가로막고 있는 용무단 이조를 향해 뻗어 나갔다.

"피…… 피햇!"

제갈진무의 다급한 음성이 터진 것도 그 순간이었다.

콰콰콰콰쾅!

길을 막고 있던 용무단원들이 몸을 날린 사이로 용권풍이 휩쓸고 지나간 듯 흙먼지가 연이어 치솟았다.

이족 사내의 손끝에서 뻗어 나간 푸른 광망이 지면을 쓸어 가며 만들어 낸 일이었다.

간신히 길옆으로 몸을 뒹굴어 그것을 피해 낸 무인들이

망연한 눈길로 사다인을 쳐다보았다.

"이번은 경고다. 하나 다음엔 죽인다!"

사다인은 그 음성을 남기며 송림 안쪽으로 뚜벅뚜벅 걸음을 옮겼다.

그리 빠르지도 않고 느리지도 않은 걸음이었다.

하나 누구도 감히 그를 쫓을 생각을 하지 못했다.

그것은 제갈진무 또한 마찬가지였다.

아니, 지금 제갈진무는 누구보다 넋이 나간 듯한 표정이었다.

사내의 무공이, 지금 눈앞에서 펼쳐진 무공이 무엇인지 알 수 있을 것 같았기 때문이었다.

그런 제갈진무의 입에서 부들부들 떨리는 음성이 흘러나왔다.

"뇌령마군!"

환우오천존 중 뇌제라 불리는 무공, 분명 그것이었다.

그 기경할 무학이 다시 세상에 모습을 드러낸 것이다. 제갈진무는 한동안 그 어떤 명령도 내리지 못하고 멀어지는 사다인을 바라보기만 했다.

그것은 흙먼지 사이에서 부들부들 떨고 있는 용무단의 무인들 모두가 마찬가지일 수밖에 없었다.

解放光州

第四章

오누이

어둑한 지하 밀실 안에 홀로 가부좌를 틀고 앉은 사내
가 있었다.

이제 약관 정도로 보이는 사내는 눈을 감은 채 한동안
석상처럼 꿈쩍도 하지 않았다.

그러기를 잠시 뒤 이내 사내의 눈이 번쩍하고 떠졌다.

순간 우웅 하는 소리와 함께 사내 앞에 놓인 비륜 하나
가 떠올랐다.

부유하듯 떠오른 비륜은 사내의 손도 닿지 않았는데 제
자리에서 맹렬히 회전하며 더욱더 공명을 크게 터트렸다.

우웅우웅!

그리고 잠시 뒤 휘돌던 비륜이 빛살처럼 뻗어 나갔다.

슈앙!

날카로운 파공을 터트리며 오 장 너비의 밀실 전면을 향해 뻗어 나간 비륜이 순식간에 두 갈래로 갈라진 뒤 사내를 향해 회선했다.

마치 사내의 몸을 양단할 것처럼 날아든 비륜은 아슬아슬하게 사내를 스치고 난 뒤 이내 다시 방향을 바꾸었다.

그 순간 두 자루였던 비륜은 네 개로 분화되었고 이내 날아가며 다시 여덟 자루로 갈려 밀실 가득 파공음을 뿌렸다.

슈슈슈슈슝!

여덟 자루 비륜이 만들어 내는 궤적은 너무나도 빠르고 강렬했고 그 누구도 그 궤적을 뚫고 들어올 수는 없을 것 같았다.

그렇게 잠시간 밀실을 완벽히 장악하고 있던 비륜이 거짓말처럼 속도를 줄이며 천천히 사내에게도 날아왔다.

좌정한 사내의 주변을 호위라도 하듯 맴도는 비륜.

우웅!

다시 한 차례 공명음을 터트린 비륜들은 차곡차곡 하나로 합쳐지더니 처음 있던 자리로 사뿐히 내려앉았다.

"후우웁!"

그제야 사내의 입에서 조금은 격한 숨결이 토해졌다.

그렇게 몇 호흡을 조심스레 다스린 사내가 비륜 옆에

가지런히 놓인 한 권의 책자를 향해 손끝을 뻗었다.

직접 손을 대지 않았지만 책자는 한 장 한 장 천천히 넘어갔고 사내의 시선은 책자에 고정된 채 한동안 움직이지 않았다.

이윽고 세심하게 책자를 살피던 사내는 마지막 장까지 이르러서야 손끝을 뻗었다.

그러자 책자가 쑥 하고 사내의 손으로 빨려 들어왔다.

그런 사내의 눈에는 책자의 마지막 장에 적혀 있는 한 글자를 보며 아련한 감정이 스쳐 갔다.

파(破)

뜻 그대로 깨뜨리란 뜻이었다.

팔비신륜의 무공도해와는 상관없이 마지막에 쓰여진 글자였다.

처음엔 그것이 무슨 뜻인지 알지 못했다.

어쩌면 무제가 남긴 또 다른 심득이 아닐까 하는 추측을 하기도 했다.

하나 앞서 있는 무공도해와는 전혀 연관 지을 수 없는 한 글자이기에 그저 고민밖에 할 수 없었다.

그리고 당연히 그 글자를 적은 이에 대해 고민하지 않을 수 없었다.

"무린 형님……."

사내의 입에서 나직한 음성이 흘러나왔다.

입을 여는 사내는 바로 단목세가의 소가주 단목강이었다.

그런 단목강이 매일처럼 붙어 지낸 혁무린의 글씨체를 알아보지 못할 이유가 없었다.

처음 암천에게 자초지종을 들었을 때만 해도 이해할 수 없는 것들 투성이였다.

대관절 무제의 은거비동을 어찌 찾을 수 있었으며, 그 석벽에 적힌 무제의 절기들이 어째서 무린의 손에 필사되어 여러 권의 책자로 전해질 수 있었는지 납득이 되질 않았다.

더구나 중혼과 묵소라는 잃어버린 신병까지 전해 준 이가 바로 혁무린이라니 정말로 이해할 수가 없었다.

하나 이제는 그런 의문들은 지워 버렸다.

그가 건네준 책자들이 틀림없는 무제의 절학들이라는 것을 스스로 익히며 확인했기 때문이었다.

그것도 본가에 전해지는 불완전한 것이 아닌 온전한 절학이었다.

그 하나하나가 만금의 가치보다 귀하다 할 수 있는 보물이었다.

물론 단목강 홀로 모든 절기를 다 익힐 수는 없었다.

시간이 한정 없다면 충분히 도전할 수도 있었겠지만 세가의 닥친 일들은 그럴 여유를 주지 않았다. 더구나 전혀 익혀 보지도 않은 음공이나 기초가 전부인 창술만 가지고 조화만상곡이나 오뢰신창 같은 상승의 절기를 붙들고 있을 수가 없었다.

　다만 팔비신륜과 단혼도법만은 포기할 수 없었다.

　어린 시절부터 기초를 다져 왔던 도법과 부친으로부터 틈틈이 사사 받은 륜법은 비급만 가지고도 익혀 낼 자신이 있었다.

　물론 검륜쌍절이라는 부친이 있기에 주저 없이 행한 선택이었다.

　하지만 이젠 그 부친의 도움조차 바랄 수 없는 처지였다.

　간특한 배신자에 속아 생사조차 알 수 없게 되어 버린 부친을 떠올리면 하루가 다급한 심정이었다.

　그렇다고 해도 지금 자신이 할 수 있는 일이 없음을 자각했다.

　군자의 복수는 십 년이 걸려도 늦지 않는다는 말을 뼈에 새기며 그저 미친 듯이 무공만을 익히고 있는 것이 지금의 단목강이었다.

　천 개의 불행 중 하나의 행운이라면 누구보다 든든한 후원자를 얻었다는 것이다.

황궁의 비고마저 열 수 있는 존재인 자운공주가 자신을 돕고 있는 것이다.

그녀를 통해 황궁 비고의 영약들을 취할 수 있었다. 그로 인해 턱없이 부족하던 내력을 차고 넘칠 만큼 얻을 수 있었으니 그때부터는 그야말로 일취월장이요, 괄목상대란 말이 부럽지 않았다.

그렇게 봉명궁의 지하 밀실에서 단 한 발도 나가지 않고 보낸 시간이 무려 이 년 반이었다.

그사이 기연이라면 기연이었고 노력의 결과라면 의당 그렇게 받아들일 수 있는 일이 있었다.

팔비신륜의 무공도해가 적힌 비급 안에 또 다른 무제의 심득이 있었다는 것이다.

그 일은 오로지 마지막 장에 적힌 깨뜨리라는 한 글자가 있었기에 가능했던 것이었다.

당연히 무린의 서체였고 예사롭지 않다는 생각에 오랫동안 비급을 살핀 것이다.

"후우. 무린 형님께선 대체 어찌 이것을 이토록 은밀히 전할 생각을 한 것일까? 정말 모르겠구나."

단목강은 비급을 조심스레 펼쳤다.

사실 한눈에도 조악스럽게 보이는 책자가 분명했다. 제대로 풀칠을 하여 만든 서책이 아니라 책자 가운데 구멍을 뚫고 몇 개의 끈을 묶어 표지를 덧씌운 형태의 책자인 것이다.

물론 그 안에 내용을 감안할 때 책자의 가치는 천만금을 줘도 모자랄 정도인 것은 분명했다.

하나 단목강은 망설임 없이 책장의 가운데 부분을 열어 그 중심에 있는 끈들을 풀었다.

책장을 이루던 종이들과 두툼한 표지를 분리하는 단목강의 손길은 무척이나 조심스러웠다.

하나 그 일이 익숙한 듯 손놀림만은 무척이나 빨랐다.

그렇게 책장들과 분리된 두툼한 표지를 조심스럽게 펼치는 단목강의 입에서 나직한 음성이 흘러나왔다.

"언제고 형님을 만나면 알게 될 일, 우선은 내 것으로 만드는 것이 먼저일 것이다."

나직한 음성 속에 굳은 결의가 가득했다.

두 겹으로 된 표지를 넓게 펴자 그 안쪽에는 빽빽하게 자그마한 글자들이 적힌 한지가 붙어 있었다.

그것만은 무린의 서체가 아니었다.

하나 그것이 누가 남긴 것이라는 것을 짐작하는 것은 그리 어려운 일이 아니었다.

세상에 누가 있어 이런 절기를 남길 수 있는지를 생각하면 너무나도 쉽게 답이 나왔다.

그렇게 얻은 것이 바로 무제의 마지막 심득이었다.

이름조차 지어 놓지 않은 무공을 처음엔 의형강륜(意

形罡輪)이라 불렀다.

의지만으로 륜의 형상을 띤 강기를 만들고, 이를 팔비신륜처럼 펼치라는 무공이기에 그런 이름을 붙인 것이다.

하지만 처음 구결만을 접하였을 땐 정말로 인간이 도달할 수 있는 영역의 무공인지 확신할 수 없었다.

사실 가능성 여부를 떠나 전혀 효율적인 무공이라고 느껴지지도 않았다.

팔비신륜 자체가 그야말로 신병이라 불리는 절세의 보병이었다.

그 어떤 병기도 잘라 내며 어지간한 충격에는 흠집조차 나지 않는 것이 팔비신륜이었다. 심지어 대성하면 강기마저 잘라 낼 수 있는 신병이 바로 팔비신륜의 공능인 것이다.

한데 다시 팔비신륜의 형태를 띤 강기를 만들라는 것은 가능성 여부를 떠나 전혀 효율적이지 못한 무공이 아닐까 하는 의심이 든 것이다.

더구나 무제의 마지막 심득은 팔비신륜의 마지막 절초인 팔황천과와 십방교륜을 자유자재로 펼칠 수 있는 경지가 되어야만 연공을 시작할 수 있다고 적혀 있었다.

그 이전에 욕심을 내 연공을 시작하면 목숨을 잃을 것이라는 경고가 있는 것이다.

하지만 이제는 그것이 단지 경고만이 아님을 잘 아는

단목강이었다.

아니나 다를까 그의 상체에는 전에 없이 날카로운 자상들이 가득했고 그중 몇은 끔찍할 정도로 큰 상흔을 그려 놓았다.

얼핏 보아도 죽지 않은 것이 신기할 정도의 상처들이었다.

하나 단목강은 조금의 주저함도 없는 모습이었다.

깨알 같은 글귀들을 한 자 한 자 곱씹던 단목강이 이내 다시 자세를 가다듬었다.

"육신이 난도질되어 흩어진다 해도 반드시 이룰 것이다. 그것이 내 의지다."

강인한 단목강의 음성이 토해졌고 그 순간 하나로 포개진 팔비신륜이 화답하듯 공명음을 터트렸다.

우우웅!

천천히 떠오른 팔비신륜은 이전처럼 제자리에서 맹렬한 속도로 회전했고 다시 한 번 허공을 향해 뻗어 나갔다.

조금 전과 전혀 다를 바가 없는 모습, 하나 믿기 힘든 변화는 팔비신륜이 선회하는 순간 일어났다.

슈슝!

하나였던 비륜이 두 자루로 분화되는 찰나 강렬한 섬광이 비륜에서 뿜어진 것이다.

단목강의 눈에도 전에 없이 강렬한 안광이 줄기줄기 뿜

어졌는데 그 눈은 섬광을 내뿜는 비륜에 고정된 채 흔들리지 않았다.

슈아아앙!

순간 섬광으로 둘러싸인 비륜이 회전하며 순식간에 그 크기를 키우기 시작했다.

쌍으로 날던 본래의 비륜마저 집어삼킬 정도로 강렬한 빛을 뿜는 강기의 륜.

그 강렬하고 섬뜩한 기운이 단목강 스스로를 양단할 듯 날아들었다.

순간 단목강의 눈에 전에 없던 강렬한 기세가 뿜어졌다.

"산월참!"

전신에서 뿜어진 기세와 함께 목구멍에서 토해진 일갈이 울리고 하나로 빛을 내던 강기의 륜이 순식간에 두 갈래로 나뉘어 단목강의 양 어깨를 스쳐 지나갔다.

만일 실패했다면 그대로 목이 잘려 나갔을 위험천만한 순간이었다.

하나 안심하긴 일렀다.

본래의 팔비신륜 또한 두 개로 변해 강기의 륜을 따라 단목강의 양 어깨를 스치고 지나간 것이다.

스팟!

신륜에 살짝 스친 어깨에서 한 줄기 핏물이 치솟았으나

단목강은 개의치 않고 마음을 추슬렀다.

아직은 갈 길이 멀었음을 알기 때문이었다.

팔비신륜의 경지로 치자면 고작 사성의 성취에 불과한 것이 지금의 의형강륜이었다.

단목강의 목표는 팔성이었다. 그 이상은 꿈에나 넘볼 수 있는 경지였다.

팔비신륜만 해도 대성이란 것이 없으며 얼마나 자유자재로 펼치느냐 하는 숙달의 문제만 있는 무학이었다.

당연히 의형강륜이라고 다르지 않다는 생각이었다.

무제의 심득이 전하길 여덟 개의 의지를 부리면 능히 신마와도 자웅을 겨룰 것이라 했다.

그 글귀의 신마가 누군지는 모르나 만병천왕 무제가 언급한 이가 결코 약할 리가 없었다. 그런 이와 겨룰 수 있는 무공의 경지라 직접 언급했으니 당연히 단목강의 목표가 될 수밖에 없었다.

그리고 여덟 개의 의지라 했으니 그 경지를 단순히 팔성이라 정해 놓은 것이다.

이는 팔비신륜 여덟 개를 모두 다룰 수 있는 경지이기도 했다.

하나 팔비신륜에서 그 경지가 대성이 아닌 이유는 그 후에도 팔황천과와 십방교륜이란 두 가지 절초가 남아 있기 때문이었다.

의형강륜이 그것과 같을지 아닐지는 알지 못했다.

다만 스스로 익히고 나니 알게 된 것이 있었다.

의형강륜의 위력은 그야말로 파천(破天)이라 해도 부족함이 없음을 말이다.

그렇게 얻게 된 이 기경할 무공의 이름을 파천비륜(破天飛輪)이라 이름 지었다.

도저히 끝을 알 수 없는 위력의 무공이었다.

무제의 심득은 단지 륜의 형상을 한 강기를 만드는 것이 아님을 이제는 알 수 있었다.

스스로 살아 움직이며 종국에는 세상 전체라도 갈라놓을 듯 변해 가는 위력의 강륜.

결코 자만하지 않은 단목강이지만 지금의 파천비륜만 해도 감당할 수 있는 이가 있을 것 같진 않았다.

다만 아직은 온전히 자신의 의지로 다스리지 못한다는 것이 아쉬울 뿐이었다.

하나 때가 멀지 않음을 알고 있었다.

하루가 다르게 의지와 동화되어 가고 있는 파천비륜을 느끼고 있기에 결코 주저할 수가 없었다.

"이제 멀지 않았다. 곧 네놈들의 숨통을 끊어 줄 것이다."

고요함 속에 터져 나온 단목강의 음성은 일말의 흔들림도 없이 밀실 안을 울렸다.

그리고 이내 다시 파천비륜이 뿜어내는 강렬한 섬광이 봉명궁의 지하 밀실을 가득 메워 갔다.

*   *   *

"너무 무리하지 말라니까."

"함부로 들어오지 말라고 했잖아요. 아무리 은인이라지만 더 이상 묵과할 수 없어요."

"정말 그 녀석과 한 핏줄인 게 맞는 거야? 강이 녀석과는 정말 많이 다르네."

"혁 공자! 당장 나가욧!"

날카로운 음성을 내뱉는 여인은 단목강의 누이 단목연화였고 마주한 채 능글맞은 웃음을 보이고 있는 이는 혁무린이었다.

"인형설삼이 좋은 약인 건 분명하지만 약력이 전부 스며들기엔 충분한 시간이 아니야. 괜히 운공을 했다간 그나마 아까운 약력만 날린다고."

무린은 짐짓 걱정스러운 표정이었으나 마주하고 있는 단목연화는 얼굴이 붉어질 정도로 화가 난 상태였다.

"누가 당신에게 그런 거 걱정해 달라고 했어요! 도무지 예의라곤 모르는 사람과는 말을 나누고 싶지 않아요."

"알았다고. 참 나! 하여간 몸조리나 잘 해. 한 보름 정도만 더 쉬면 진기를 사용해도 될 정도가 될 테니까."

무린은 그 말을 끝으로 방을 나가 버렸다.

하지만 단목연화는 뭐가 그리 분한지 여전히 씩씩거렸다.

한눈에도 정말로 아름답다고밖에 말할 수 없는 여인이 바로 그녀였다.

제갈세가의 지낭 제갈소소와 더불어 강남이화(江南二花)라 칭송 받고 있는 여인이니 그 용모가 아름다운 것은 당연한 일이었다.

하나 그녀는 자신을 제갈소소와 비교하는 것 자체를 자존심 상해할 정도로 도도한 여인이었다.

천하제일가의 장녀로 태어나 온갖 사랑과 관심을 받고 자란 터이니 그런 성격을 지닌 것을 탓할 수만은 없었다.

그렇다고 해도 앞뒤 못 가리고 제 잘난 맛에 살며 함부로 남을 무시하는 그런 여인은 절대로 아니었다.

부친인 단목중경이나 어머니인 용화부인 모두 만인에게 칭송받을 정도의 성품을 지니고 있으니 단목연화 역시나 천성은 따뜻하고 지혜롭고 이해심이 많은 여인이었다.

다만 커 온 환경이 다른 것이다. 그녀의 배경과 미모 때문에 수많은 사내들에게 시달려야만 했고 그렇게 자라다 보니 자연히 사내들을 경시하는 버릇이 생긴 것이다.

그렇다고 해도 그것은 어디까지나 속마음뿐이지 지금의

무린에게처럼 대놓고 면박을 준 일은 거의 없었다. 혹시나 상대가 마음 상해할까 봐 싫은 내색조차 도도하게 표현하는 것이 전부였던 여인이 바로 단목연화인 것이다.

하지만 무린과는 시작부터 악연이었다.

물론 그 시작이 오해에서 비롯되었고 일정 부분 자신의 잘못이 있다는 것을 인정해도 결코 무린을 용서할 수가 없었다.

생명의 은인이라 할 수 있는 사내였지만 그녀가 처음 본 그의 모습은 자신의 하복부를 음탕한 시선으로 주무르고 있는 것이었다.

그것도 자신은 반라에 가까운 상태에다 옷섶까지 풀어헤쳐져 있었다.

당연한 듯 비명을 내지르려 했으며 몸을 움직일 수만 있었다면 전력으로 일장을 내질렀을 것이다.

하나 옴짝달싹할 수가 없는 상태였다.

그것이 목숨이 경각에 달한 자신을 위해 인형설삼을 먹이고 그 약력을 체내에 퍼트려 주기 위한 일이었음을 알게 되었지만 그 당시에 느낀 수치심만은 도저히 잊을 수가 없었다.

"걱정 말라구. 여자로 보고 있는 거 아니니까. 그냥 치료하는 것뿐이라구."

그에게 처음 들은 말이었다.

부들부들 떨리는 몸으로 꼼짝도 못한 채 그저 혁무린이란 사내를 쳐다보고 있어야만 했다.

만일 그때 그가 조금만 더 상냥하게 말을 했다면 그런 마음을 먹지 않았을 것이다.

— 소저 상황이 급하여 어쩔 수가 없었소.

적어도 그 정도의 말만 들을 수 있었다면 단목연화가 이처럼 치를 떠는 일은 없었을 것이다.

"그나저나. 참 예쁘게 생겼네."

"강이 녀석, 생각만 해도 괘씸하단 말이야. 이렇게 예쁜 누나가 있다는 것을 왜 말 안 했지?"

"듣자 하니 동갑이라고 하던데. 잘 부탁해. 나 혁무린이라고 해."

"진정하라구! 지금은 심신의 안정이 최우선이니까."

"나도 괴롭다고. 이렇게 예쁜 몸을 어쩌지도 못하고 주무르기만 해야 하는 건. 하지만 어쩌겠어. 어머니는 무공을 모르시고 대주 아저씬 이 방면엔 완전 깡통이라는데……."

그가 치료하는 내내 내뱉었던 말을 떠올리자 온몸이 다시 부들부들 떨렸다.

차라리 죽어 버리고 싶다는 생각만 들었고 아니 할 수만 있다면 그를 죽이고 싶은 마음마저 일었다.

그렇게 간신히 몸을 추스르게 된 단목연화가 혁무린을

곱게 대할 수 없음은 당연했다.

더구나 그 후 아무 일도 없다는 듯 행동하는 그의 모습과 수시로 자신의 방을 불쑥불쑥 들어오는 예의 없는 행동까지 도저히 그에게 정이 가질 않았다.

하나 무엇보다도 화가 나는 건 그의 눈에서 이제껏 자신을 마주했던 사내들이 공통적으로 내비쳤던 무엇인가가 전혀 느껴지지 않는다는 것이었다.

과거에는 늘 자신을 불편하게 했던 끈적이는 시선과 느낌들.

어린 시절에는 몰랐으나 이제는 그것이 무엇인지 충분히 알 수 있는 나이였다.

그것이 형태나 깊이만 다를 뿐 욕망이고 탐욕이고 애정임을 알게 되었는데 무린이란 사내에겐 그것이 없었다.

단지 그것이 분한 것이 아니었다.

그러면 가만이나 있을 것이지 마주 볼 때마다 예쁘네 어쩌네 하며 농을 늘어놓는 것이 마치 자신을 놀리는 것만 같았다.

"흥! 말미잘! 해삼! 멍게 같은 놈!"

단목연화의 입에서 갑작스레 터져 나온 음성이었다.

그녀가 아는 가장 징그러운 단어였고 그것은 그녀가 내뱉을 수 있는 가장 심한 욕설이었다.

"어머니는 그렇다 치고 도대체 대주님은 저 인간 앞에

서 왜 그렇게 공손한 거야!"

어머니의 성격을 잘 아니 자신의 은인에게 공경을 표하는 것은 당연한 일이었다.

하나 음자대의 대주이며 원로전의 가신들만큼이나 강한 암천이 그 앞에서 쩔쩔매는 것은 도저히 이해되지 않았다.

"아가씨! 혁 공자를 함부로 평하지 마십시오. 그는 자신을 드러내지 않는 분입니다. 자신을 쉬 내보이진 않지만 그의 능력은 감히 천외천이라 말할 수밖에 없습니다."

며칠 전 들었던 암천의 말을 떠올리자 더욱더 분이 삭질 않았다.

"흥! 천외천은 무슨! 내력만 모두 회복되면 혼쭐을 내주고 말겠어! 손이 발이 되도록 빌게 만들 거야!"

이빨이 바드득 갈릴 정도로 이를 꽉 문 단목연화의 얼굴에선 비장함마저 느껴졌다.

그녀 또한 단목세가의 핏줄이니 당연히 무공을 익히고 있었다.

그것도 소위 말하는 천부적인 무재를 지닐 정도의 여인이었다.

비록 나이 차가 있다지만 단목강이 유가장으로 떠나기 전까지 한 번도 그녀를 이겨 보지 못했다는 것은 세가인들 대부분이 알고 있는 일이었다.

물론 자존심 강한 누이의 성격을 누구보다 잘 알기에

늘 양보한 것이 단목강의 속내였지만 그녀는 전혀 알지 못했다.

아니 단목강이 실력을 감추었음이 전혀 티가 나지 않을 만큼 재주를 지닌 여인이 그녀인 것이다.

일류고수들을 상회한다는 내밀원의 고수 서너 명을 상대로 생사의 혈전을 이겨 내며 살아남은 단목연화의 무공은 결코 약한 것이 아니었다.

또래의 누구와 비교해도 충분히 자신해도 좋은 실력인 것이다.

다만 문제라면 그녀가 상대하려는 이가 터무니없는 존재라는 것일 뿐.

그런 단목연화의 내심을 알고 있기나 한 듯 문밖으로 나간 혁무린의 표정이 묘하게 일그러졌다.

"끄응! 대체 내가 뭘 잘못한 거야? 진짜 강이 그 녀석하곤 전혀 다르네. 그나저나 잘 하고는 있는 거냐? 싸워야 할 놈들이 만만치 않은 것 같은데……."

第五章

마음이 흘러가는 대로

감숙에서 가장 큰 도시는 두말할 것도 성도인 난주(蘭州)다.

　사실 대부분 크고 작은 산자락과 그도 아니면 황무지나 다름없는 고원으로 둘러싸인 감숙에 난주만 한 도시가 들어선 것도 기이한 일이었다.

　하나 난주가 서역으로 이어지는 비단길의 시발점이 된 것은 벌써 몇 백 년이나 지난 일이었다.

　그 덕에 동서로 이어지는 교역의 중심지로 자리 잡은 것이며 상업만큼은 여느 대도시에 비할 바 없이 번영한 곳이 바로 난주 땅이었다.

　지금 그 난주의 남쪽에 위치한 몽신(夢新)고원 한편에

서 살벌한 광경이 연출되고 있었다.

두 무리의 집단이 뒤엉켜 치열한 싸움을 벌이고 있는 것이다.

한쪽은 짐마차를 지키기 위한 표국의 무인들이었고 또 다른 한쪽은 그것을 수탈하기 위한 도적 떼였다.

얼핏 보기엔 통일된 복장의 표국 무인들이 도적 떼를 잘 막아 내고 있는 것처럼 보였지만 실상은 전혀 그렇지가 못했다.

도적들의 무공은 무척이나 강했고 그들이 독하게 마음을 먹었다면 진작 표국의 무인들은 처참한 상황에 처했을 것이다.

한데도 도적들은 무리한 공격을 하지 않고 표국의 무인들에게 순순히 물러날 것을 종용했다.

"목숨은 살려 준다고 하지 않았더냐? 어서 물러나거라."

날카로운 음성을 내뱉는 사내는 도저히 도적 떼의 수괴로 보이는 않았다.

짙은 흑발을 늘어뜨린 사내였으며 그가 이들 도적 떼의 우두머리로 보였다.

그와 직접 손을 겨루고 있는 난중표국의 대표두 강일찬은 그의 무공에 적잖이 당혹스러워하고 있었다.

강일찬은 본시 청강문(靑强門)의 제자로 청해와 감숙에

서는 제법 이름이 알려진 중년 검수였다.

더구나 그의 별호인 적하칠검(赤霞七劍)은 청성파로부터 직접 받은 별호였다.

청강문은 청성파의 입장에서 보자면 그리 대단할 것 없는 속가문파였지만 강일찬만큼은 그 실력을 인정받아 청성파의 문하임을 드러내도 좋다는 의미로 그런 별호를 내린 것이다.

하니 강일찬 정도의 무인을 대수롭지 않게 상대하는 이들이 결코 평범한 도적 떼일 수는 없는 일이었다.

"놈들! 정체를 밝히거라!"

내기가 상한 강일찬은 입가에 핏물까지 머금은 채 노성을 내뱉었다.

하나 마주 선 흑발 사내는 여유로웠다.

고작 서른 중반이나 될 법한 외모였지만 그 눈엔 자신감이 충만했다.

그것은 그와 함께 온 이십여 명의 도적들 또한 마찬가지였다.

난중표국이 비록 생긴 지는 얼마 되지 않았으나 표사들만큼은 엄히 가려 뽑아 실력이 녹록치 않았다.

하나 그런 표사들을 개개인의 실력을 압도할 만큼 도적들은 강했다.

그것도 최선을 다하지 않는 공격을 하며 그런 상황을

만들고 있는 것이다.

이런 자들이 평범한 도적 떼일 수는 없는 일이었다.

"이보슈, 강 표두! 그냥 조용히 물건만 놓고 가시오. 살려 주겠다는데 왜 말귀를 못 알아듣는 것이오?"

적의 수괴인 흑발 사내는 강일찬을 정확히 알고 있었다. 이는 이번 표물의 중요성 또한 알고 있다는 의미였다.

"놈! 표사가 표물을 지키지 못할 때는 목숨을 잃었을 때뿐이다."

강일찬은 다시금 검을 곧추세운 채 달려 나갔다.

검 끝을 타고 도는 푸르른 기세는 그가 머잖아 검기상인의 경지에 이를 정도의 고수라는 것을 단적으로 드러내는 것이었다.

실로 날카로운 일검이 흑발 사내의 가슴을 향해 뻗어 나왔다.

하나 흑발 사내는 뒤로 훌쩍 날아오르며 옷소매를 털었다.

카캉!

섬전처럼 뻗어 나온 두 자루 비도가 강일찬의 검면을 후려쳤고 연이어 사내의 손으로 회수되었다.

그 강렬한 충격의 여파로 강일찬은 신음을 토하며 뒷걸음질 쳐야 했다.

"크윽!"

'이놈! 대단하구나. 비도에 실린 내력만 보아도 내 상대가 아니다. 대체 정체가 무엇이란 말이냐!'

이미 패배를 인정하고 있는 강일찬이었다.

하나 이대로 표물을 빼앗긴다는 것은 표국의 몰락이나 다름없었다.

표국이 생긴 이래로 받은 모든 의뢰를 합하여도 이번 한 번의 표물 운송만큼 크지 않았다.

당연히 난중표국은 환호성을 내지르며 표행을 시작했다.

실상 지난 이 년여의 표행 동안 이렇다 할 도적들을 만나 보지 못했기에 위험이 있을 것이라곤 생각지도 못한 것이다.

그렇기에 난주의 거상들이 첫 의뢰를 했을 때도 반가운 마음만 일었고, 혹여 실패한다면 세 배의 배상금을 물겠다는 계약에 망설임 없이 날인까지 한 것이다.

그런데 이토록 강력한 도적들을 만나게 된 것이다.

이대로라면 표국의 몰락은 기정사실이었다.

표국의 재물을 다 처분한다 해도 배상금은커녕 표물의 원가마저 전부 변제하기 어려운 일이었다.

짐수레에 실린 표물은 값이 천정부지로 오른 서역의 향료와 난주의 사금(砂金)이니 무슨 재주로 난중표국이 그것을 변상하겠는가.

아마도 난주의 거상들에게 표국이 갈가리 찢길 것은 물론이요, 그 과정에서 씻을 수 없는 모욕을 당할 것이 분명했다.

강일찬은 차라리 죽을지언정 그 꼴만은 볼 수 없었다. 강일찬은 이를 악물고 검을 세웠다.

때마침 마주한 흑발 사내가 질렸다는 듯 입을 열었다.

"이봐! 진짜 이러면 어쩔 수 없어! 우리도 사정이라는 게 있으니까."

그 음성을 끝으로 흑발 사내의 눈빛이 변했다.

전과는 다른 기세였으며 여차하면 살수라도 펼칠 생각인 듯했다.

그것은 다른 표사들의 상황도 마찬가지였다.

어찌어찌 목숨을 잃은 이들은 없었으나 크고 작은 상처로 가득한 표사들은 도적들 전체의 기세가 변한 것을 느끼고 긴장으로 온몸이 굳어진 듯 보였다.

'물…… 물러나야 한다. 저들마저 애꿎은 목숨을…… 버리게 할 순…….'

강일찬은 결국 그런 결정을 내릴 수밖에 없었다.

이유는 모르겠지만 이제껏 적들은 살수를 쓰지 않았다. 하나 시작이 어려울 뿐 누구 하나 피를 보기 시작하면 상황이 어찌 변할지는 누구도 모를 일이었다.

결국 강일찬은 결정을 하고 물러날 것을 명하려고 했

다.

강일찬이 그렇게 참으로 힘겹게 입을 열고자 하는 순간이었다.

너무도 예기치 못한 음성이 들려온 것이다.

"실례 좀 해도 되겠습니까?"

그 음성에 강일찬은 물론 그와 마주 보던 흑발 사내 또한 황급히 고개를 돌렸다.

흑발 사내의 바로 뒤편에 웬 젊은 사내가 서 있었고 그를 확인한 흑발 사내는 대경실색하여 황급히 몸을 날렸다.

그 덕분에 강일찬까지 뛰어넘어 멀찌감치 떨어진 흑발 사내는 정말로 믿기지 않는다는 눈으로 젊은 사내를 노려보았다.

바로 등 뒤에 이르는 동안 일말의 기척조차 느끼지 못한 상황, 만일 그가 공격이라도 했다면 큰일을 당했을 것이 뻔한 상황이기에 당연히 일어날 수밖에 없는 반응이었다.

흑발 사내는 입을 열 생각도 하지 않고 젊은 사내를 노려보기만 했는데 그 때문에 다른 도적들과 표사들의 싸움도 잠시 소강상태를 맞이했다.

그렇게 난전의 중심에 뜬금없이 나타난 사내는 어딘지 독특한 구석이 있었다.

걸치고 있는 회의 장삼은 언뜻 유생의 복색처럼 보였으

나 눈빛은 너무나 고요해서 함부로 대하기 힘든 위엄 같은 것이 느껴졌다.

군이 표현하자면 오랫동안 관의 녹을 먹는 고위 관리에게서나 볼 수 있는 그런 눈빛이었다.

흑발 사내가 고개를 갸웃거렸다.

'관부의 고수인가?'

그런 생각마저도 다시 입을 연 젊은 사내를 보며 바뀔 수밖에 없었다.

"군이 끼어들 생각은 없었습니다. 한데 사람이 다친다면 두고 보는 것이 도리가 아닌 듯하여 부득불 나서게 되었습니다."

젊은 사내의 음성에 흑발 사내의 눈길에 서린 것은 당혹스러움이었다.

관인이라면 절대로 이렇게 말할 리가 없었다.

더구나 말투는 천상 배운 태가 역력한 학사에게서나 나올 법한 것이니 더더욱 의구심이 일었다.

"누구냐? 정체를 밝혀라."

흑발 사내의 음성은 날카로웠다.

하나 젊은 사내는 잠시 흑발 사내와 그 동료들을 바라보더니 이내 피식하고 웃어 버렸다.

"그건 제 쪽에서 묻고 싶은 일입니다. 평범한 도적처럼 보이진 않고……. 하나 제 앞가림이 바쁜 처지에 더 깊이 관여하고 싶은 마음은 아닙니다. 어떻습니까? 이대로 물러나시는 것은?"

사내는 정중한 음성을 내뱉었으나 그 태도가 너무나 당당해 도적의 무리를 긴장시키기에 충분했다.

흑발 사내는 잠시간 그런 사내를 노려보기만 했다.

그러다 이내 번개처럼 오른손을 흩뿌렸다.

"놈! 이걸 막는다면 생각해 보마!"

슈슈슈슛!

너무나 갑작스레 흑발 사내의 손끝에서 뻗어 나간 네 줄기 흑색 섬광이 강렬한 파공음을 터트렸다.

상황을 지켜보던 강일찬의 눈이 튀어나올 듯 커진 것도 바로 그때였다.

'추영비(追影飛)! 하면 저자가 바로 탈혼객……'

그제야 강일찬은 상대의 정체를 알고 대경실색할 수밖에 없었다.

중원 삼대 청부 단체의 하나인 은자방의 특급 청부객이 바로 탈혼객 중표이며 그가 펼치는 추영비는 강호의 일절로 유명했다.

낭인 취급을 받는 탈혼객이지만 그의 명성만은 대단해 강북 전체에서 한 손에 꼽히는 비도술의 고수로 알려져 있었다. 명성만 따져도 자신과는 반딧불과 태양만큼이나 큰 격차가 있는 인물인 것이다.

그런 탈혼객이 추영비를 펼쳤으니 젊은 사내가 흉한 꼴을 당할 것은 너무나 뻔해 보였다.

하나 강일찬은 눈을 찔끔 감을 새도 없이 다시금 크게 놀라야만 했다.

추영비가 그 시간을 주지 않을 만큼 빨랐던 것이고, 그것을 젊은 사내는 가볍게 손을 뻗어 잡아 버린 것이다.

그야말로 찰나의 순간 벌어진 일, 사내의 손가락 마디마디에 끼워진 시커먼 비수 네 자루가 부르르 진동하는 것을 본 강일찬은 입이 쩍 벌어지고 말았다.

비수를 아무렇지도 않게 잡아 버린 젊은 사내가 다시 입을 열었다.

"더 해 보시겠습니까?"

그는 처음처럼 여전히 공손한 음성이었고 그를 노려보던 흑발 사내는 이를 바드득 갈며 목소리를 높였다.

"이만 물러난다."

그 말에 일말의 망설임도 없이 도적 떼가 뒤편으로 물러나기 시작했다.

그들은 경계의 시선으로 주변을 살피며 뒷걸음질 치다 이내 몸을 돌린 뒤 놀라운 속도로 사라져 갔다.

그러는 동안에도 젊은 사내는 말없이 그 자리에 서 사라지는 이들을 지켜볼 뿐이었다.

그제야 정신을 차린 강일찬이 황급히 두 손을 모아 예

를 취했다.

"감사하외다. 오늘 난중표국이 소협께 크나큰 은혜를 입었습니다."

"아……. 네……."

강일찬의 대례에 젊은 사내가 난처한 표정으로 답을 했다.

하나 강일찬은 들뜬 마음을 쉬 진정시키지 못한 음성이었다.

"난중표국의 대표두 강일찬이라 합니다. 실로 큰 은혜를 입었습니다. 감사합니다. 진정으로 감사합니다. 뭣들 하느냐! 모두 은공께 예를 올리지 않고."

강일찬의 우렁찬 음성에 표사들이 일제히 사내를 향해 소리쳤다.

"은공께 감사드립니다."

약속이나 한 듯 일제히 터져 나온 음성은 고원 전체를 울릴 정도로 쩌렁쩌렁했다.

그만큼 상황이 어려웠음을 뜻하는 것이리라.

강일찬은 그런 뒤 젊은 사내를 바라보았다. 그런 강일찬의 눈빛은 빨리 당신의 이름과 정체를 알고 싶습니다 하는 뜻으로 가득했다.

젊은 사내가 입을 열었다.

"연후……. 소생의 이름은 연후입니다."

"연 소협이셨구려. 진정으로 감사드립니다. 외람되오나 연 소협 같은 고강한 젊은 기재를 키운 사문을 알 수 있겠소이까?"

강일찬은 여전히 들뜬 음성으로 재차 물었다.

많게 보아도 스물 중반이나 되어 보이는 얼굴이었다.

한데 탈혼객의 추영비를 너무나도 쉽게 막아 낼 무공을 지녔으니 결코 이름 모를 문파의 제자가 아닐 것이라 짐작했다.

강일찬의 입장에선 생명과 더불어 그보다 소중한 표물을 지켜 준 은인에 대해 알고자 함은 당연한 것이었다.

"저, 그런 것은 없습니다."

젊은 사내의 말에 강일찬은 잠시 당혹스러웠다. 하나 다시금 더욱 공손한 음성을 내뱉었다.

"하면 사승 내력이라도 듣고 싶소이다. 다른 뜻이 있어서는 아니고 소협 같은 기재를 키워 낼 정도의 스승이라면 필히 범상치 않은 분이 틀림없을 듯하여……."

이 또한 강일찬으로선 당연한 물음이었다.

하나 단지 호기심이나 궁금증 때문에 묻는 것은 아니었다.

어마어마한 위기를 넘겼으니 마땅히 은인과 그의 스승에게 고마움을 표하고 적당한 예물을 전하는 것이 표국의 도리였기 때문이었다.

게다가 오래되지 않은 신생 표국 입장에선 사문의 이해관계에 얽매이지 않아도 되는 고수들과의 인연은 절대로 놓치고 싶지 않은 기회였다.

　한데 젊은 사내는 잠시 고민하는 얼굴로 답을 하지 못했다. 그러더니 이내 조심스레 입을 열었다.

　"제게 무공을 일깨워 주신 분은 여럿이 있습니다. 하나 그분들 중 누구도 스승이라 칭하지 못하는 처지입니다. 또한 제가 그분들의 제자라 밝힐 처지도 못 되니 양해를 부탁드립니다."

　젊은 사내의 말에 강일찬은 무척이나 아쉬운 표정을 지었다.

　하나 더 이상 묻는 것이 실례라는 것을 모르지 않았다.

　고수에겐 고수들만의 내력이 있음을 모르지 않기 때문이었다.

　"알겠습니다. 하나 연 소협께는 제가 크게 대접하지 않을 수 없겠습니다."

　"대접이라니요. 당치 않습니다. 처음엔 귀찮음을 피해 그냥 지나치려 했을 정도의 소인배입니다. 부디 괘념치 마시길……."

　"아닙니다. 정작 위급한 순간에 나타나셨으니 어찌 그 은혜를 저버리겠습니까?"

　"……."

"실례지만 어디로 가시는 길이신지?"

"일단은 뱃길을 이용하려 합니다."

"하하하하! 마침 잘되었습니다. 저희 또한 백룡강을 향해 가는 중입니다. 한동안 동행을 할 수 있겠습니다."

강일찬은 더없이 기쁜 표정으로 입을 열었다.

탈혼객이 이끄는 괴이한 도적의 무리가 물러났다고는 하지만 언제 어느 때 다시 위기가 닥쳐올지 모르는 상황이었다.

그런 상황에 든든한 우군이라 할 수 있는 젊은 고수와 동행한다면 당연히 반길 수밖에 없는 일이었다.

젊은 사내가 또다시 난처한 표정을 지었지만 강일찬은 일부러 모른 척했다.

실상 바짓가랑이라도 붙잡고 매달리고 싶은 강일찬으로선 당연한 선택이었다.

난중표국의 모든 것을 건 표행이니 자존심 같은 것을 내세울 때가 아닌 것이다.

"연 소협! 저희 난중표국을 은인도 몰라보는 소인배의 집단으로 만들지 말아 주십시오. 동행하는 동안이라도 모실 수 있게 부탁드립니다."

백룡강의 포구까지는 적어도 하루 반나절은 걸리는 길이었다. 거기까지 가는 길은 하나뿐이며 배를 탄 뒤에도 얼마간은 자연스레 동행하여야 하니 결코 과한 부탁은 아니었다.

그런 강일찬의 말에 사내도 할 수 없다는 표정으로 나직하게 답했다.

"그럼 초행길이니 함께 하는 동안 부탁드리겠습니다."

"하하하하! 걱정 마십시오. 이래 봬도 아니 다녀 본 곳이 없으니 연 소협께서는 이 강 모를 믿으십시오."

강일찬은 그리 말하고는 황급히 표사들을 독려하기 시작했다.

자칫 사내의 마음이 바뀌기라도 할까 서둘러 상황을 수습하려는 것이다.

다행히 큰 부상자가 없었기에 떠날 채비는 금방 끝이 났고 그렇게 난중표국의 표행과 연후의 동행이 시작되었다.

그런 연후의 머릿속엔 불이곡을 떠나기 직전까지 신신당부하던 귀마노사의 음성이 떠나질 않았다.

"스스로를 과신하지 않는 너를 알기에 그저 잔소리라 여겨도 좋다. 하나 명심할 것은 강호에 나가 온전한 실력을 내보이지 말아야 한다는 것이다. 내 장담하는데 지금의 널 감당할 이가 당금 강호에 다섯을 넘지 않을 것이다. 그런 힘을 지녔다는 것을 알게 되면 수많은 이들의 질시를 감당해야 함은 물론, 네 힘을 탐하는 무수한 세력으로부터 시달리게 될 것이다. 네 스스로는 강호에 뜻을 두지 않았다 하나 그것은 네 뜻만으로 흘러가는 것이 아니니라. 하니 조심하여야 할 것은 인연이요, 그로 인해 생기는 은원이니라. 선연으로 보여도 새삼 고민해야 하여야 할 것이며, 악연이라면 맺고 끝냄에 일말의 주저함이 없어야 한다. 이를 망설이다 자칫 은원의 굴레에서 헤어날 수 없게 되는 것이 강호란 세상이니라. 네가 진정 강호에 뜻을 두지 않으려면 이 말만은 뼈에 새겨 두고 되짚어야 할 것이다."

불과 보름 전에 들었던 말이었다.

그 때문에 불이곡을 떠나 감숙으로 오는 동안에도 사람들과 얽히기를 피해 왔었다.

오죽했으면 이들과 얽힌 도적 떼를 보고도 그냥 지나치려 마음먹었을 정도였다.

한눈에도 힘의 차이가 명백히 보이는 도적들이 사람을 상하게 하지 않고 있으니 그저 못 본 척 외면하려 했던 것이다.

그들이 만일 살기를 일으키지 않았다면 절대로 나서지 않았을 것이다.

하나 상황이 변했고 지척에서 무고한 이들이 상하는 것을 두고 볼 수 없었다.

불의를 보며 지나치는 것이 어찌 사람의 도리이겠는가.

결국 나서게 되었고 이렇게 그들과 동행까지 하게 되었

다.

할 일이 태산 같은 연후의 입장에선 결코 반겨 맞을 수 없는 상황인 것만은 틀림없었다.

연후의 눈길이 잠시 강일찬과 난중표국의 표사들을 훑었다.

'하나 이들을 외면하였다면 내 어찌 사람됨을 다했다 할 수 있겠는가? 내가 단죄하여야 할 이들 또한 사람 같지 않은 이들, 강호에 얽히기 싫다는 이유로 내 스스로 사람의 도리를 저버린다면 어찌 떳떳하게 복수를 꿈꾸겠는가.'

연후는 오늘의 일을 후회하지 않겠다 다짐했다.

때마침 표사 중 한 명이 조심스레 고개를 돌리다 연후와 눈이 마주쳤다.

연후 또래로 보이는 젊은 사내였다.

그는 존경과 감사의 뜻이 가득한 눈길로 연후를 향해 목례를 했고, 연후 또한 말없이 포권을 취하며 그 뜻을 받아들였다.

그런 연후의 입에서 누구에게도 들리지 않을 나직한 음성이 흘러나왔다.

"마음이 편하도록 가 보자. 그리 가다 보면 알게 되겠지. 선연인지 악연인지를……."

어차피 상관없다 여겼다.

그것이 무엇이든 감당할 자신이 있어 나선 길이기에.

*   *   *

"실패를 해? 적하칠검이란 자가 아우를 감당할 정도의 고수였단 말인가?"

"아닙니다. 뜻밖에 방해자가 있어서……."

"허허! 대체 누구길래 천하의 탈혼객을 이리 놀래켰을꼬?"

"정체를 알 수 없는 젊은 고수였습니다. 추영비를 손으로 붙잡아 버릴 정도의……."

"추영비를 썼단 말인가? 그러고도 물러났어?"

"죄송합니다. 물러서려 했는데 호승심이 일어서……."

"아니야! 자네도 무인인데 그 정도는 해 봐야 맘이 편했겠지. 그나저나 무리하지 않고 아이들을 물린 건 잘한 일이야. 내 그러니 아우에게 일을 맡기는 것이고."

"송구합니다. 방주님!"

"송구랄 게 있나? 어차피 우리야 돈을 받고 하는 일이지 않은가? 그런 일에 아이들이나 자네가 상할 이유가 없어."

"하지만 청부가 실패했으니……."

"뭐, 그다지 신경 쓸 일은 아니야. 어차피 그 상인이란 이상한 녀석과 오래 엮일 생각은 없거든. 뭔가 찝찝하잖아."

"그래도 지난 이 년간 근 십 년 벌이를 웃돌았잖습니까? 손을 빼기엔 아까운 일인 것 같습니다."

"아니야! 이건 좋지 않아. 찝찝해서 알아보니 흑명회와 살막 놈들도 비슷한 일을 하는 것 같아."

"그게 정말입니까?"

"내가 허튼소리하는 것 보았나? 늙은 회주 놈과 욕심만은 막주 녀석은 아예 도적질에 날새는 줄 모르는 것 같더구만. 우리와 비슷하다면 그쪽도 그 상인이란 놈이 물어다 주는 큼직한 일거리만 할 것 아닌가? 그러니 눈이 돌아가겠지."

"하면 우리라고 물러설 수 없지 않습니까? 자칫 본 방이 놈들에게 밀릴 수도……."

"아우! 자네는 무공은 뛰어나지만 아직 안목이 부족해. 상식적으로 생각해도 말이 되지 않는 청부이지 않은가? 처음엔 그저 천하상단의 빈자리를 장악하려는 장사치 정도로 여겼는데 그것도 아니고 말이야. 단지 그들은 중원의 교역을 마비시키려고 할 뿐이야. 뭐 그 덕분에 날품팔이 장사치들만 신이 났고……. 이거 생각지도 못한 일에 발을 담근 기분이란 말일세."

"알겠습니다. 방주님께서 그리 말씀하신다면 이유가 있

을 것이라 믿겠습니다."

"그래. 이쯤에서 관망하는 게 좋아. 흑명회나 살막이 아무리 커도 호북 땅이나 강서를 벗어나진 못해. 놈들이 우리 쪽을 노리면 그때 눌러 주면 될 일이야."

"……."

"그나저나 자넨 일을 마무리 짓게나."

"네? 일이라니요."

"어허! 청부야 정체를 감추라 의뢰 받았으니 어쩔 수 없다지만 은자방과 자네의 명예만은 되찾아야 할 것이 아닌가? 난중표국 애송이들이 자넬 보았는데 소문이 나지 않겠는가?"

"하면 입을 막으라는……."

"뭐 돈 안 되는 살행을 할 필요는 없고 그저 입이나 잘 단속하고 오게나."

"알겠습니다."

"혹시 모르니 십귀(十鬼)를 데려가고!"

"그럴 필요까지는 없습니다. 고작 육성으로 펼친 추영비입니다."

"혹시 모르니까 하는 소리야. 조용히 처리하고 얼른 돌아와. 그런 다음 그 상인이란 녀석에 대해 알아보자고. 왠지 그쪽이 자꾸 걸려. 잘만 하면 큰돈을 만질 것 같기도 하고."

"알겠습니다. 방주님!"

*　　　　*　　　　*

늦은 밤 백룡강 선착장에 이른 연후는 객잔에서 하루를
묵고 다음 날이 돼서야 선착장으로 나섰다.

한데 표국 무리들과의 사이가 전날과는 조금 달랐다.

지난밤 몇 번이나 객실로 찾아와 술자리를 권한 강일찬
에게 연후는 완고하게 거절의 뜻을 밝혔다. 그것만 해도
과히 좋지 못한 상황인데 아침나절에도 자그마한 일이 있
었다.

숙박비를 난중표국에서 먼저 치른 것을 알게 된 연후가
강일찬에게 부득불 은자를 되돌려 주었기 때문이었다.

얼마 되지 않는 돈이었지만 불편한 마음에서 그리한 것
인데 그때부터 강일찬은 연후와 눈도 마주치려 하지 않았
다.

한눈에도 불편함이 역력해 보이는 얼굴이었다.

안절부절못하는 젊은 표사들이 연후를 잡아끌지 않았다
면 그들과 한 배를 타는 것만도 불편함이 느껴질 지경이
었다.

하나 연후는 그제야 강일찬의 사람됨이 괜찮고 사귀어
볼 만한 사람이라는 생각을 하기 시작했다.

바보가 아닌 이상 그들의 의도를 충분히 짐작할 수 있는 연후였다.

하니 당연히 연후는 거리를 두려 했을 뿐이고.

사실 목숨까지 버려 가며 지키려 했던 표물의 가치를 따진다면 숙박비 정도를 대신 받는다고 책잡힐 일은 아니었다.

한데 그런 최소한의 성의라고 여겨도 될 것을 거부한 것은 충분히 무례를 범한 것이었다.

그런 태도에 강일찬은 안색을 바꾼 것이고.

그렇다고 적의를 지닌 것은 아니지만 그 또한 연후와 더 이상 인연을 맺고 싶지 않음을 분명히 하는 태도였다.

그렇게 되고나서야 연후는 자신의 처신이 과했음을 인정하게 되었다.

술자리를 거절한 것으로 뜻은 충분히 전달된 것인데 은자 한 냥도 안 되는 작은 호의마저 거절한 것은 충분히 모욕이 될 수 있는 일임을 알게 된 것이다.

하나 이 또한 어쩔 수 없는 일이라 생각했다.

이대로 다음 배를 기다려 그들과 멀리하는 것이 어떨까 하는 마음마저 일었다.

하나 연후는 고개를 저었다.

그저 불편하다고 다음 배를 타기엔 변명거리마저 옹색할 뿐 아니라 시간의 여유도 넉넉지 못했다.

처음 불이곡을 나설 때만 해도 동정호로 가려는 마음이었다.

그렇게 길을 나섰는데 생각보다 동정호와의 거리가 멀지 않음을 알게 되었다.

근 두 달 반이란 시간이 남는다는 것을 알게 되었으니 다른 마음이 일게 된 것이다.

일단은 북경의 상황을 알고 싶어졌고 조부의 가묘를 찾아 인사를 드리고 싶은 마음이 들었다.

물론 오래 머물 상황도 아니고 시간적 여유도 없었지만 마음만은 벌써 그곳에 있는 듯했다.

상황이 그러하니 반나절이 아쉬웠다.

어찌 되었든 난중표국과는 한 배를 타야만 할 상황인 것이다.

물론 처음 왔던 길을 되짚어 섬서와 산서를 가로지르는 방법도 생각했지만 그러자면 그동안 내내 험준한 산길을 타야만 했다. 하면 필연적으로 경공을 사용해야 하는데 그것이 영 내키지 않았다.

그러다 보다 쉬운 길이 있음을 알게 되었으니 망설일 이유가 없었다.

백룡강을 이용해 삼협까지 이르고 그곳에서 뭍에 올라 말로 이틀 길만 내달리면 섬서땅에서 황하의 중류와 만날 수 있다는 것이다.

황하의 물길만 타면 며칠 안에 하북으로 갈 수 있다 하니 굳이 험준한 산자락을 헤맬 필요가 없는 것이다.

연후는 더 이상 고민하지 않고 정박해 있는 제법 커다란 상선 쪽으로 걸음을 옮겼다.

때마침 선착장과 배를 잇는 거대한 판자 위로 난중표국의 표사들이 말을 몰았다.

표물과 표사들이 모두 승선하자 선착장을 메운 이들이 갑판을 향해 기다란 줄을 만들었다.

하나둘 늙은 선원을 향해 목적지를 말하고 뱃삯을 치르는 이들 뒤에 연후가 있었다. 자기 차례가 오자 연후는 품 안에서 전낭을 꺼내 뱃삯을 치르려 했다.

"어디까지 가시오?"

"삼협입니다."

"은자 두 냥이오."

뱃삯이 생각보다 비싸다는 생각을 하며 연후가 전낭을 연 그때 재빠르게 난중표국의 표사 한 명이 다가왔다.

어제 눈인사를 나누었던 젊은 표사였다.

그가 빠른 손놀림으로 늙은 선원에게 은자 두 개를 건넨 뒤 연후를 향해 입을 열었다.

"약소하나마 이렇게라도 은혜를 갚고 싶습니다. 부디 거절치 말아 주십시오."

연후는 잠시 물끄러미 그를 바라보았다. 그런 뒤 나직

하게 입을 열었다.

"고맙습니다. 형편이 어려우니 사양치 않겠습니다."

사실 주머니 사정은 넉넉했다.

북경에서 단목강과 헤어질 때 은자 백 냥이란 거금을 받았기 때문이었다.

이마저 거절하면 의절하고 말겠다던 단목강의 으름장이 아니었더라도 고맙게 받아야 할 처지였으니 품 안에 챙겨 두었던 돈이었다.

그간 쓸 필요도 없었고 당연히 줄어든 것도 없었다.

하나 아침나절 강일찬과의 일을 떠올리자 젊은 표사의 마음마저 거절하여선 안 되겠다는 생각이 일었다.

순순히 호의를 받아들인 연후의 반응에 놀라서였는지 젊은 표사는 황급히 머리부터 숙였다.

"감사합니다. 진심으로 감사드립니다."

이런 인사를 받을 상황이 아니라 여기면서도 연후는 나 직한 음성으로 화답했다.

"감사라니요. 오히려 도움을 받은 것은 저입니다. 마침 방값을 치르고 나니 여비가 넉넉지 않았습니다."

겸양이나 과례도 도가 지나치면 결국 예가 아니라 배웠다.

더구나 순수한 호의를 거절하는 자신이 오히려 소인배가 되어 버린 기분이었다.

연후는 마음 가는 대로 진심을 받아들여야 한다고 믿고 젊은 표사와 다시 한 번 눈인사를 했다.

그런 뒤 연후는 갑판에 올라 뱃머리로 향했다.

그동안 우연히 강일찬과 눈이 마주쳤는데 그는 꽤나 놀란 표정으로 연후를 바라보고 있었다.

연후는 그 찰나의 순간 강일찬에게 다시금 조심스레 고개를 숙였다.

아침의 일을 사과하는 의미였다.

그렇게 그를 지나친 후에도 한동안 강일찬의 시선이 자신을 향하고 있음을 느낄 수 있었다.

머잖아 배는 출발했고 시원한 바람이 연후의 머리칼을 스쳐 갔다.

짙푸른 물살이 갈리는 것을 보며 연후는 내내 생각했다.

앞으로 마주하게 될 인연들을 어찌 받아들여야 하는지를……

第六章

춘풍(春風)은 연풍(連風)이 되고

사방이 절벽으로 둘러싸인 분지 안에서 천상의 소리와
도 같은 옥소 소리가 은은하게 퍼져 나갔다.

　듣기만 해도 마음이 잔잔해지는 옥소의 음률이 어찌나
고운지 분지 안에 자라난 초목들마저 그 소리에 춤을 추
는 듯한 착각이 일 정도였다.

　옥소를 입에 대고 그 아름다운 선율을 만들어 내고 있
는 여인은 단목강의 누이인 단목연화였다.

　하나 그녀가 만들어 내는 아름다운 음률과는 달리 옥소
를 입에 댄 그녀의 얼굴엔 땀방울이 흥건했다.

　불편해 보이는 것이 역력한 얼굴로 옥소를 불던 단목연
화가 어느 순간 호흡을 멈추고 가만히 옥소를 내렸다.

그제야 창백했던 안색이 본래의 신색으로 되돌아왔고 단목연화는 나직한 한숨을 내뱉었다.

"휴……. 전혀 달라지지 않았어. 내력이 늘었다고 되는 건 아니란 말인가?"

혼잣말을 내뱉은 그녀는 답답한 마음에 비취빛이 나는 옥소를 만지작거리고만 있었다.

그런 단목연화를 향해 다가오는 이가 있었다.

"마음마저 편해지는 음률이었습니다. 오늘 아가씨 덕에 귀가 트인 것 같습니다."

공손히 그녀를 향해 입을 연 이는 음자대의 대주인 암천이었다.

암천을 본 그녀의 얼굴에 화색이 돌았다.

그로 인해 자신과 어머니가 목숨을 건진 것이 몇 번인지 헤아릴 수조차 없었다. 당연히 그를 대함에 있어 고마움과 존경이 가득할 수밖에 없었다.

"대주님의 과찬을 들으니 부끄럽기만 합니다."

"하하하! 제가 음률에 무지한 놈이라지만 조금 전 들었던 옥소 소리가 쉽게 듣지 못할 것임을 모를 정도는 아닙니다."

"아니에요. 사실을 알면 제 성취가 보잘것없다고 비웃을 것이에요."

"……."

"사실 조금 전 들으셨던 음은 생상춘회지곡(生相春回之曲)이라고 해요."

"하하하. 말씀드렸다시피 그쪽은 완전 까막눈이라 그리 말씀하셔도 전혀 알지 못합니다."

"생상춘회지곡은 조화만상곡의 천 번째 악장에요."

단목연화의 말에 그제야 암천의 얼굴에 놀람이 번졌다.

암천이 조화만상곡을 모를 리 없었다.

무제가 남겼다는 희대의 음공이 바로 그것으로 무제는 단 한 번 묵소로 음률을 만들었는데 그 순간 수천에 달하는 이들의 혈전이 일거에 멈췄다는 기록이 있었다.

더구나 조화만상곡의 비급은 암천이 직접 단목중경에게 전했던 것들 중 하나이니 당연히 알고 있는 것이었다. 하나 그것이 단목연화에게 전해졌다는 사실만은 전혀 모르고 있던 차였다.

"아버님께서 주셨어요. 강이보다는 제가 익히는 것이 좋을 것 같다 하시면서요. 하지만 제 자질이 부족한가 봐요. 아무리 해도 진척이 없어요. 그나마 첫 장은 흉내라도 내겠는데 다음 악장은 불 엄두조차 나지 않아요. 악보대로 음률을 일으키면 내력이 마구 뒤엉켜 버려서요……."

단목연화는 답답함을 있는 그대로 토해 냈다.

이 년여의 시간 동안 오직 조화만상곡 하나에 매달렸다.

사실 부친이 주었다기보다 억지를 부리다시피 해서 얻어 낸 것이 바로 조화만상곡이었다.

본래는 원로원에 거하는 가신들 중 만추선생에게 전해졌어야 할 비급이었다.

그는 무공뿐만 아니라 음공에 대한 조예가 대단한 고수로 어린 시절 단목연화에게 비파와 단소를 직접 가르쳤던 인물이기도 했다.

한데 아버지를 조르고 졸라 얻어 낼 수 있었다. 또한 만추선생에게 필사본도 주지 못하게 억지를 부렸다.

혼자만의 절기를, 누구와도 공유하지 않는 자신만의 독문절기를 지니고 싶은 욕심 때문이었다.

한데 그것이 과욕이었음을 이제는 뼈저리게 느끼고 있었다.

스스로의 자질을 너무 높게 본 것, 주위로부터 사내로 태어나지 않은 것이 안타깝다는 말을 매일처럼 들었던 재주를 너무 믿었던 것이다.

차라리 만추선생과 함께 기초만이라도 잡았다면 지금처럼 답보 상태로 보내지는 않았을 것이란 후회가 밀려들었다.

하나 때늦은 후회였다.

만추선생을 비롯한 원로원의 가신들이 어디로 잠적했는지는 누구도 모르기 때문이었다.

하니 답답한 마음에 암천에게라도 하소연하는 것이고.

"제가 음공을 아는 것은 아니라 하나 그 원리만은 귀동 냥한 것이 있기에 한 말씀 올려도 되겠습니까?"

암천은 단목연화의 자존심이 꽤나 높다는 것을 알기에 조심스럽게 물었다.

"어떤 것이라도 좋으니 부탁드리겠어요. 대주님의 말씀 이라면 무엇이든지 들을 준비가 되어 있습니다."

"음공이란 다른 무공과는 궤를 달리한다고 들었습니다. 굳이 비슷한 것이 있다면 소림의 사자후나 무당의 창룡음 같은 것을 들 수 있겠습니다."

"저도 들어 본 적은 있어요. 하나 그건 단지 내력을 소 리로 격발하는 것에 지나지 않은 것 아닌가요?"

"물론 그렇긴 하지만 음공도 이 원리에서 크게 벗어나 진 않는다고 알고 있습니다. 음에 내공을 싣고 그 음률로 상대에게 타격을 가하거나 내기를 흐트러뜨리는 등의 조 화를 일으키는 것이지요. 조화만상곡 또한 그런 조화를 일 으킬 수 있기에 그런 이름이 붙은 게 아닐까 합니다."

"저도 짐작은 하지만 책자에 적힌 것은 단지 악보뿐인 걸요. 어떻게 해야 이것이 무공으로 펼쳐지는지 전혀 모르 겠어요. 더구나 다음 장인 창명연하지곡은 음을 일으키려 고 하면 내력이 흐트러져요. 그 다음 장은 말할 것도 없구 요."

단목연화의 음성은 더욱 답답함이 가중되었으나 암천 역시 딱히 무슨 조언을 할 입장은 아니었다.

때마침 두 사람을 향해 능글맞은 음성이 이어졌다.

"내가 좀 아는데 도와줄까?"

언제 나타났는지 멀찌감치 무린이 두 사람을 지켜보고 있는 것이다.

단목연화의 안색이 냉랭하게 바뀐 것도 그 순간이었다.

"정말 당신은 무례하군요! 어찌 다른 이들의 대화를 몰래 엿듣는단 말입니까?"

단목연화의 음성은 쌀쌀함 그 자체였고 찬바람이 쌩쌩 일으킬 정도였다.

마주한 암천마저 당혹스럽게 할 정도의 태도, 하나 그녀가 무린을 이렇게 대하는 것을 몇 번이나 경험했고 그 이유도 알고 있기에 차마 나설 수가 없었다.

본마음이 착하다고는 하나 커 온 환경이 만들어 놓은 그녀의 태도를 수하된 입장에서 탓할 수는 없는 일이었다.

하지만 더욱 암천을 아슬아슬하게 하는 것은 그런 단목연화를 대하는 무린의 태도였다.

정말 어처구니없을 정도로 당당하기에 확실히 뻔뻔하게 보일 법한 모습이었다.

"엿듣기는 누가? 그리고 여기 내 집이거든. 싫으면 나가."

'휴우! 어쩌다가……'

가운데 끼게 된 암천은 저도 모르게 한숨을 내쉬었다.

불같이 정분이 타올라도 이상할 게 없는 청춘남녀가 만나기만 하면 으르렁거리는 것이었다.

물론 일방적으로 화를 내는 것은 단목연화였고 무린은 전혀 신경 쓰지 않는 것이긴 했지만 둘 사이가 이대로 계속되어선 좋을 리가 없어 보였다.

탑리목까지 동창과 내밀원의 추적이 이어졌던 것을 기억하면 이곳만큼 안전한 곳이 없음은 당연한 일이었다.

그것을 모를 정도로 우매한 단목연화가 아니기에 나가라는 무린의 말에 얼굴만 붉어질 뿐이었고.

"당신…… 정말……."

부들부들 떨며 입술을 깨무는 단목연화, 그간 그나마 잘 참았던 그녀가 폭발하기 직전임을 알기에 말려야 한다는 생각을 했다.

"주모님을 생각하셔야지요. 또다시 고초를 겪게 하실 생각은 아니시지요?"

단목연화의 거의 유일한 약점인 그녀의 어머니를 언급하는 암천, 단목연화 역시 화를 삭일 수밖에 없었다.

무공을 익히지 않은 몸으로 근 일 년이 넘게 죽음의 위기를 넘나들었다.

이제야 마음에 안정을 찾고 과거의 모습을 되찾아 가는

중인데 또다시 그녀를 힘들게 하고 싶지 않았다.

하나 그렇다고 무린에 대한 분노가 풀린 것은 아니었다.

할 수만 있다면 눈빛으로 살인이라도 저지를 것처럼 독하기만 한 눈이었다.

그런 단목연화를 마주하면서도 무린은 너무나 태연하기만 했다.

"쳇! 대체 어떻게 강이 녀석 같은 놈에게 너 같은 누나가 있는 건지……."

"뭐라고욧!"

"됐어! 그냥 듣기나 해. 조화만상곡은 일반적인 음공이 아니야. 보통의 음공은 감음(感音), 지음(知音), 득음(得音)의 단계를 거쳐 통음(通音)에 이르러서야 비로소 경지에 올랐다 할 수 있는 거야."

"누가 당신 따위에게 그런 이야길……."

화를 참지 못한 단목연화가 목소리를 높였지만 무린은 들은 체도 하지 않고 말을 이었다.

"조화만상곡이 일반적인 음공이 아니라 한 것은 그 시작점이 다르기 때문이야. 최소 지음을 이룬 이가 익힌다는 전제하에 시작되는 무학이기에 네가 아무리 해도 안 되는 거야. 아직 감음조차 제대로 얻지 못했으니 과욕이 될 수밖에 없고……."

계속되는 혁무린의 말에 단목연화는 꿀 먹은 벙어리처럼 대꾸를 하지 못했다.

이제껏 생각지도 못했던 이야기들이기에 당혹스러움은 커질 수밖에 없었다.

"조화만상곡은 하나의 악장이 하나의 경지를 넘을 수 있도록 안배되어 있어. 쉽게 말하면 심법과 초식이 합일된 무공 같은 거야. 초식을 수련함으로써 자연스레 내력을 쌓게 하는 무공 같은 것 말이야."

단목연화의 표정은 완전히 달라져 있었다.

본래부터 무공에 관해서 천재 소리를 듣던 여인이었다. 무린의 몇 마디 말로 그동안 깜깜하기만 하던 길에서 빛을 찾은 것 같은 느낌이었다.

하나 그 빛은 아직까지도 희미하기만 했다. 조금만 더 듣는다면 스스로의 길을 찾을 수도 있다는 생각이 들자 그녀는 자신이 조금 전까지도 엄청나게 화를 내고 있었다는 것마저도 완전히 잊어버렸다.

"……그 때문에 첫 악장이 생성이고 두 번째 악장이 창명인 거야. 그러니 삼악장인 생멸연추지곡(生滅然秋之曲)을 연주하자면 최소한 음으로 생성과 소멸이 가능할 정도의 경지가 되어야 하는 거지. 이 경지에 이르면 통음에 입문을 했다 할 수 있어."

무린은 잠시 말을 멈추고 가만히 단목연화를 쳐다보았

다.

모든 것을 잊고 그의 말에 온 정신을 내맡기던 단목연화는 새삼 눈을 동그랗게 뜨고 무린을 바라보았다.

그런 단목연화의 눈가에 조금이라도 더 무린의 이야길 듣고자 하는 마음이 간절하게 담겨 있었다.

하나 무린은 그 상태로 한동안 가만히 단목연화를 바라보기만 했다.

그제야 단목연화도 상황을 파악하고 얼굴이 굳어졌다.

"누가…… 그런 이야길……."

마지막 자존심일까.

하지 말아야 할 이야기임을 알면서도 입은 그렇게 열리고 말았다.

그때만큼은 스스로가 너무나 한심해 눈물마저 흘러나올 지경이었다.

바보가 아닌 이상 지금 무린에게 듣고 있는 이야기가 얼마나 귀한 것인지 모르지 않았다.

아니, 그 정도가 아니라 세상 누구에게서도 들을 수 없는 더없이 귀한 가르침이라는 것을 잘 알고 있었다.

세가의 위기와 부친의 부재, 또한 지금 자신의 처지를 감안한다면 무릎을 꿇고서라도 그에게 배움을 청해야 할 처지임이 분명한데 도저히 그렇게 할 수가 없었다.

한데 그런 내심을 뚫어보기라도 한 듯 혁무린이란 사내

의 눈이 무감각하게 자신을 향하고 있었다.

그 눈빛이 너무나 차가워 괜한 설움이 북받쳐 올랐다.

툭 건드리면 그대로 눈물이 터져 버릴 것 같은 순간을 그녀는 입술에 피가 나도록 깨물며 견뎌 냈다.

무린이 다시 입을 열기 시작했다.

"뭐! 듣기 싫다면 할 수 없지……."

무린은 어깨를 으쓱하고 뒤돌아서 버렸다.

그러곤 아무렇지도 않게 걸음을 옮겨 그녀와 암천으로부터 멀어져 갔다.

단목연화는 그런 무린의 뒷모습을 망연한 표정으로 바라볼 수밖에 없었다.

잡아야 한다는 것을 알지만, 그럴 수밖에 없음을 알지만 도저히 입이 떨어지지 않았다.

그동안 그를 무시했던 자신의 행동을 너무나 잘 알기에 차마 입이 떨어지지 않았다.

그저 그를 노려보는 눈가가 경련하듯 떨릴 뿐이었다.

순간 단목연화 곁에서 쭈뼛거리던 암천이 보다 못해 조심스레 한마디를 했다.

"아가씨. 지금이 아니면 기회가 없을지도 모릅니다."

암천이야말로 무린에게 있는 특별함을 누구보다도 잘 아는 이라 할 수 있었다.

더구나 얼핏 듣기에도 무린이 전한 것은 쉬 배우지 못

할 상승의 공부임이 분명했다. 또한 이것이 단목연화에게 두 번 다시 얻기 힘든 기회라는 것까지 확신할 수 있었다.

그래서 꺼낸 말이었는데 이어진 단목연화의 반응은 암천조차 예기치 못한 것이었다.

"알아……."

목소리가 축축하게 젖어 있었다.

"알아. 나도 안다고……. 나도 알지만……."

눈가엔 벌써 그렁그렁한 눈물이 한 줄기 흘러내렸다.

그리고 그 순간 마침내 그녀가 꾹꾹 참아 내고 있던 것이 무너져 내리고 말았다.

"우아아앙! 알아. 내가 잘못했어. 아니, 잘못했어요. 그러니까 가르쳐 줘. 나 해야 할 일이 있단 말이야. 내 힘으로…… 어머닐 지키고 아버질 찾고 싶어. 언제까지 강이 녀석만을 기다리고 있고 싶진 않다고……. 흐흐흑……. 그러니까 제발 부탁해……."

터져 버린 그녀의 울음 섞인 음성에 암천은 당혹스러움을 넘어 경악에 가까운 반응을 보였다.

언제나 도도함을 잃지 않았던 여인이 바로 그녀였다.

목숨이 경각에 달한 상황을 넘나들면서도 당당하기만 했던 여인, 무공이나 신분을 떠나 늘 스스로의 존귀함을 지키고자 하는 그녀의 의지만은 부럽다 할 정도 높게 여겼다.

한데 그것이 허무할 정도로 일거에 무너져 버린 것이다.

하나 기이하게도 이 순간 그녀가 빛나고 있다 느끼고 있었다.

그녀가 무너진 이유가 스스로의 자존심 때문이 아님을 누구보다 잘 알기 때문이었다.

오늘 이후로 그녀는 더욱 강한 여인으로 거듭날 것이라는 사실을 믿어 의심치 않는 암천이었다.

암천 또한 그녀와 마찬가지로 간절함을 담아 무린을 바라보았다.

그리고 그 순간 암천은 흠칫할 수밖에 없었다.

아주 짧은 순간 무린의 얼굴에 기이한 미소가 스쳐 갔음을 보았기 때문이었다.

'설마 이 모든 것을 의도하여……'

무린의 웃음은 모든 것을 알고 있는 듯 보였다.

그녀의 허물 하나를 벗겨 내고 온전한 단목세가의 여식다움을 만들어 주려 했다는 생각마저 들었다.

아니나 다를까 무린의 음성에 이전과도 같은 장난스러움은 찾아볼 수 없었다.

"이제야 준비가 된 것 같네. 조화만상곡은 정말 쉽지 않은 무공이야. 길가의 풀뿌리나 개미 한 마리조차 가벼운 마음으로 봐서 얻을 수 없는 음이 분명하고. 지금 그 마음이라면 망혼(亡魂)의 사 악장까진 충분히 이를 수 있을 거야. 한 발 더 나아가 일묵무애지곡(一默無涯之曲)을 얻게 된다면 지금 네가 바라는 일들을 할 수 있게 될 거야. 물론 그것은 원음(元音)이라 하는 지고한 경지이니 스스로 나아갈 수밖에 없는 길이고…….”

무린의 연이어진 말에 암천은 물론 단목연화도 할 말을 잃고 말았다.

지금의 무린은 마치 태산처럼 거대한 존재감을 뿜어내고 있었으며 실로 압도할 만한 무게감을 드러내고 있었다.

단지 표정이 바뀌고 어투가 약간 바뀐 것이 전부일 뿐인데 완전히 다른 사람처럼 보였다.

‘망혼동인지곡(亡魂冬認之曲)까지는 가르쳐 줄 수 있어. 내가 단목씨를 돕는 것은 거기까지야. 그 정도면 자부가 짊어졌던 빚은 갚은 셈이니까…….’

잠시간 이어진 무린의 상념을 암천과 단목연화가 알 수는 없는 일이었다.

하나 아직도 물기를 지우지 못한 단목연화의 눈망울 안에는 오직 혁무린이란 사내의 모습만이 가득할 뿐이었다.

*　　　*　　　*

연후가 백룡강을 따라 물길을 탄 지 삼 일이 흘렀다. 연후의 생각과는 달리 배의 속도는 더디기만 했다.

강의 유속이 그리 빠르지 않은 것도 이유였고 강폭마저 넓지 않아 굽이치는 물길을 만날 때마다 속도가 현저히 떨어지는 것 역시 그 이유였다.

게다가 지나치는 포구마다 정박을 하는 터라 삼 일이 지나서야 겨우 가릉강과 합류하는 지점에 이른 것이다.

하지만 가릉강을 타고부터는 물살을 가는 속도가 훨씬 빨라졌다.

강을 따라 부는 바람이 따갑게 느껴질 정도의 속도였다.

연후는 뱃머리 쪽에 자리를 잡은 채 점점 더 넓어지는 강폭을 바라보며 깊은 상념에 잠겨 있었다.

며칠간 알게 된 몇 가지 믿기지 않는 사실에 마음을 정하기가 힘들었기 때문이었다.

오가는 상인들의 이야기들 속에서 천하상단이 무너졌고 더불어 단목세가마저 역모에 연루되어 멸문지화를 당했다는 소식을 듣게 되었다.

그야말로 청천벽력 같은 소리가 아닐 수 없었다.

어찌 된 영문인지 다그쳐 물었으나, 그들이 아는 것은 거의 없었다.

그리되고 나니 무엇을 먼저 해야 하는지 결정하기가 너무나 힘이 들었다.

'내가 안일했구나. 너무 쉽게만 생각했어.'

연후는 소식을 접한 뒤부터 내내 스스로를 크게 자책하며 보냈다.

사실 다른 일들을 제쳐 두고 친구들을 만나려 한 이유 중 가장 큰 것은 단목강 때문이었다.

황궁의 환관 세력과 싸우기보단 우선 중살이란 이들을 찾아 단죄하고 싶은 마음이 컸기 때문이고, 그 일이라면 단목강에게 어느 정도 도움을 받을 수 있을 것이라 생각하고 있었던 것이다.

불이곡에서 수련을 할 때만 해도 이 넓은 중원 땅에서 중살이란 이들을 찾아야 한다는 생각에 막막하기만 했다. 모래사장에 떨어진 깨알을 찾는 일처럼 까마득하게만 느껴졌다.

그러다 단목강을 떠올렸다. 그의 가문이 강호에서도 손꼽히는 무가라는 것을 알고 있기에 최소한의 정보 같은 것을 얻고자 한 것이다.

하나 이제 보니 도움은커녕 단목강의 생사마저 걱정해야 할 상황이었다.

아니 그 소식을 접한 후부터 마음은 심란하기만 했다.

북경과 지척에서 자랐으며 유가장의 후손이기에 역모가 얼마만큼 무시무시한 죄인지 너무나 잘 알고 있었다.

무려 구족이 참수의 형을 당하는 것이 바로 대역죄였

다.

역모의 주체가 단목강의 부친이라면 그 부친의 형제자매는 물론 그 처의 가문과 친족까지 모조리 참수를 당하는 것이 바로 대역죄였다.

하나 거기서 끝이 아니다.

주체가 된 두 가문은 물론 그 가문과 혼인으로 맺어진 가문의 친혈족들, 거기서 다시 혼인으로 맺어진 가문을 줄줄이 엮어 무려 아홉 개의 가문과 그 친혈족들을 모조리 참수시키는 그야말로 무자비한 형벌이 바로 대역죄인 것이다.

역모가 일면 적게는 몇 천에서 많게는 몇 만에 달하는 이들의 목숨이 하루아침에 날아가는 것이 바로 그러한 이유 때문이었다.

생각만 해도 치가 떨리는 일이 아닐 수 없는데 단목강의 가문에 그러한 일이 벌어졌다는 것이다.

더구나 그 일이 과거 유가장의 참화와 어떤 형태로든 연관되어 있을 가능성이 높다는 것을 알기에 연후의 마음은 더욱더 무거울 수밖에 없었다.

한 가닥 회생의 가능성이라면 음모를 밝혀내고 황제의 어지로 단목세가가 복권(復權)되는 일이겠지만, 그것이 쉬운 일도 아니며 설혹 복권된다 하여도 참수된 이들이 살아 돌아올 수는 없음이 당연했다.

그나마 그리되면 화를 피해 숨은 이들이 대역죄인의 굴레를 벗는다는 의미만 있는 것이 사면복권이라는 제도이니, 과거로부터 무수한 정쟁에 대역죄의 굴레가 있었음을 누구보다 잘 아는 연후였다.

하니 지금 연후가 할 수 있는 일이라곤 단목강이 그 화를 피했기를 바라는 것이고, 어떻게든 빠른 시간 내에 사건의 실체를 밝히는 것뿐이었다.

단목세가의 일을 알게 되고 나니 또 한 번 일의 선후가 바뀔 수밖에 없었다.

강호의 일보단 황궁의 일을 먼저 처리해야만 한다는 사실이었다.

그러자니 필연적으로 황궁에 선을 대어야 하고 또한 자운공주를 만나야 한다는 생각이 들었다.

하나 그것이 내키지 않음은 어쩔 수가 없는 일이었다.

상황이 어렵다고 연락조차 취하지 않고 북경을 떠났으면서 이제 와 그녀에게 도움을 청하자니 부끄러운 마음이 앞설 수밖에 없는 것이다.

그렇게 생각하니 과거에 서찰이라도 한 통 남겼어야 한다는 후회가 밀려들었으나 그때는 차라리 죽은 것으로 되어 있는 것이 옳다고 판단했었다.

어찌 되었든 자운공주와는 부부의 연을 맺기로 약조까지 했던 사이였고, 그 일로 조부가 죽고 유가장이 겁화에 휩싸였으니 보통의 인연이 아닌 것만은 분명했다.

그렇다고 해도 그녀를 만나는 것이 불편한 일인 것만은 틀림없었다.

거기다 과연 지금의 상황이 과거와 같을 것인지에 대한 어떤 정보도 없었다.

유가장의 후손 하나가 살아온다 해서 바뀔 것이 없는 상황이라면 그녀 또한 굳이 자신을 도울 이유가 없는 것이다.

더구나 자운공주가 아직까지도 환관의 세력과 맞서고 있는지도 확실치 않았다.

그사이 새로운 부마를 얻었을 수도 있고, 최악의 상황엔 새외나 변방의 속국으로 시집을 갔을 수도 있었다.

실제로도 이전까지 많은 황가의 공주들이 정략을 위해 속국으로 시집을 간 전례가 있으니 자운공주라고 그런 일을 당하지 말란 법은 없는 것이다.

생각이 생각을 물고 이어질수록 더욱 곤란한 상황만을 떠올리게 했다.

그런 것이 끊이질 않자 연후가 애써 상념을 털어 냈다.

'우선은 계획대로 북경을 가자. 조 대인이란 분을 찾는 것이 그나마 최선일 터, 괜한 생각으로 헛심을 빼지 않는 것이 좋을 것 같다.'

결국 며칠의 고민 끝에 내린 결론이었다.

우선 당장에 연후가 믿을 수 있는 거의 유일한 이가 바로 조병탁이란 인물이었다.

조부 유한승이 임종 직전 찾아가라 했던 한림원의 수장, 적어도 그를 만나면 상황을 파악할 수 있을 것이고 무엇을 먼저 해야 할 것인지 정할 수 있을 것만 같았다.

하나 정작 조병탁이란 인물마저도 어찌 되었을지는 확실치 않았다.

만에 하나 그도 자신을 도울 처지가 아니라면 할 수 있는 일은 오직 한 가지만 남게 되는 것이다.

'결국은 모습을 드러내는 수밖에…… 저들이 나를 찾지 않을 수 없게…….'

최악이자 최후의 상황에 할 수 있는 일까지 연후의 머릿속을 맴돌았다.

직접 자금성으로 찾아가 유가장의 후손이 살아 있음을 떳떳이 밝히는 것.

그 후 태공공의 반응을 기다리는 것이 바로 연후가 생각하는 마지막 선택이었다. 어쩌면 그것이 지금의 자신에겐 가장 효과적인 것이 될 수도 있다는 생각이었다.

자신의 강함을 보여 준다면.

태공공이란 환관의 수괴에게 위협이 될 수도 있는 모습을 각인시킬 수만 있다면.

그러면 그가 어떤 형태로든 움직일 것이고 그 과정에서

어쩌면 중살이란 이들이 동원될 수도 있지 않을까 하는
생각이 든 것이다.

하나 무엇도 확실한 것은 아니었다.

위험 부담이 너무 큰 일이 분명했고, 자칫 자금성 전체
를 적으로 돌릴 수도 있는 일이었다.

그런저런 너무도 복잡한 생각으로 연후의 상념은 끝없
이 계속되고 있었다.

그런 연후의 귓가로 조심스런 음성이 들려왔다.

"연 소협! 실례해도 되겠소이까?"

난중표국의 표두 강일찬이었다.

"실례라니요. 당치 않습니다. 말씀하십시오."

"험험. 다름이 아니라 요 며칠 연 소협의 신색이 무척
이나 어두워 보여……. 혹, 도움이 될 수 있을까 해서 찾
은 것이오."

강일찬은 무척이나 조심스러운 태도를 유지했고 그제야
연후는 자신이 며칠 동안 꽤나 심각한 얼굴을 하고 있었
음을 알게 되었다.

단목세가의 일을 들은 후부터 같은 배에 그들이 타고
있다는 사실마저 잊었을 정도였던 것이다.

혹여 또다시 그들을 무시하지는 않았나 하는 생각을 하
며 연후는 애써 밝은 표정을 지었다.

"아닙니다. 그저 고민되는 것이 있어서……."

"그렇구려. 하면 괜한 걱정을 했소이다. 이만 물러가겠소. 아참! 지난번의 도움 진심으로 고마워하고 있소이다."

강일찬은 담백한 태도로 뒤돌아섰고 그 모습에 진심으로 자신을 걱정했음을 느낄 수가 있었다.

바꿔 말하면 지난 삼 일간 자신의 모습이 그만큼이나 걱정스러웠다는 것이리라.

순간 불현듯 머릿속을 스쳐 가는 생각이 있었다.

"강 표두님! 잠시만……."

연후의 목소리가 조금 컸기 때문인지 강일찬은 놀란 눈으로 뒤돌아섰다.

"여쭤 보고 싶은 것이 있습니다."

재차 이어진 연후의 말에 강일찬은 입가에 더없이 푸근한 미소를 지었다.

"실력이야 어떨지 모르지만 듣는 것이 많은 곳이 표국일이라오. 기탄없이 물어보시오."

"하면……. 혹 단목세가에 관한 일을 알고 계십니까? 어찌하여 역모에 연루되었는지……. 살아남은 이들은 없는지……."

연후의 음성은 조심스러웠다.

쉬 꺼내기 힘든 말이기 때문이기도 했지만 단목세가란 말을 한 순간 돌덩이처럼 굳어진 강일찬의 얼굴 때문이기도 했다.

아니나 다를까 단목강의 눈빛은 점점 더 심각해졌다.

"혹 연 소협께서 알고자 하는 것이 이번 악록산의 일을 말씀하시는 것이오?"

되묻는 강일찬의 표정은 너무나도 굳어 있었다.

하나 연후 또한 의문이 가득한 얼굴이었다.

"이번이라니요? 그 일은 이 년 전에 벌어진 것으로 아는데……."

연후의 말이 이어지자 잔뜩 굳어졌던 강일찬의 표정이 풀렸다.

"험험. 그렇지. 난 또 연 소협이 흑면수라(黑面修羅)와 관련 있는 줄 알고 적잖이 놀랐소이다."

"흑면수라라니요?"

"하긴 강호초행이라 하시니 모를 수밖에요. 저 또한 표행을 나서기 직전 들었던 소문일 뿐이오. 당분간 호남 쪽으로는 움직이지 말라며……."

"그 흑면수라라는 이와 단목세가가 관계있습니까?"

"그것까진 모르겠지만 무관하진 않을 것이오. 그 한 명에게 오수련이 개박살이 났다니……."

"오수련은 또 무엇입니까?"

"허허! 오수련을 모르시오?"

"……."

"이거 참! 연 소협께선 정말로 모를 사람이오. 그토록 고강한 무공을 지녔으면서 당금 강호를 양분하고 있는 세력조차 모르다니……. 이야기가 길어질 듯한데 괜찮으시오?"

"제가 더욱 바라는 일입니다."

연후는 공손히 답을 했고 강일찬은 흡족한 얼굴이었다.

이제야 그에게서 받은 도움의 일부나마 갚을 수 있다는 생각이 들었기에 자신이 아는 것들을 하나하나 꼼꼼히 일러 주었다.

오수련의 이야기부터 구정회로 대변되는 구대문파가 양분하고 있는 당금의 강호 이야기와 단목세가와 천하상단의 이야기와 그 이권을 독차지하려는 오수련의 움직임까지 자칫 지루할 정도로 길게 이어진 이야기였다.

하나 연후에겐 그 모든 이야기가 결코 흘려들을 수 없는 것들이었다.

또한 강일찬을 통해 이야기를 들으면 들을수록 강호에 대해서 안다는 것이 얼마나 중요한 일인지 새삼 깨닫고 있었다.

"……그런 오수련 앞에 흑면수라가 나타난 것이오. 한바탕 장사 땅을 휘저은 뒤 폐허가 된 단목세가로 갔고 그뒤로는 악록산 전체를 휘감은 오수련의 무인들과 하늘이 뒤집힐 정도로 싸웠다 하는구려."

"대체 그 흑면수라라는 이가 누구이길래……."

"그야 어찌 알겠소. 단목세가의 숨겨진 고수라는 설도 있고 검륜쌍절의 제자라는 설도 있지만 그보다는 대체로 그가 뇌제의 화신이라는 말을 믿는 편이오."

"뇌제라면? 그 환우오천존이라 불린다는……."

"하하하! 연 소협도 그 정도는 알고 계시는구려. 그렇소. 흑면수라가 바로 그 환우오천존 중 뇌제의 후인이라는 설이 있소이다. 그게 아니면 암왕을 일초에 제압한 것이나 일군이 이끄는 오수련의 정예들을 유유히 따돌릴 수 있었겠소. 뭐 인질을 잡고 도주했다고는 하지만…… 그래도 대단한 건 대단한 것이 아니오?"

"암왕이나 일군은 또 누굴 말하는 것인지……."

"아까 말씀드린 제갈세가의 가주와 당가의 가주를 말하는 것이오. 또한 두 사람은 천중십좌라는 강호십대고수에 이름이 올라 있는 실로 어마어마한 존재감을 지닌 무인들이고."

"그렇습니까? 오늘 정말 많은 도움이 되었습니다. 강 표두님께 거듭 감사드립니다."

"도움은 무슨……. 우리는 내일이면 하선하여 사천의 성도로 가야 하오. 하니 그동안이라도 궁금한 것이 있다면 언제든지 찾아오시오."

"알겠습니다."

"별말을 다 하시는구려. 그럼 이만……."

연후는 또 한 번 예를 취했고 강일찬은 더없이 흡족한 미소로 화답하며 연후 곁을 떠나갔다.

홀로 남은 연후는 한동안 강일찬에게 들은 이야기들을 정리하느라 머릿속이 뒤엉킨 듯한 기분이었다.

특히나 흑면수라라는 인물에 대한 생각은 머릿속을 떠나지 않았다. 강일찬에게는 전혀 내색할 수 없었지만 그가 누구인지 충분히 짐작했기 때문이었다.

'사다인……. 너로구나.'

그가 아니라면 벌일 수 없는 일이었다.

더구나 사다인이 중살이란 복면괴인을 상대하던 모습을 똑똑히 기억하고 있었다.

특히나 뇌전의 힘을 자유자재로 이용하던 그 특이한 무공을 어찌 잊을 수 있겠는가.

당시엔 조부의 위중함 때문에 경황없어 헤어졌지만 이제 다시 그의 소식을 들으니 반갑기만 했다.

그 때문에 한 가지 고민이 더해질 수밖에 없었다.

혹시 사다인이 위험한 상황은 아닌지, 도움을 주어야 할 상황인지 걱정되지 않을 수 없었다.

강일찬에게 듣고 보니 오수련이란 곳은 사다인 홀로 감당하기엔 너무나 큰 적이란 생각이 들었다.

오수련을 이루는 오대세가 하나하나가 단목세가와 비견

될 정도의 힘을 지닌 곳이라 하니 당연한 듯 걱정이 일었다.

그러면서도 마음 한 편으론 미소가 지어지는 이상한 기분이었다.

'과연 너다운 일을 하는구나.'

자신은 단목세가의 일을 듣고서도 고작 이런저런 고민을 한 것이 전부였는데 사다인은 그렇지 않았다.

아마도 그 역시 소문을 듣고 그곳을 향했을 것이다.

그렇게 찾아간 곳에서 시비를 피하지 않은 사다인의 행보.

자신에겐 없는 그 과감함이 부럽다는 생각이었다.

하나 연후에겐 또 다른 고민의 시작이 아닐 수 없었다.

'하면 먼저 사다인을 찾아야 하나!'

막상 그리 생각해도 막막하기만 했다.

오수련 소속 무인들이 혈안이 되어 찾고 있다고 들었다. 하나 그럼에도 종적을 발견하지 못하고 있다는 상황인데 대관절 어디 가서 그를 찾을 수 있을까 하는 생각이었다.

이래저래 고민만 더욱더 깊어 갔다.

그러는 사이 어느새 밤은 깊었고 배는 절벽과 맞닿아 있는 이름도 없는 자그마한 포구에 이르렀다.

배는 멈췄지만 절벽을 타고 불어오는 바람은 여전히 매

서웠다. 연후는 오래도록 자리를 뜨지 못한 채 바람에 물결치는 강물을 바라보고 또 바라보기만 했다.

*　　　*　　　*

한 치 앞도 보이지 않는 깊은 산자락을 빠른 걸음으로 걷는 두 사람이 있었다.

길마저 전혀 없는 산길을 어렵지 않게 타고 있는 두 사람의 모습은 도저히 동행으로 보기 어려웠다.

앞선 이는 어둠과 구분이 가지 않을 정도로 시커먼 피풍의를 걸치고 얼굴마저 새까만 사내였고, 그 뒤를 힘겹게 따르는 이는 진녹색 무복을 입은 아리따운 여인이었다.

한눈에도 여인은 사내의 걸음을 바삐 쫓아가는 것처럼 보였다.

시간이 갈수록 여인의 입에서 토해지는 숨결은 점점 거칠어졌다.

때마침 앞선 사내가 산길을 가로막은 커다란 바위를 훌쩍 뛰어넘은 뒤 망설이지 않고 나아가자 여인이 참지 못하고 입을 열었다.

"잠시만요!"

사내가 멈춰 서 바위 아래쪽에 선 여인을 바라보았다.

"더 볼일이 있나?"

사내의 음성은 무척이나 메말라 듣는 것만으로 소름이
끼칠 지경이었다.

하나 아래쪽에 선 여인은 전혀 개의치 않는다는 얼굴로
입을 열었다.

"좀 도와주세요. 진기가 남아 있질 않아요."

여인은 애처로운 표정으로 입을 열었는데 보통의 사내
라면 그 처연한 아름다움에 무엇이든 해주었을 것이다. 여
인은 그만큼이나 매력적인 자태로 입을 열었다.

더구나 이토록 인적조차 하나 없는 산속이라면 다른 마
음이 일지 않을 수 없을 정도의 모습.

하나 사내는 눈빛조차 변하지 않았다.

"내가 왜 널 도와야 하지?"

사내의 음성은 조금 전보다 더욱 차가웠다.

하지만 여인은 원망이 담긴 음성을 조심스레 내뱉었다.

"날 납치한 건 당신이잖아요."

"제법 아는 것이 있는 척 조잘거리기에 데려온 것뿐이
야. 한데 너는 내가 궁금해하는 것을 전혀 몰라. 다시 말
해 내 입장에선 전혀 쓸모가 없다는 거지. 분명 말했을 텐
데, 꺼지라고."

사내의 음성은 더욱 냉랭했다.

하지만 여인은 필사적이었다.

"저 역시 궁금한 것이 있고 당신은 대답해 주지 않았어

요. 저희들 입장에선 반드시 알아야 할 것이구요. 당신은 대체 누구신가요?"

"말했을 텐데. 사다인이라고."

"이름을 묻는 게 아님을 아시잖아요? 어떻게 당신이…… 이족인 당신이 뇌령마군의 무공을 얻게 된 것이죠?"

"훗, 중원 녀석들의 오만함은 여전하군. 웃기지 말아라. 뇌신지체는 누대로 이어진 우리 부족의 힘이다."

"죄송해요. 하지만 당신과 당신의 출신을 비하하려 했던 것은 아니에요."

사내의 싸늘한 냉대에도 불구하고 여인은 차분했다.

오수련의 차기 군사로 내정되어 있을 만큼 뛰어난 재지를 지닌 것이 바로 사내 앞에 선 여인 제갈소소였다.

그녀는 자신이 처한 상황에서 할 수 있는 최선을 다하고 있는 중이었다.

"당신은 단목세가와 어떤 관계가 있는 것인가요? 그들이 대역죄를 짓고 쫓긴다는 것을 모르시는 것인가요? 우린 관부로부터 그들을 잡으라는 명을 이행하고 있는 중이구요."

"대역죄? 뭐가 대역이란 말이냐? 단목강은 내 하나뿐인 의제고 그를 적이라 여긴 이는 나에게도 적일 뿐이다. 그것이 중원 황제의 뜻이라면 내 친히 목을 따 줄 것이다.

하물며 네놈들이라고 해서 다를 것 없다."

사내 사다인의 음성에 제갈소소는 안색마저 파리하게 변했다.

중원 하늘 아래 살아가는 이라면 그 누구도 감히 내뱉을 수 없는 말이었다.

아니, 상대가 이족이기에 내뱉을 수 있는 허풍이라 치부할 수도 있었다.

하지만 눈앞의 이 사내라면 정말로 가능할지도 모른다는 생각이 들었다.

이제껏 그 누구에게도 느껴 보지 못한 압도적인 강함.

절망이라고 해야 할 정도의 힘의 차이를 눈앞에서 본 제갈소소이기에 감히 그의 말을 부정할 수 없었다.

그가 죽이고자 했다면 지검단은 물론이요, 천의대나 원로원의 고수들 모두 몰살을 면키 어려웠을 것이다.

그의 실력을 경시했음을 감안한다고 해도 그가 펼쳐 보인 뇌제의 신기는 경악을 금치 못하게 했다.

마군의 일 보 일 보에 천하의 모두가 두려워 모두 복종하였다.

뇌령마군에 관한 그 터무니없는 기록이 한 치의 가감도 없음을 눈앞의 이 사내를 통해 처절하게 깨우친 것이다.

그의 강함을 부정할 어떤 방법도 떠올릴 수가 없었다.

그렇기 때문에 자신은 이 사내와 동행해야만 하는 것이다.

오수련의 핵심 고수 사백여 명과 원로원이 총동원되었음에도 사내 한 명이 두려워 물러설 수밖에 없었다.

그것이 세상에 알려지기라도 한다면 그 파급이 어떻게 되돌아올지는 명백하기만 했다.

오수련이 더 이상 강남의 패주를 자청할 수 없게 된다는 말이었다.

그것을 막기 위해 제갈소소는 필사적으로 사다인을 뒤따르고 있는 것이다.

인질극에 의한 탈주, 그것도 그 인질이 일군으로 불리는 부친을 둔 제갈세가의 외동딸이라면 충분히 납득할 만한 일로 비춰지는 것이다.

그렇게라도 진실이 알려지는 것을 막아야 할 상황인 것이다.

천행인지 그녀의 계책은 훌륭히 먹혀들었고 다행히도 오수련의 명성은 충분히 지켜지고 있는 실정이었다.

다만 사실과 다른 것은 지금 장사에 모인 오수련의 전력이 궤멸 직전이라는 것이었다.

그를 포위했던 이들 대부분이 최소 한 달간 대소변을 가릴 수 없는 처지에 놓였으며 당연히 눈앞의 이 한 명의 사내가 벌인 일이었다.

그렇기에 할 수밖에 없는 선택이 그를 뒤따르는 것이었다.

하나 그것도 하루 이틀이지 열흘이 넘고 보름 가까이 흐르면서 한계에 달했다.

그는 내내 무심했고 전혀 자신을 신경 쓰지 않았다.

그의 걸음을 뒤따르며 그가 남긴 음식을 먹었고 그 곁에서 새우잠을 자며 필사적으로 그를 따랐다.

혹시나 하는 마음에 강호의 일을 설명하며 회유하려 하기도 했고 자신을 미끼로 유혹이라는 방법까지 시도했었다.

치욕스럽지만 사내는 자신의 몸뚱이 정도로 어찌 할 수 없다는 것마저 인정해야 했다.

그는 전혀 다른 남자였다.

그 어떤 일에도 신경 쓰지 않았다. 그의 온 신경은 오직 한 가지 일에 집중되어 있었으며 그것은 단목세가의 소가주를 찾는 일이었다.

오수련의 무인들 대부분이 동원되어도 못 해낸 일이었다고 누누이 말을 했지만, 그는 직접 악록산 전체를 샅샅이 뒤지고 다녔다. 그러고도 모자라 산자락을 따라 점점 더 형산 쪽으로 이동하고 있는 중이었다.

모르긴 몰라도 형산마저 전부 뒤지고 나서야 멈출 것

같았다.

하나 그녀는 더 이상 그를 따를 힘이 없었다.

내력도 바닥이 났고 허기진 육신은 서 있는 것만도 버거웠다.

이대로 도태되기 전에 어떻게든 그와 오수련의 관계를 재정립해야만 했다.

"당신이 아무리 강하다 해도 황궁과 대적할 순 없어요. 설마 중원 전체를 홀로 감당할 수 있다고 생각하시는 것은 아니시겠죠?"

"싸워야 한다면!"

"정말로 터무니없는 분이시로군요. 당신이 본련을 상대로 일부 득세를 했다고 해서 그것이 전부라고 생각진 않아야 할 것이에요."

"계집! 말을 돌리지 말고 본론을 꺼내라. 네가 영악하다는 것쯤은 알고 있으니……."

사다인의 싸늘한 음성에 제갈소소의 얼굴이 살짝 굳어졌다.

하나 이 정도에서 멈출 것이라면 보름 가까이나 그를 따라오지도 않았을 것이다.

"당신 혼자 할 수 있는 일은 한계가 있어요. 하지만 당신이 본련과 함께 한다면 얻을 수 있는 것들이 적지 않을 것이고 하고자 하는 일도 이룰 수 있을 거예요."

"오호? 그래?"

"당신이 원한다면 단목세가와 천하상단에서 벌이는 모든 일을 물리도록 하겠어요. 또한 최우선적으로 단목세가의 생존자를 찾는 일에 도움을 드리겠어요."

제갈소소는 침착했고 최대한의 화술을 동원해 사다인을 회유하려 했다.

하지만 돌아오는 것은 너무나도 명백한 비웃음이었다.

"착각을 하고 있군. 어차피 단목세가를 건드린 놈들은 내 손에 죽어."

너무나 스산한 음성, 제갈소소는 간신히 숨이 막힐 듯한 압박감에서 벗어났다.

"내가 네놈들을 불쌍히 여겨서 살려 준 것으로 보이나?"

연이어진 사다인의 말에 제갈소소는 한 차례 흠칫하며 몸을 떨었다.

'서…… 설마……'

"눈치 하난 끝내 주는 계집이로군. 그래, 시간을 벌기 위해서야. 모두 죽여 버렸으면 개 떼처럼 날 잡기 위해 달려들었겠지. 하지만 살려 두니 편하잖아. 동료들 똥오줌 받느라 정신이 없으니 내게 신경 쓸 여력이 없겠지."

사내의 입가에 언뜻 스쳐 가는 미소가 악귀처럼 여겨지는 제갈소소였다.

이제껏 그가 살수를 펼치지 않은 이유가 오수련과 생사대적이 되지 않기 위해서라고만 여겼던 그녀로서는 둔기로 머리를 얻어맞은 느낌이었다.

하나 기호지세였다. 이제 와 물러날 수도 없는 입장인 것이다.

"그렇게 나오시니 솔직히 말씀드리죠. 오늘 저와의 협상이 결렬되면 오수련은 모든 힘을 동원해 당신을 죽이려 할 거예요. 당신은 그걸 원하시나요?"

"하하하하하하!"

그저 공감로 들렸는지 사내는 웃기만 했고 제갈소소는 이제껏 본 적 없는 싸늘한 눈빛으로 말을 이어 갔다.

"본련을 이끄시는 분은 제 부친입니다. 강호에선 일군이라 칭송받지만 정작 아버님을 진정으로 아는 분들은 만약통(萬弱通)이라 부르십니다. 그 어떤 무공도 파훼법을 만들 수 있는 분이시란 의미입니다. 당신이 스스로를 무결(無缺)한 이라 여길지 모르지만 나는 부친의 능력을 믿습니다. 그분께서 당신을 죽이고자 하면 당신은 죽을 수밖에 없습니다."

제갈소소의 음성은 이전까지와는 판이하게 달랐다.

또한 그녀가 내보일 수 있는 최강의 패를 꺼내 든 것이기도 했다.

물론 그 말은 반은 진실이고 반은 거짓이었다.

하나 거짓은 과장되기 위한 거짓이 아니라 혹시 모를 일을 위해 감춰 둔 거짓이었다.

오래도록 강호상의 무공들과 전설적 무인들을 상대하기 위한 방법을 연구해 온 부친이었다.

— 삼종불기는 몰라도 환우오천존 정도는 어찌어찌 상대할 수 있을 것도 같구나. 물론 혼자 힘으론 무리지만 말이다.

부친에게 들었던 말이었다.

더구나 부친은 칠 할의 성공 가능성도 실패라 여기는 철두철미한 성정의 소유자였다.

최소 구 할의 가능성을 보지 않았다면 꺼내지도 않았을 말이었다.

어쩌면 지금 부친은 이 사내를 옭아맬 그물을 완벽히 준비해 놓을지도 몰랐다.

그런 부친을 믿기에 그녀는 확신을 가지고 사다인을 압박할 수 있는 것이었다.

그런 여인의 태도가 예상외였는지 사다인은 잠시간 무언가를 생각하는 표정이었다.

그리고 이내 다시 흘러나온 음성은 제갈소소를 더욱 아연실색하게 만들었다.

"그럴 기미가 보인다면 먼저 죽여 주지. 네 아비라는 인간을……."

"당신……. 정말!"

제갈소소는 더 이상 참지 못하고 목소리를 높였다.

하나 사다인은 더욱 싸늘하게 그녀의 말 허리를 잘랐다.

"한 가지 말해 주마. 남만에선 전쟁에 승리한 부족은 절대로 후환을 남기지 않아. 아이건 여인이건 노인이건 모두 죽여. 그것이 뒤탈을 없애는 길임을 알기 때문이야."

연이어진 사다인의 말에 제갈소소는 온몸에 힘이 빠져 나가는 느낌이었다.

그를 설득할 수 없음을 인정했기 때문이었다.

이리 되고 보니 도대체 무엇 때문에 그를 따라왔는지 모르겠단 후회만 남게 되었다.

아직까진 되돌릴 수 있다고 믿었던 자신의 생각이 터무니없이 안일했음을 인정하게 되자 서 있을 기력마저 날아가 버린 느낌이었다.

그 순간 사다인은 또다시 예기치 못한 음성을 내뱉었다.

"나는 갈 것이다. 뒤따르는 놈에게 열심히 신호를 남겼으니 별일이야 없겠지?"

제갈소소의 몸이 흠칫했고 순간 사다인에게서 전에는

보지 못했던 기이한 미소가 그려졌다.

"계집! 네가 왜 나를 따라왔는지 모를 것이라 생각했나? 이쯤 지났으면 핑계거리로는 충분하지 않느냐? 기왕이리 된 것 네놈들의 손에 죽은 것으로 해도 상관없다."

사다인의 말에 제갈소소는 어떤 말도 꺼낼 수가 없었다.

그는 처음부터 알고 있었던 것이다.

남궁인이 반나절 거리를 두고 은밀히 뒤따르고 있다는 것도, 자신의 의도가 무엇인지도 모두 알고 있으면서 모른 척했던 것뿐이었다.

그가 자신의 동행을 눈감아 준 것은 시간을 벌고자 했던 것 그 이상도 그 이하도 아니리라.

그녀는 새삼 눈앞의 사내 사다인에 대한 두려움이 일었다.

강하기만 한 사람은 두렵지 않으나 지혜를 지닌 이는 두려운 법이다. 하나 강하면서 지혜를 지닌 이는 적으로 삼지 말아야 하는 것이 병법의 기초였다.

눈앞에 사내가 바로 그런 이라는 것을 순순히 인정해야만 했다.

절대로 적으로 만나지 말아야 할 사내.

하나 오수련의 수뇌부나 부친이 자신의 뜻을 받아들일 일은 없을 것이다.

그나마 그를 회유할 수 있다는 자신을 믿은 부친이 있기에 추살대를 파견하지 않았을 뿐이리라.

이제 앞으로 벌어질 일들, 눈앞의 이 터무니없이 강한 상대를 적으로 돌리고 난 뒤에 필연적으로 벌어질 일들이 떠오르자 제갈소소는 온몸이 부들부들 떨릴 수밖에 없었다.

"아우가 살아 있기를 바라는 것이 좋을 것이다. 그렇지 않다면 그 일에 관련된 놈들 모두 씨를 말려 버릴 것이다. 그것이 바로 나 사다인의 의지다."

어느새 모습을 감춘 사내의 음성만이 가녀리게 떨고 있는 제갈소소의 귓가를 맴돌 뿐이었다.

때는 이른 봄, 악록산과 형산의 줄기가 이어지는 산중에서 벌어진 일이었다.

第七章

무학의 길은 그 끝이 없으니

연후는 지금 시끌벅적한 객잔 안에 자리를 잡고 있었
다.

　허름하지만 꽤나 넓은 객잔이었고 그 안에 가득 들어찬
사람들과 그들이 벌이는 술자리는 밤이 깊어질수록 열기
를 더해 갔다.

　그런 객잔 한편에 벌어진 술자리에 연후가 있었다. 그
곁에는 난중표국의 표사들과 표두 강일찬이 있었다.

　사실 이들을 먼저 찾은 것은 연후였다.

　그간 소원하기만 했던 관계를 생각하면 놀라운 일이 아
닐 수 없었지만 연후는 어렵지 않게 그들과 섞일 수 있었
다.

사실 연후가 이들을 찾은 것은 조금이라도 강호의 정세 같은 것에 대해 알고 싶었기 때문이었다.

또한 정보의 필요성을 확실하게 깨달은 직후였기에 어떤 경로를 통해 강호의 동향을 알 수 있는지에 대해서도 알아보고자 한 이유였다.

"하하하하! 어지간한 일들이야 이런 곳에서 귀동냥으로 들을 수 있소이다. 하나 고급 정보라면 다르지요. 그런 것들은 정보만으로 큰돈이 될 수 있는 것이니까요."

강일찬의 호탕한 음성에 또 다른 중년의 표사 하나가 앞 다투어 나섰다.

"대표두님! 하지만 강호에 떠도는 소문은 팔 할이 믿지 못할 것이다라는 고언이 있지 않습니까?"

"예끼 이 사람아! 그거야 강호 전체를 뒤흔드는 이야기 같은 것이나 그렇지. 처녀가 애를 배도 사연이 있는 게 세상사야. 아니 땐 굴뚝에 연기 나는 것 보았는가?"

"그건 대표두님 말씀이 맞는 것 같습니다. 하지만…… 저……. 은공께서 알고 싶은 것은 그런 것이 아닌 것 같습니다."

중년 표사와 강일찬의 대화 중에 젊은 표사 하나가 나섰고 그러자 끼어들 기회를 노렸던 표사들이 저마다 한마디를 더했다.

"그러니까 연 소협께선 과거의 개방같이 정보를 구할

곳을 찾는 것 아니겠습니까."

"그렇다면 은공께선 화화림(花貨林)이라고 들어 보셨습니까? 주로 기녀들로 이어진 세력인데 모르는 것이 없다고 합니다."

"이 친구야. 은공께 화화림을 소개하면 어쩌자는 것이야! 자고로 정보란 하오문이 최고지."

이십 대 중 후반의 표사들은 연후를 소협이라 부르지도 못하고 은공이라 칭하면서 극도로 예를 표했다.

연후는 그들의 이야기에 관심이 많은 듯 입을 여는 이들 하나하나의 이야기를 경청했다.

그러자 분위기는 더욱 들뜨기 시작했다.

"하오문이 지저분한 녀석들인 걸 모르는 거냐? 그것보다 차라리 만사문(萬事門) 같은 곳이 나을 거야. 적당한 금액만 제시하면 필요한 것은 다 알아다 준다고 하니까."

"그렇게 코딱지만 한 만사문을 찾을 바엔 차라리 은자방이 낫지 않나? 그래도 명색이 중원 삼대……."

신이 나서 떠들던 대화 중에 은자방이란 이름이 나왔고 그 순간 분위기가 급변했다.

강일찬이 날카로운 눈으로 은자방을 언급한 표사를 노려보았기 때문이었다.

입을 열었던 표사 한 명이 고개를 떨구며 힘을 열었다.

"저는 그저……. 은공께 도움을 드리려고……."

표사의 쭈뼛거리는 말에 강일찬이 근엄한 음성을 내뱉었다.

"누누이 일렀거늘. 어찌 그리 경망스럽더냐?"

상황이 그리되자 오히려 연후가 궁금한 얼굴이었다.

"어찌 그러십니까?"

"험험……."

강일찬은 헛기침을 하며 잠시 고민을 하는 눈치였다. 하나 결심을 한 듯 나직한 음성을 내뱉었다.

"사실 일전에 저희 표국을 습격한 곳이 그 은자방이 아닌가 합니다. 탈혼객이 바로 그 은자방을 대표하는 고수니 말입니다."

예기치 못한 말에 연후는 꽤나 놀란 얼굴이었다.

도적들의 정체를 알고 있었다는 사실도 놀라웠지만 어째서 그 같은 사실을 알고도 쉬쉬했는지 쉽게 이해가 되지 않았다.

하나 연후의 의문은 금방 풀렸다.

"은자방은 저희 난중표국이 감당하기 힘든 곳입니다. 산서에 근거를 두고 있지만 섬서 땅은 물론 감숙까지 힘이 미치는 곳이지요. 괜한 말을 떠벌리고 다녀서는 끝이 좋지 않을 것이 분명합니다."

"하지만……."

"알고 있습니다. 사실 부끄럽지만 처음엔 연 소협에 기대어 일을 좀 크게 벌여 볼까 하는 마음을 먹기도 했습니다. 하나 연 소협께서 뜻을 분명히 하셨는데 어찌 저희가 다른 마음을 먹겠습니까? 힘이 없다면 알면서도 모른 척해야 하는 것이 강호에서 살아남는 법이지요."

강일찬의 음성은 씁쓸했다.

자신이 조금만 더 힘이 있다면, 아니 난중표국에 조금만 더 힘이 있었다면 이렇게 덮어 버릴 수는 없는 일이었다.

하나 은자방은 강일찬의 사문인 청강문의 도움으로도 어쩔 수 없는 곳이었다.

그나마 청성파의 도움을 받는다면 어찌해 볼 수도 있겠지만 그도 마냥 쉽지만은 않을 듯했다.

화산파가 있는 섬서에서도 뿌리를 내린 것이 은자방임을 감안하면 청성파가 쉬 나서지도 않을 것이며 나선다고 해도 치러야 할 대가가 적지 않을 것이 분명했다.

강일찬의 말에 연후는 묵묵히 고개를 끄덕여야만 했다.

그러면서 과거의 어느 날 단목강과 했던 대화가 떠올랐다.

"강아! 무공이 강해지면 무엇 하려고 그리 매일처럼 연공에 매진하는 것이냐?"

"아버님처럼 되기 위해섭니다. 제 부친은 대협으로 불리는 분이십니다. 불의를 보면 지나치지 않는⋯⋯. 온갖

패악한 일들로부터 약자를 지키는 일에 주저하지 않는 분이십니다. 저 또한 그분을 닮고 싶습니다. 그러기 위해선 강해져야 함이 당연한 것입니다."

당시엔 그저 막연히 나이 어린 단목강이 참으로 속이 깊고 기특한 아이라고만 여겼었다.

어찌 되었든 다른 친구들보다 외관상 한참이나 어려 보였기 때문에 그리 생각할 수밖에 없었다.

하나 이제 와 생각해 보니 지금의 자신은 그때의 단목강보다도 모자란 것은 아닌가 하는 부끄러움이 일었다.

아무리 강호인이 되지 않고자 마음먹었다 해도.

아무리 무공은 놈들을 단죄하기 위해서만 사용하겠다 마음먹었다 해도 지금의 자신이 소인배에 지나지 않음은 너무나 분명해 보였다.

'도대체 난 무엇을 주저하는 것이냐?'

연후가 조심스레 입을 열었다.

"혹시 말입니다……."

"네?"

"혹시나 말입니다. 혹여 차후에라도 그들이 위해를 가하려 한다면……."

연후의 나직한 말이 이어지자 강일찬을 비롯한 표사들이 눈을 동그랗게 뜨고 연후의 입술만을 바라보았다.

"……제가 그들을 응징하겠습니다. 하니 모두 후일을

도모하십시오. 재물 따위가 사람의 목숨보다 중요할 순 없지 않겠습니까."

연후의 나직한 음성에 모두가 잠시간 말문이 막힌 표정이었다.

함께하고 있는 난중표국 일행들 모두가 감동이라도 한 듯 눈가가 떨렸고 특히나 대표두 강일찬은 그 감정이 고스란히 얼굴에 드러났다.

"말씀만으로도 진정 감사드립니다. 앞으로도 난중표국은 연 소협과 남이라 여기지 않을 것입니다."

그 나름 며칠 동안 이어졌던 깊은 심려가 씻은 듯이 날아간 음성이었다.

따지고 보면 연후라는 사내는 정체도 확실치 않고 언제 다시 만날지 기약도 할 수 없는 존재였다.

하나 상관없었다.

강호의 인연이란 무척이나 기이하여 서로의 마음이 닿으면 결코 끝나지 않음을 알고 있기 때문이었다.

그런 강일찬의 진심을 느껴서인지 연후의 얼굴 또한 전에 없이 밝았다.

잠시의 순간이지만 머릿속을 가득 채우던 상념들이 한꺼번에 사라진 기분이었다.

적어도 낯선 이들의 음성이 들려오기 전까진 말이다.

"이야! 이거 눈 뜨고는 못 볼 정도로 감동적인걸!"

시비와 비웃음이 가득한 음성이 분명했고 연후를 비롯한 이들이 동시에 음성이 들려온 곳으로 시선을 돌렸다.

몇 자리 건너편에서 홀로 앉아 있던 사내가 몸을 일으키며 한마디를 더했다.

"아무리 명이 있었다지만 도저히 참아 줄 수가 없네."

허리춤에 투박한 박도를 매달고 있는 삼십 대의 사내였다.

순간 또 다른 쪽에서 한 명의 노인과 한 명의 중년 미부가 일으켰다.

"이놈! 미친 거 아니냐? 사람이 이렇게 많은데……."

"호호호호! 귀노(鬼老)는 사람 눈을 너무 의식해서 탈이야! 나도 지겹다고. 대체 부방주는 뭐 때문에 저런 떨거지들을 지켜보라고만 하는 거야!"

두 사람의 음성이 더해지자 시끌벅적하던 객잔 안은 삽시간에 조용해졌다.

한눈에도 무림인들의 시비가 분명한 상황, 자칫 불똥이 자신에게 튈까 눈만 끔뻑거릴 뿐이었다.

그 순간 객잔의 문이 부셔져라 열리며 예닐곱의 사내들이 들어왔다.

그리고 그들 가운데 난중표국이나 연후에게도 낯익은 흑발 사내가 자리하고 있었다.

"은자방의 십귀……."

강일찬의 입에서 절망 어린 음성이 흘러나왔으며 동석한 표사들은 안색이 모두 파리하게 질려 버렸다.

오직 연후만이 무심한 눈으로 흉흉한 기세로 객잔을 휘어잡은 이들을 바라볼 뿐이었다.

"조용히 처리하자고 여기까지 와서 기다렸는데, 이게 뭐 하는 짓이냐!"

흑발 사내 탈혼객의 말에 처음에 나선 박도 사내가 답했다.

"저놈들이 하도 기가 막힌 말들을 하니 어쩌겠소? 감히 본방을 무시해도 분수가 있지."

"호호호훗! 그건 도귀 말이 맞아요. 부방주가 이해해야 할 거예요. 나 요요가 저놈들을 찢어 죽이고 싶을 정도니 말이에요. 어디 들어 보지도 못한 표국 놈들이 감히 은자방을 입에 담아!"

박도 사내의 말에 화답한 중년 미부는 무시무시한 살기를 일으켰다.

흡사 나찰과도 같은 표독한 기세에 주변에 자리하고 있던 이들이 벌러덩 나뒹굴 정도였다.

"할 수 없군. 일이 이렇게 되었느니……."

흑발 사내 탈혼객이 혀를 차며 연후와 난중표국을 향해 입을 열었다.

"나가서 죽을 테냐? 아니면 여기서 죽을 테냐?"

너무나도 살벌한 음성이었고 객잔 안은 이제 숨소리조차 나지 않을 정도로 적막하게 변해 버렸다.

　그 순간 연후가 자리에서 일어섰다.

　그리고 태연하게 입을 열었다.

　"한 가지만 물어도 되겠습니까?"

　예상치 못한 연후의 태도에 흑발 사내가 눈살을 찌푸렸고, 연후는 대답을 기다리지 않고 다시 말을 이었다.

　"당신들을 제압하면 누군가 또다시 찾아오는 것입니까?"

　너무나 어처구니없는 말을 들은 탈혼객과 십귀는 황당함에 대꾸조차 하지 못했다.

　탈혼객과 십귀 모두가 있는 자리에서 그리 말할 수 있는 이가 누가 있겠는가?

　이 전력이라면 천하의 누구라도 꼬리를 말 수밖에 없으리라 자신하는 이들이었다.

　"그건 아닌 것 같군요. 혹시나 해서 하는 말인데 오늘 약세를 깨우친다면 추후에는 난중표국이 아닌 절 찾아오셨으면 합니다. 자리가 좋지 않으니 나가는 것이 좋겠지요?"

　연이어 또다시 황당하게 느껴질 수밖에 없는 말을 내뱉은 연후가 뚜벅뚜벅 걸어 나왔다.

　객잔의 정문을 막고 있는 탈혼객과 일곱 사내들을 향해

태연하게 걸어 나가는 것이다.

참으로 어안이 벙벙할 정도의 당당함을 느꼈기에 혹시나 하는 긴장감이 탈혼객의 머릿속을 채웠다.

때마침 독귀 영감이 손끝을 흩뿌렸다.

그의 하독술은 놀라워 공기 중에서도 정확히 상대방에게만 피해를 입힐 수 있는 경지에 이르러 있었다.

그제야 탈혼객도 조금은 안심을 할 수 있었다.

산공독에 중독된 자가 무엇을 할 수 있을까 하는 생각이었다.

강할지는 모르나 애송이가 분명한 상대, 잠시 긴장했던 것이 후회되는 기분이었다.

한데 전혀 예기치 못한 일이 벌어졌다.

자신을 향해 걸어오던 사내의 오른손이 갑자기 허공을 휘어잡았기 때문이었다.

"독이라면 일전에 배운 것이 좀 있습니다."

나직한 음성과 함께 허공을 휘어잡은 연후의 손끝에서 일순간 푸르른 불길이 일었다.

화르르륵!

'삼매진화!'

십귀를 비롯한 탈혼객의 눈이 동그랗게 치떠질 수밖에 없었다.

특히나 하독을 한 귀로는 단번에 상대의 독공이 자신을

상회하는 것을 파악할 수 있었다.

삼매진화 자체도 놀라운 일이긴 하지만 산공분 같은 미량의 독을 일수에 허공에서 빨아들인다는 것은 어지간한 실력으론 꿈도 꾸지 못하는 경지인 것이다.

그동안에도 연후는 뚜벅뚜벅 탈혼객과 일곱 사내가 가로막은 정문으로 걸어 나갔다.

그 기세에 압도되었기 때문인지 누구 하나 입을 열 수가 없었다.

마침 박도 사내와 중년 미부의 눈이 허공에서 마주쳤다.

그리고 이내 동시에 자리를 박차고 연후의 등 뒤로 쏟아져 갔다.

"놈!"

"죽어!"

일갈을 터트리며 쏟아지는 사내는 박도를 들어 연후의 머리통을 단숨에 쪼개려 했고, 중년 미부의 손에 들린 가느다란 채찍은 창날처럼 변해 연후의 경추혈을 찍기 위해 뻗어 나갔다.

그러한 둘의 공격이 지척에 이르는 순간까지도 연후는 아무런 반응을 하지 않았다.

그제야 득세를 예상한 박도 사내와 중년 미부의 얼굴에도 한 가닥 미소가 서렸는데 결과는 그들의 예상과는 전혀 달렸다.

분명히 둘의 공격은 성공한 것 같았다.

박도가 머리를 가른 것 같았고 채찍은 사혈을 찍은 것이나 다름없었다.

하나 그들의 병기를 통해 전해지는 느낌은 마치 물먹은 솜을 때리는 듯한 감각뿐이었다.

아니나 다를까 박도와 체대에 격중당한 연후의 신형은 떠밀리기라도 한 듯 앞으로 밀려나는 것이었다.

마치 얼음판을 미끄러지듯 정면에 선 탈혼객과 칠귀를 향하는 연후!

당연히 대경실색한 탈혼객은 여덟 자루 비도를 손가락 마디마디에 끼웠고 칠성검귀(七星劍鬼)라 불리는 일곱 명의 사내 역시 일제히 검을 뽑아 들었다.

하지만 그들은 연후를 공격할 수 없었다.

슈슛!

한 줄기 바람이 스쳐 가는 소리를 들은 뒤에 그들은 또다시 어안이 벙벙한 눈으로 텅 비어 있는 정면을 확인한 것뿐이었다.

순간 그들의 등 뒤 객잔 밖에서 나직한 음성이 들려왔다.

"괜한 사람을 상하게 하고 싶진 않습니다. 이 정도면 어울리기에 충분한 장소가 아니겠습니까?"

객잔 앞 공터에 선 연후와 그를 확인한 탈혼객과 십귀
는 도저히 눈앞에서 벌어진 일을 믿기 어려웠다.

긴장으로 머리칼이 쭈뼛 선 듯한 모습들.

하나 한 가지만은 분명했다.

이대로라면 명년 오늘이 자신들의 제삿날이 될 수도 있
다는 사실을 인지한 것이다.

*   *   *

늦은 밤 단목연화는 어머니 용화부인과 함께 모옥에 머
물고 있었다.

"요사이 너무 무리하는 것이 아니냐? 얼굴이 좋지 않구
나."

"피, 뭐 얼굴 뜯어 먹고 사나요? 그리고 무리하는 거
아니에요. 어머닌 그냥 아무 걱정 마시고 편히 쉬시면 돼
요. 제가 다 알아서 할 거니까요."

"미안하구나. 너마저 이런 고생을 시켜야 하다니……."

"무슨 그런 말이 있어요. 이래 봬도 단목세가의 장녀라구
요. 두고 보세요. 제 손으로 다시 본가를 일으킬 테니까요."

"연화야! 그런 생각은 하지도 말아라."

"어머니?"

"남들이 어찌 보든 나는 그저 지아비 하나를 보았으며

너와 강이가 있어서 행복했다. 일이 이리 되고 나니 더더욱 무엇이 중요한지 알게 되었단다. 세가라는 허울이나 넘치는 부는 정녕 부질없는 것이다. 이제 와 너마저 잃는다면 이 어미의 모진 목숨을 어찌 이어 가야 하겠느냐?"

"그런 말씀 마세요. 아버진 무사하세요. 제가. 잘 알아요. 천하에서 가장 강한 분이에요. 더구나 대주님께서 강이 녀석까지 잘 있다고 말씀해 주셨잖아요. 혁 공자께서도 그걸 확인해 주었다고 하시구요. 하니 아무 걱정도 하지 말아요. 제발요."

단목연화의 목소리가 조금 높아졌지만 마주한 용화부인은 그저 옅은 웃음을 내비칠 뿐이었다.

오래전부터 반복되는 이야기이기에 굳이 딸아이의 간절한 바람을 무너뜨리고 싶지 않았다.

하지만 누구보다 단목중경이란 남자를 잘 아는 이가 바로 안사람인 용화부인이었다.

무사하다면 이토록 기약 없는 기다림을 하게 만들 사람이 아니란 생각이었다.

거기다 아들 단목강이 무사하다는 말을 듣긴 했지만 어디에 있으며 어찌 지내고 있는지, 게다가 그 소식을 어찌 이토록 멀리 떨어진 곳에서 알 수 있었는지에 대한 설명조차 제대로 하지 못했다.

그러니 바보처럼 그저 암천의 말을 무작정 믿을 수만은

없는 일이었다.

물론 그녀가 음자대주 암천을 마음 깊이 신뢰하는 것과는 별개의 일이었다.

자신의 건강을 염려해서라면 일부러라도 거짓 소식을 전할 사내가 암천임을 그녀 또한 잘 알고 있는 것이다.

사실 암천의 입장에서도 답답하긴 마찬가지였다.

단목강이 무사하단 것은 알게 되었는데 그것이 이 년 전의 모습이니 지금도 그렇다고 무작정 장담할 수도 없었고, 그 과정을 설명하자면 혁무린과 만수신공을 이해시켜야 하는데 무공에 대해 완벽히 무지한 용화부인에게 그것을 납득시킬 방법이 마땅치 않은 것이다.

그나마 단목연화에게 사정을 설명했지만 그녀 또한 처음 그 소식을 들었을 무렵엔 혁무린과 사이가 좋지 않을 때라 별로 신뢰가 가지 않는다며 콧방귀를 뀐 것이 전부였다.

물론 지금이야 그녀가 혁무린을 보는 시선이 완전히 달라지긴 했지만 말이다.

여하간 지금 두 모녀는 각자의 생각에 잠겨 한참이나 말없이 상념에 빠져 있는 중이었다.

그러던 차에 모옥 밖에서 조심스런 인기척이 들려왔다.

"주모님! 음자대주입니다."

그 음성에 침울했던 두 모녀의 분위기가 눈에 띄게 밝

아졌다.

"들어오도록 하세요."

용화부인의 음성이 이어지고 암천이 문을 열고 들어섰다.

"가셨던 일은……?"

무언가 시킨 일이 있는 듯 용화부인의 음성에는 조급마저 서려 있었다.

그러나 답하는 암천의 표정은 전혀 밝지 못했다.

"송구합니다. 소식을 묻기조차 요원한 상황입니다."

연이어진 암천의 답에 용화부인은 물론 단목연화마저도 실망한 기색이 역력한 얼굴이었다.

하나 암천은 하루 종일 발에 땀나도록 뛰며 알아온 몇 가지 사실을 묵묵히 꺼내 놓았다.

"제대로 된 중원 상인들의 내왕이 끊긴 것이 벌써 이 년 가까이나 되었답니다. 본가와 상단이 무너진 후부터 이렇다 할 왕래가 없었던 것 같습니다. 거기다 관부인으로 보이는 이들이 간혹 눈에 띄어……."

"그렇군요. 괜히 대주를 고생만 시켰군요."

"아닙니다, 주모님. 마땅히 제가 해야 할 일입니다. 하나 한 가지 이상한 소문이 돌고 있습니다."

암천의 말에 참지 못하고 나선 것은 단목연화였다.

"이상한 소문이라니요? 본가와 관련된 것인가요?"

"그런 것도 같고 아닌 것도 같고……. 여하간 악록산에서 한바탕 큰 싸움이 일었다는 이야기입니다. 하지만 단지 떠돌이 노승에게서 들은 말이며 그 또한 더 이상은 알지 못했습니다."

암천의 음성에 두 모녀의 표정에 화색이 돌았다.

"본가 근처에서 싸움이라면 아버님일 수도?"

단목연화의 음성에 가득 담긴 기대감을 알면서도 암천이 답해 줄 수 있는 것은 별로 없었다.

"어찌 그 사실만 가지고 단언을 하겠습니까? 해서 저 혼자라도 다녀와야 할 것 같습니다."

암천의 말에 단목연화가 황급히 나섰다.

"저도 같이 가겠어요. 아버님이 틀림없을 거예요. 제가 가서 아버님을 모시고 올 거예요."

"연화야……. 마음을 추스르거라. 네가 동행하면 대주께서 운신하시기가 힘이 들 것이다."

"하지만……."

"주모님 말씀이 옳습니다. 아가씨의 마음을 어찌 모르겠습니까마는 그리 되면 시일도 늦어질뿐더러 주모님 홀로 이곳에 계셔야 하지 않겠습니까?"

암천의 말에 단목연화는 잔뜩 풀이 죽은 얼굴로 무언가를 더 이야기하려 했다.

하나 암천이 그런 단목연화에게 쐐기를 박았다.

"곤륜산 너머로 다녀올 생각입니다. 거기까지만 가도 본가의 소식을 들을 수 있을 터이니 혼자 움직이는 것이 훨씬 빠릅니다. 더구나 아가씨께선 해야 할 일이 있지 않습니까?"

"……."

"아가씨와 함께 다녀오자면 한 달은 넘게 걸릴 터인데 그동안 혁 공자께서 마음을 바꾸기라도 한다면 어쩔 셈이십니까? 또한 그렇게 떠나 버리신다면 혁 공자께서 분명 서운하게 여길 것입니다."

암천의 말에 단목연화는 저도 모르게 입술을 깨물었다.

확실히 그녀는 매일 혁무린에게 조화만상곡을 배우고 있는 중이었다.

사실 배운다기보다 그저 그를 앞에 두고 옥소를 부는 것이 전부였다.

하지만 무엇 때문인지 그와 함께 있으면 기이한 기운이 몸 안을 휘돌며 이전까지 연주하지 못했던 것을 해내게 되는 것이다.

불과 삼 일 만에 생상춘회지곡을 완벽하게 연주할 수 있게 되고 난 후 다시 보름 만에 창명연하지곡을 끝까지 불 수 있게 되었다.

그리고 나서야 비로소 옥소의 음률이 지닌 놀라운 힘을 알 수 있게 되었다

음률의 권역 안을 마음껏 지배하는 듯한 기이한 기분을 느끼게 된 것이며 그 안에선 새들을 춤추게 할 수 있었고 물고기를 뛰어놀게 할 수 있었다.

온전히 자신의 음률만으로 그 같은 일이 가능했으며, 만일 그 안에 적이 있다면 제압하는 것 또한 어렵지 않다는 것을 막연히 짐작할 수 있었다.

이제 조만간 세 번째 악장을 배울 수 있으며 그 안에 들면 이전까지와는 비교조차 할 수 없는 조화를 부리게 된다고 들었다.

물론 그런 가르침은 전부 무린에게서 나오는 것이다.

그와 함께 있는 동안 단목연화는 조심스러웠고 또한 한마디의 말도 허투루 듣지 않았다.

그 역시 조화만상곡을 일깨워 주는 시간 동안만큼은 그어떤 사부보다도 근엄하고 위엄을 지닌 모습이었다.

물론 그 시간이 끝나고 나면 언제 그랬냐는 듯 그저 농처럼 쓸데없는 이야기만 늘어놓지만.

"위험해! 위험해. 어쩌 네 눈빛 심상치 않다."

"혹시나 해서 이야기하지만 나 좋아하지 마라. 진짜로 후회한다."

"아! 우리가 오 년 전에만 만났어도 이렇게 뒤틀리진 않았을 텐데……. 이게 다 강이 그 엉큼한 놈 때문이야!"

대체로 매일처럼 듣는 혁무린의 농담들은 그런 것들이

었다.

그렇다고 해도 그녀가 혁무린을 이전처럼 대할 순 없는 일이었다.

굳이 암천을 졸라 듣게 된 믿지 못할 비밀이 아니었다 하여도 그가 결코 평범한 사람일 수 없음을 매일처럼 느끼기 때문이었다.

'혁 공자! 당신은 대체 어떤 사람인 거죠? 망량의 전인이라는 것만으로 설명될 수 있는 존재인 것인가요?

*   *   *

탈혼객 중표는 지금 눈앞에서 벌어지는 일을 직접 보고 있으면서도 쉽게 믿겨지지가 않았다.

칠성검귀의 연수합격진 안에서 너무나 여유로운 상대의 태도가 그저 기가 막힐 따름이었다.

"검진이란 게 참 신기하군요! 웃차!"

두 자루 검이 앞뒤로 찔러 오는 것을 가볍게 상체를 비틀어 피해 낸 연후가 손등으로 검면을 후려쳤다.

카캉!

"크윽!"

"헉!"

검귀 둘이 신음을 터트리며 검을 놓치지 않기 위해 필

사적으로 매달리는 그때 동시에 다섯 방향에서 일제히 검이 날아들었다.

하나 사내는 피할 생각도 하지 않고 일제히 양손을 움직였다.

순간 중표의 두 눈이 튀어나올 것 같은 일이 벌어졌다.

대체 어찌 된 것인지 사내의 눈에 기광이 번쩍하더니 다섯 방향에서 날아드는 검을 모조리 붙잡아 버리는 것이 아닌가.

다섯 자루의 검 끝이 한데 모여 사내의 오른손 안에 붙잡힌 모습에 허탈한 웃음뿐이 나오질 않았다.

"이 정도나 차이가······."

마치 아이들을 데리고 노는 어른의 그것과도 같은 모습, 칠성검귀의 천강검진이 얼마나 대단한 위력이 있는지를 알기에 더욱 황당할 수밖에 없는 탈혼객이었다.

'애초에 상대가 되지 않아. 대체 정체가 뭐란 말이냐!'

그런 탈혼객의 마음과 한 치도 다르지 않은 두 사람이 그의 곁에서 다급한 음성을 내뱉었다.

"부방주! 어쩌란 말이오?"

"이러다 검귀 녀석들이 죄다 죽을 거예요."

도귀와 화귀라 불리는 남녀는 안절부절못하는 음성을 내뱉었지만 귀노라는 영감에게선 체념한 음성이 들려왔다.

"아서라! 부방주. 지금이라도 물리시오. 우리 상대가 아님은 한눈에도 알 수 있지 않소."

탈혼객 중표의 입에서 어쩔 수 없는 침음성이 새어 나왔다.

"음……."

확실히 귀노 영감의 말이 맞았다.

그가 죽이고자 하는 마음이 있었다면 검귀들은 예전에 죽어 나갔을 것이다.

그나마 사내가 검귀들을 상대하는 이유는 아마도 그의 말처럼 검진이란 것을 처음 겪으며 호기심을 느꼈기 때문이리라.

실제로도 검귀들 하나하나의 실력은 도귀나 화귀만 못하지만 그들의 합격진 만큼은 제대로 된 것이 분명했다.

방주가 무슨 수로 무당파 최강의 합격진이라는 칠성연환검진을 빼내 왔는지는 정확하지 않았다. 하나 그는 직접 검귀들을 키웠고 지금 그들이 펼치는 검진의 위력과 신묘함은 무당 본산의 제자들과도 능히 견줄 수 있는 정도였다.

사실 은자방이 지금의 명성과 성세를 유지하는 것도 방주가 무당파의 제자일 것이라는 소문이 크게 작용했기 때문이었다.

더구나 그는 무공도 대단하지만 시류마저 읽을 줄 아는 사람이었다. 은자방의 수입 중 삼 할을 매년 아끼지 않고 무당 본산에 헌납해 온 것만 봐도 알 수 있었다.

그 금액이 얼마나 막대했으면 무당에서조차 칠성검귀의 존재를 용인해 주었겠는가?

거기서 그치지 않고 무당파는 은자방이 섬서에 진출하여 화산파를 견제하는 일을 은밀히 도와주기까지 했다.

은자방은 그만큼이나 무당파와 밀접한 관계를 믿고 있는 것이고 칠성검귀는 그런 방주의 가장 믿음직한 힘이라 할 수 있는 이들이었다.

하나 그것도 오늘 저 사내를 만나기 전까지의 일이 분명했다.

지금이라도 물러나면 어찌어찌해서든 최악의 사태만은 모면할 수 있지 않을까 하는 생각이 머릿속을 가득 메웠다.

물론 기회를 보아 혼신의 힘을 다한 추영십육비(追影十六飛)를 격중시킬 수만 있다면 하는 마음이 간절하기도 했지만, 그것이 통할 가능성이 없어 보이는 것만은 분명했다.

탈혼객 중표가 그런 고민들에 휩싸여 있을 때 칠성검귀와 어울리던 연후의 입에서 싸늘한 음성이 흘러나왔다.

"고작 이 정도 재주로 남의 목숨을 함부로 운운한 것입니까?"

비웃음은 담겨 있지 않은 질책이었으나 누가 들어도 그것은 조롱으로 여길 말이었다.

특히나 한 손으로 다섯 명의 검을 움켜쥔 채 꼼짝 못하게 옭아매 놓은 상황에서 흘러나온 말이니 그렇게 받아들일 수밖에 없었다.

천하의 십귀와 탈혼객이 이토록 치욕스런 상황을 당한 적은 한 번도 없었다.

아니나 다를까 그간 숨죽이고 있던 객잔 안의 인물들에게서 슬그머니 비웃는 소리와 무시하는 눈길들이 느껴진다.

상대가 이름이나 알려진 이라면 모르겠지만 누군지도 모르는 이에게 당한 오늘의 일이 알려지면 다시는 얼굴도 들고 다닐 수 없게 되리라.

그런 상황을 알기 때문인지 그도 아니면 평소의 호전적인 성정 때문인지 도귀가 박도를 세우며 뛰쳐나갔다.

"네 이놈! 주둥이를 찢어 주리라."

그가 자리를 박차고 나아가니 할 수 없다는 듯 화귀도 뒤따라 채찍을 세웠다.

검귀들이 검진을 펼칠 때는 돕고 싶어도 할 수가 없었다.

외려 나서는 것이 방해가 되는 것을 알기 때문이었다. 하나 검진이 와해된 상황이니 두 사람은 자신이 아는 최강의 절초를 펼치며 사내를 향해 날아갔다.

또한 검귀들 중 아직까지 제압당하지 않은 두 명이 도귀와 화귀를 도와 검을 내뻗었다.

상대가 비록 다섯 명의 검귀를 제압하고 있는 상황이긴 했지만 그가 선 곳은 제압된 검과 검 사이였다.

이는 스스로의 움직일 공간을 버린 것이나 다름없었다.

탈혼객도 결국 마음을 바꿨다.

결국 끝을 보아야 한다는 생각에 출수만을 기다리던 여덟 자루 비도를 날리며 신형을 내달린 것이다.

슈슈슈슈슛!

그러면서 다시금 번개처럼 손을 움직여 또다시 여덟 개의 비도를 움켜쥔 뒤 사내를 향해 내던졌다.

처음 날린 여덟 자루 비도가 도귀와 화귀를 앞질러 사내를 향해 뻗어 나갔고 연이어 도귀의 박도에 맺힌 강렬한 도기가 사내의 앞 가슴을 향해 쇄도해 들어갔다.

화귀의 체대 역시 비도와 비도의 틈을 헤집으며 독사의 이빨처럼 날카로운 소리를 내며 사내의 하복부를 향해 뻗어 나갔다.

지척에 있던 두 명의 검귀는 이 기회를 놓치지 않고 검을 내뻗었으며, 사내에게 제압당한 다섯 명의 검귀 또한 조금이라도 도움을 주기 위해 검을 내던진 채 권장을 내질렀다.

그리고 마지막으로 탈혼객이 날린 두 번째 비도가 팔방을 점하며 쇄도해 들어갔으니 사내가 이 무지막지한 공격 속에서 무사할 수 있을 것이라곤 생각할 수 없었다.

한데 그 순간에도 연후의 얼굴엔 일말의 변화도 없었다.

아니 마치 이러한 상황을 일부러 기다리기라도 했다는 듯 여유로운 미소까지 스쳐 갔다.

그러곤 이내 그 눈가에 기이한 안광이 번뜩였다.

광해경의 비기인 광안이 눈을 뜬 것이다.

시간의 흐름을 거스를 수 있는 것이 바로 광안의 공능, 하나 이는 연후의 의지로 일으킨 것이 아니었다.

실제로 연후가 이 같은 현상을 겪는 것은 오늘이 처음 있는 일이었다.

'역시나 무상검결이 이 같은 일을 가능케 한 것인가?'

연후는 그 짧은 순간에도 자신에게 일어난 일을 되짚을 만큼 여유가 있었다.

실제로 이들의 공격이라는 것은 귀마노사의 무량혼철삭에 비하자면 위협이라고 느껴지지도 않을 만큼 미약한 것이었다.

한데도 저도 모르는 사이 광안이 발동된 것이다.

그 처음은 일곱 명이 펼친 검진에 당혹해하는 순간에 일어난 일이었고 이제 또 한 번 자신의 의지와 상관없이 광안이 열리게 된 것이다.

그리고 두 번의 반복을 겪고 나서야 어떤 이유에서 그 같은 일이 벌어진 것인지를 확실히 이해하게 되었다.

이제껏 귀마노사와의 대련에서 광안이 움직이지 않았던 것은 그 안에 진짜 살기가 없었기 때문임을 알게 된 것이다.

물론 그와의 대련은 수시로 죽음을 넘나들 정도로 다급했지만 무상검결은 전혀 그렇게 받아들이지 않았던 것이 틀림없었다.

그리고 오늘 상대의 살의를 느끼자 무상검결은 의지와 상관없이 제멋대로 튀어나왔다.

처음 객잔 안에서 독이 날아드는 것을 느낀 것도 연후의 의지가 아닌 무의식이었고, 거기서 더 나아가 탄공막을 일으켜 객잔 안을 빠져나오게 한 것도 모두 무상검결의 공능이 행한 일이었다.

그것은 익숙하면서도 전에는 느껴 보지 못한 참으로 기이한 경험이었다.

귀마노사와의 대련 중엔 주로 염왕진결을 사용했었다.

그의 강렬하면서도 괴이막측한 공격을 상대하기엔 익숙한 염왕진결이 더 능률적이었기 때문이었다.

그러다 감당할 수 없을 정도의 공세가 이어지면 염왕진결을 버리고 무상검결을 떠올려 위기를 벗어나곤 했다.

그럴 때면 무상검결에 완전히 몸을 내맡긴 것 같은 기분이 들며, 피하거나 막아 내는 것 모두 자의가 아닌 무의식이 지배하는 것 같은 기분이 들었다.

그런 일을 겪고 나면 새삼 무상검결의 공능이 참으로 대단하다는 생각이 들었다.

피해야 할지 막아야 할지 혹은 과감히 돌파해야 할지 연후의 의지로 결정하지 못하는 상황 속에서 언제나 가장 효과적인 방안으로 이끄는 것이 무상검결의 공능이었다.

그렇기에 염왕진결과 무상검결이 합일 되지 못함을 늘 안타까워할 수밖에 없었다.

염왕진결은 강하고 거칠 것이 없는 무쌍의 위력을 지진 무학이었고 무상검결은 그 현묘함을 익히고 있는 스스로도 다 파악하지 못할 정도로 조화를 지닌 신공이었다.

한데 늘 이 두 가지 무공을 따로따로 펼쳐야 한다는 것은 가장 큰 아쉬움이었고 앞으로 풀어 가야 할 난제였다.

그리고 오늘 숙원이나 다름없던 난제가 전혀 예기치 못한 상황에서 해결되고 있음을 느낀 연후였다.

두 가지 신공은 합일되지 않았던 것이 아니라 합일될 이유를 찾지 못했던 것이었다.

눈앞에 은자방의 무인들이 뿜어내는 진짜 살기에 무상검결은 참으로 극렬한 길로 연후를 이끌었다.

특히나 일곱 명의 사내가 펼치는 검진에 포위된 순간 저도 모르게 허리춤에 손이 갔고 하마터면 초연검을 빼 적들을 모조리 베어 버릴 뻔한 것이다.

연후가 검진 속에서 한순간 당황한 것은 바로 그 때문

이었다.

찰나지간 무의식의 흐름을 끊어 내며 다급히 손을 멈추지 않았다면 틀림없이 일곱 사내의 목이 허공으로 떠올랐으리라.

그런 것을 바라는 것이 아니었다.

어차피 상대가 되지 않는 이들이었다.

압도적인 강함으로 제압하여 힘의 차이를 처절히 느끼게 해 줄 생각으로 나선 것이다.

더구나 상대는 분노할 가치조차 없는 이들이었다.

그렇게 초연검이 손에 들리는 것을 막아 내느라고 잠시 멈칫한 사이 연후는 최초로 위기라고 해야 할 상황에 직면해야만 했다.

북두칠성의 방위를 점한 일곱 사내의 검이 섬뜩할 정도의 예기를 뿜어내기 시작한 것이다.

찰나의 방심을 책망할 정도로 날아드는 검 끝에 서린 기운은 강렬했다.

하나 그렇다고 해도 귀마노사에 비하자면 반딧불과 월광만큼이나 격차가 있는 공격이었다.

팔성의 염왕진결만 일으켜도 호신강기를 형성할 수 있었다.

그것도 강렬한 염화의 불꽃을 동반한 호신강기를.

그 강렬한 반탄력은 귀마노사도 혀를 내두를 정도이니

검을 쥔 이들 역시 적지 않은 타격을 받을 것이다.

그리고 그 한 수면 자신의 의도한 바를 이룰 것이라 의심치 않은 연후였다.

하지만 그 순간 믿지 못할 일이 벌어졌다.

이전에는 단 한 번도 경험하지 못했던 일, 놀랍게도 광안이 열려 버린 것이다.

귀마노사를 상대할 때도 열어야 할 이유를 찾지 못했던 광안이 열린 일은 연후로서도 이해하기 힘든 일이었다.

한없이 느리게만 변해 버린 일곱 사내의 검 끝을 바라보며 연후는 참으로 당혹스러움을 느껴야만 했다.

하나 일은 거기서 끝나지 않았다.

하단전의 진기가 꿈틀하며 중단전을 자극했고 이내 강렬한 염화의 기운이 진기와 융화되어 손끝으로 뻗어 나왔다.

간신히 그 힘을 억누르자 부르르 떨리는 손끝.

그대로 방치한다면 손끝을 타고 붉은색 강기가 수십 개의 화탄처럼 뿜어질 것이다.

몸 안을 휘도는 기운 그것은 극성의 염왕진결을 일으켜 공파탄강(空破彈罡)이라 하는 염왕도법의 후반 삼초식을 펼칠 때에만 일어나는 반응인 것이다.

참으로 어처구니없는 상황에 어처구니없는 적들을 상대로 알게 되어 버린 것이다.

무상검결과 염왕진결의 합일은 의미가 없다는 것을, 또

한 진정한 살의를 마주한 무상검결은 혹독하리만큼 잔인한 출수를 일말의 주저함도 없이 이끌어 낸다는 것을……

더불어 무상검결은 이미 광해경 상의 비기들마저 온전히 끌어낼 수 있다는 것을 알게 되었으니 오늘 뜻하지 않은 상황 덕에 그 어떤 것으로도 값을 치를 수 없는 것들을 얻은 것이다.

그리고 지금 사방에서 밀려드는 적들에게 무방비 상태나 다름없이 스스로를 방치하는 이유 또한 오늘 얻은 것들을 다시 한 번 확인하기 위해서였다.

무상검결의 공능은 이제 충분히 이해되었다.

하나 제어할 수 없는 힘이라면 아니 갖는 것만 못했다.

앞으로 오늘과 같은 상황을 수시로 겪을 것이며 그때마다 무상검결을 제어키 위해 망설일 수는 없는 일이었다.

과한 손속으로 인해 불필요한 적을 만들고 싶지 않았다.

그러자면 무엇보다 힘의 조절이 필요했으며 지금의 무상검결은 분명 조절되어야 할 정도로 포악했다.

벌써부터 억누르던 진기들과 합일된 중단전의 화염지기가 사지백해를 들쑤시고 있었다.

그대로 풀어 놓는다면 하늘을 꿰뚫을 듯 치솟는 거대한 화염의 도를 보게 될 것이다.

하나 연후는 그것마저 의지로 억누르고 깔아뭉갰다.

그 순간 다시 한 번 광안이 열렸다.

연후에게만은 한없이 느리게만 흘러가는 시간, 그때는 이미 여덟 자루 비도가 온몸의 사혈을 꿰뚫기 직전이었다.

딸깍!

허리춤의 초연검이 풀리며 연후의 왼손에서 춤을 추었다.

타탕타타탕탕!

흔들리는 연검이 번개처럼 여덟 자루 비도를 때리자 그 힘을 이기지 못한 비도가 빠른 속도로 튕겨졌다.

하나 단지 튕겨지는 것이 아니라 방향이 꺾인 비도는 지척에서 공격을 감행하는 일곱 사내의 발등을 꿰뚫으며 지면에 박혔다.

칠성검귀들이 고통에 찬 신음을 토하며 널브러졌으나 연후는 쳐다보지도 않고 우측으로 몸을 돌렸다.

넘실거리는 강렬한 도기를 뿜어내며 뒷목까지 이른 도귀와 눈이 마주친 것이다.

그 눈은 상대를 베었다고 추후도 의심치 않고 있었다.

하지만 초연검을 움직일 필요도 없었다.

칠성검귀들이 버린 검이 다섯 자루나 연후의 손에 들려 있었다.

연후는 그것을 허공에 흩뿌린 뒤 그중 하나를 오른손으

로 낚아채 그대로 도귀의 오른 발등에 꽂아 버렸다.

검신은 마치 쇠말뚝처럼 발등과 지면을 뚫고 절반이나 들어간 뒤 멈췄고 그제야 도귀의 손에 들린 박도 또한 기세를 잃었다.

하나 그의 반응을 살피기엔 아직도 상황은 끝나지 않았다.

대경실색한 중년 미부의 채찍이 예상치 못한 방향으로 꺾이며 연후의 몸통을 후려쳐 왔기 때문이었다.

순간 초연검의 검신이 물살을 거슬러 오르는 것처럼 뻗어 나가 여인의 채찍을 잘라 버렸다.

그러면서 흔들리는 초연검의 검 끝은 순식간에 화귀의 채찍을 무 썰듯 토막 내 버렸다.

그러고도 모자라 여인의 얼굴까지 이른 초연검은 검면으로 그녀의 오른쪽 뺨을 후려쳤다.

여인임을 감안하여 몸을 상하지 않게 배려까지 한 것이다.

그리되자 남은 것은 여덟 자루의 비도와 함께 쇄도해 들어오는 탈혼객 중표뿐이었다.

그 또한 상황을 파악하고는 아연실색한 눈을 하고 있었다.

광안은 상대를 멈추게 하는 비기가 아니다.

당연히 중표 또한 연후를 볼 수 있었다.

다만 그 움직임이 상리로 헤아릴 수 있는 범주를 초월했다는 것이 다를 뿐이었다.

실제로 탈혼객이 보는 연후의 움직임은 이형환위처럼 보였다. 너무 빨라 잔상이 남은 것처럼 보인다는 극상의 운신법이 바로 이형환위였다.

여기서 번쩍 저기서 번쩍하며 연후의 모습이 꼭 그러했다.

다만 믿기지 않는 것은 자신이 날린 추영비가 고작 십여 장을 날아가는 동안 벌어진 일이라는 것이다.

그것도 그사이 대여섯 번의 이형환위를 펼칠 수 있다는 것이 가당키나 한 일인가 하는 생각이 들었다.

사실 탈혼객 중표의 생각 또한 찰나와도 같은 순간 동안 벌어진 일일 뿐이었다.

놀란 것이 얼굴 전체에 드러나기도 전, 자신의 생각이 두려움으로 변해 온몸을 경직시키기도 전에 벌어진 일이 바로 연후가 행한 일이었다.

연후를 둘러싼 이들이 모조리 고통을 참지 못하고 허물어지고 있었다.

그들은 그 시간이 돼서야 고통을 인지하고 쓰러지는 중인 것이다.

연후가 날아드는 여덟 자루 비도와 앞에 마주 섰다.

처음 날린 비도와는 비교조차 할 수 없을 만큼 강렬한

기세가 담긴 비도였다.

강일찬이 어찌해서 눈앞의 상대를 두려워했는지 충분히 이해할 수 있는 공격이었다.

최소 칠성의 염왕진결에 버금가는 위력이 비도 하나하나에 실려 있음을 느낄 수 있었다.

하지만 그 정도가 연후를 어렵게 할 수는 없는 일이었다.

물론 피하고자 마음먹는다면 더욱 쉬웠다. 여덟 자루가 아니라 팔십 자루의 비도라 해도 문제될 것이 없는 연후였다.

다만 지금 중요한 것은 상대에게 다시는 덤벼들 마음조차 일지 않도록 만드는 것이었다.

초연검이 움직였다.

비도의 대부분이 이미 목표점을 잃은 상황이었지만 그마저도 그냥 흘리지 않았다.

촤차차차차창!

허공과 비도를 쓸어간 초연검의 검면에 여덟 자루 비도가 붙잡혀 버렸다.

검신에 자력이라도 생긴 듯 달라붙은 비도.

탈혼객이 멈춰 선 것도 연후의 광안이 사라진 것도 그 순간이었다.

"크아아아아!"

"큭!"

"아아악!"

때마침 사방에서 비명들이 터져 나왔다.

연후 주변으로 달려들었던 이들이 꽃잎처럼 흩어지며 일제히 비명을 내지른 것이다.

경악을 넘어 초점마저 잃은 눈으로 연후를 바라보는 탈혼객 중표.

연후가 그를 향해 초연검을 흩뿌렸다.

슈아아악!

검신에 달라붙었던 여덟 자루 비도가 눈에 보이지도 않을 정도의 속도로 날아가 그의 발치 앞에 나란히 틀어박혔다.

그저 부들부들 떨기만 하는 탈혼객 중표를 보며 상황이 의도한 대로 끝났음을 알았다.

초연검을 허리춤에 찬 뒤 연후가 뚜벅뚜벅 걸어 나갔다.

하나 중표는 감히 연후를 쳐다볼 수조차 없었다.

그가 죽이고자 했다면 누구도 산 사람일 수 없는 상황, 아니 상대의 실력은 그런 범주를 넘어 측량조차 할 수 없는 경지였다.

진짜 절정 고수들과도 겨뤄 본 적이 있었지만 이 정도의 까마득한 막막함을 심어 준 이는 아무도 없었다.

그것도 고작 스물 중반이나 되었을 법한 어린 사내, 얼핏 보아도 무인인지 유생인지도 구분하기 힘든 보잘것없는 이에게서 느낀 절망감이었다.

그런 사내가 무심한 눈길로 자신을 향해 걸어왔다.

그러고는 처음 객잔 안에서 그랬던 것처럼 흔들림 없는, 그래서 더욱 두려운 음성을 내뱉었다.

"나를 가르쳐 준 분들께선 한 목소리로 말씀하셨소. 강호를 살아가려면 손에 인정을 두지 말라고. 또한 적이 될 자는 언제나 변치 않는다 하시더이다. 해서 베어야 할 이들을 베는 것이 후환을 줄이는 법이라 가르치셨소."

중표는 마른침이 넘어가는 것을 간신히 참아 내며 힘겹게 눈을 들었다.

그렇게 마주한 사내의 눈빛이 믿기지 않을 정도로 고요함을 알고 작게나마 안도할 수 있었다.

적어도 이런 눈을 가진 이는 함부로 살생을 하지 않는다는 것을 경험으로라도 알고 있었다.

그런 사내가 다시 입을 열었다.

"그대들이 은자방이란 곳에서 왔다 들었소이다."

탈혼객은 순간 몸이 떨리는 기분이었다.

자칫 그가 본방을 찾아가기라도 한다면 어찌 될 것인가 하는 상상만으로도 두려웠다.

"다시 묻겠소? 은자방은 나를 적으로 삼을 생각이오?"

"꿀꺽!"

결국 마른침을 소리 나게 삼킬 수밖에 없는 중표였다.

"반드시 해야 할 일이 있소. 한데 배후에 적을 둔 채 움직일 수 없음이니 다시 한 번 묻겠소. 그대들은 나와 적이 될 것이오?"

중표가 혼신의 힘을 쥐어짜며 입을 열었다.

"은자방은 공자가 누군지도 모르며, 만난 적도 없습니다. 차후에 그 어떤 일이 있어도 공자와 관련된 일엔 눈도 돌리지 않을 것입니다."

탈혼객 중표의 말에 연후가 나직하게 고개를 끄덕였다.

그의 말뜻에 담긴 의미를 온전히 이해했기 때문이었다.

은원으로 얽힌 것이 강호란 세상, 상대는 그 은원의 고리조차 없음을 인정하며 물러난 뜻을 분명히 한 것이다.

그것으로 족하다는 생각이었다.

설혹 다른 마음을 먹는다 해도 상관은 없었다.

그리되면 지금 자신의 관용이 잘못되었음을 알게 되는 것이고 다음의 누군가는 그런 관용의 혜택을 받지 못하게 될 뿐이었다.

그들이 처음이기에 할 수 있는 행동이었고 그것이 지금 연후의 선택이었다.

그런 연후가 한마디를 더했다.

"난중표국의 강일찬 표두는 사사로이 내가 은혜를 입은 분이오."

연후의 말이 무엇을 뜻하는지 모를 중표가 아니었다.

"은자방의 부방주로서 약속드립니다. 추후에도 난중표국의 행사에 전혀 관여치 않을 것을……."

중표의 말에 연후가 비로소 알 듯 모를 듯한 미소를 지었다.

"그 말을 믿겠소이다. 서둘러 동료들을 살피시오. 근맥을 상하지 않게 해 두었으니 다시 무공을 펼치는 데 지장은 없을 것이오."

그 말을 끝으로 연후는 탈혼객을 지나쳐 객잔으로 들어갔다.

하나 그 자리에 남은 탈혼객 중표는 다시 한 번 모골이 송연해짐을 느낄 수밖에 없었다.

그 짧은 순간, 십귀의 상세마저 감안하여 제압했다는 그의 말에 아득함을 느낄 수밖에 없었다.

하나 더 이상 두려워만 하고 있을 수는 없는 일이었다.

최대한 빨리 이 자리를 떠야만 할 상황임이 분명했기 때문이었다.

'젠장! 방주께 뭐라고 한단 말이냐! 정체라도 알아가야 뭐라고 변명이라도 하지…… 가만……. 그리고 보니 그 연검은 혹시……. 검제지보!'

第八章

혈화(血花)의 전조

자금성 건천궁 내에 위치한 밀실 안에서 스산한 음성이
이어졌다.

　"아직까지도 그 모양인 것이냐? 대체 신강까지 가서 무
슨 일을 겪었기에 모조리 반병신이 되어 버린 것이냐?"

　음성의 주인은 자금성 막후의 절대자라 알려진 태공공
이었다.

　그렇게 입을 여는 태공공의 입술엔 핏물이 뚝뚝 흘러내
리고 있었다.

　그런 태공공의 앞에 놓인 것은 이제 열 살이나 되었을
법한 사내 아이였다.

　그것도 온통 내장이 파헤쳐진 체 핏물을 흘리고 있는

모습.

태공공의 입술을 타고 흘러내린 핏물은 그렇게 죽어 가는 아이의 몸에서 나온 것임은 의심할 여지도 없었다.

그 끔찍한 광경이 익숙하기로도 한 듯 태공공 앞에 엎드린 음사의 음성은 나직하기만 했다.

"단목중경의 처와 그 여식을 추격한 것까진 보고받았지만 그 후에 있었던 일은 누구도 기억치 못하고 있습니다. 하나둘도 아니고 오십이나 되는 이가 그러하다는 것은 알 수 없는 사술에 당한 것으로 짐작되옵니다."

"멍청한! 그러니까 그 사술을 펼친 놈을 알아오란 것 아니냐! 단목세가의 찢어 죽일 잔당 놈들이 분명할 터인데 무엇 때문에 놈들을 찾지 못한단 것이야!"

태공공의 음성은 더욱더 날카롭게 변했고 창백한 얼굴에 돋아난 실핏줄은 터질 것처럼 부풀어 올랐다.

"크흐흐흑!"

순간 계집의 울음 같은 소리를 토해 낸 태공공이 황급히 아이의 뱃속에 머리를 처박고 무언가를 씹어 먹었다.

으그적! 으그적!

생살점이 씹히는 소름 끼치는 소리가 잠시간 이어지고 난 뒤 고개를 쳐든 태공공의 눈빛은 한결 편안해진 것처럼 보였다.

하나 입가에 잔뜩 묻어 있는 핏물은 그의 창백한 얼굴

과 뚜렷이 대비되어 더욱 끔찍하게 보였다.

"본 공공을 이 지경으로 만든 놈들을 어찌 용서할 수 있단 말이냐! 단목중경 그 천인공노할 놈은 물론 그 혈족들과 한 올이라도 관계되어 있는 놈들은 모조리 씹어 먹고 말 것이다."

태공공의 입에서 흘러나온 음성엔 광기마저 넘실거렸다.

하나 지난 이년 여간 그 모습을 지켜봐 온 음사에게는 별로 대수로울 것이 없는 일이었다.

"공공! 마음을 추스르십시오. 심장이 반이나 갈린 검륜쌍절이 무엇을 할 수 있겠습니까? 더구나 머잖아 공공께서 당세 무적의 신위를 회복할 것인데 무엇이 근심이십니까?"

"아니야! 본 공이 너무 강호의 무부들을 우습게 여겼어. 고작 그 따위 애송이와 늙은 중놈에게 당해 수십 년 적공이 무너지다니. 빌어먹을…… 그 중놈의 요상한 기운이 도저히 떨어져 나가질 않아!"

"상대는 천하제일이라 불리는 불성입니다. 공공이 아니라면 누가 있어 검륜쌍절과 불성을 한꺼번에 제압할 수 있었겠습니까? 또한 공공께서 회복에 필요하신 약재는 얼마든지 구할 수 있습니다. 산천에 널린 것이 부모 없는 아이들인데 무엇을 근심하십니까."

음사의 말에 그제야 태공공도 어느 정도 노기를 가라앉힌 얼굴이었다.

"만일 곽영을 놈들 쪽에 심어 놓지 않았다면 정말 위험할 뻔했어."

"소인 또한 공공의 깊고 깊은 심계에 탄복을 금할 수가 없사옵니다. 하나 아쉬운 것은 그가 우리 사람임을 알고 난 직후부터 봉명궁의 움직임이 뚝 끊겼다는 것입니다."

"흘흘흘. 어린 계집년이 드디어 제 주제를 알게 된 것이지. 그래도 혹시 모르니 감시를 게을리 하진 말아야 할 것이야."

"여부가 있겠사옵니까? 그래서 이번에 아예 화근의 싹을 자르고자 합니다."

"그래?"

"북원의 삼태자가 중원의 계집이라면 눈이 뒤집힌다고 합니다. 그를 움직여 장성 쪽을 압박하려고 시도 중입니다. 북쪽 병영 쪽에도 미리 언질을 흘렸사오니 제아무리 황상이라도 이번에는 어쩔 수 없을 것입니다. 혼기마저 넘긴 공주 하나를 내놓으면 북원을 진정시킬 수 있는데 어찌 거부할 수 있겠습니까? 자운공주 또한 이번만은 대신들의 뜻을 따를 수밖에 없을 것입니다."

"흘흘흘흘흘! 정녕 쓸 만한 건 너 하나뿐이로고. 좋구나. 아주 좋아. 앓던 이가 빠지는 기분이야!"

"모두가 공공께서 혜안으로 이끌어 주신 덕이옵니다. 그나저나 봉공들은 어찌하실 생각이신지……."

"크헐헐! 계륵일세. 그놈들이야말로 계륵이야."

"외람되오나 이쯤에서 그들은 놓아주는 것이 좋을 듯싶습니다."

"오호? 아직도 그쪽에 미련이 남은 것이냐? 과거의 사부들이라고?"

"천부당만부당하신 말씀입니다. 다만 그들을 알기에 하는 말씀이십니다. 유가장의 일 이후 살아남은 봉공들의 태도가 전과 전혀 달라졌습니다. 태공공께 가장 위협이 될 수도 있기에 간언하는 것이옵니다."

"그따위 쓸모없는 개들, 감히 주인에게 이빨을 들이댄다면 삶아 먹어 버리면 될 일!"

"다른 것은 몰라도 일공과 삼공은 절대로 가벼이 보시면 아니 되옵니다. 세상에 나섰다면 능히 천하를 오시할 무공을 지녔사옵니다."

"흘흘흘! 본 공공의 힘을 보고 나서도 그런 소릴 하느냐?"

"이는 곽 통령이 한 말 때문입니다. 그는 불성과 일공을 동시에 사부로 모신 인물입니다. 곽 통령이 소림을 버린 이유가 바로 일공이 불성보다 강하다는 이유 때문이었습니다."

"흠…… 그렇단 말이지……."

"조심해서 나쁠 것은 없다는 말씀을 드리고 싶을 뿐입니다."

"하여간 맘에 안 들어. 젠장할, 한데 모아 싸그리 없애 버리면 좋을 터인데……."

태공공은 미간을 잔뜩 찌푸렸다.

창백한 얼굴 사이로 자글자글한 주름의 골이 더욱 깊어지자 눈앞에 있는 아이의 시신을 바라보았다.

"신선한 약재로 다시 들여 놔!"

"알겠사옵니다. 그리고 방법이 있습니다."

"방법? 무슨 방법?"

"조금 전 말씀하신 위협이 될 만한 무림인들을 한꺼번에 처리할 수 있는 방법 말입니다."

"오호! 그래?"

"과거 영락 폐하께서 시도하려 하시다 그만둔 계책이지요."

"처음 듣는 말인데?"

"그럴 것이옵니다. 계획만 세워졌을 뿐 패황이라는 그분조차 결단이 쉽지 않은 일이었기에……."

"그리 말하니 더욱 흥미가 동하는군. 말해 보게. 쓸 만하면 당장 준비를 하고."

"황상의 어지로 무림왕을 봉하는 것입니다."

"무림왕?"

"그러하옵니다. 천하에서 가장 강한 고수를 뽑아 무림왕에 봉하고 그에게 무림의 문파를 좌지우지할 권한을 주는 것이지요."

"그것이 어찌 놈들을 말살할 계책이란 말이냐? 외려 쓸데없는 권력만 쥐어 주는 꼴일 터인데?"

"그것은 공공께서 강호무림을 모르기 때문이옵니다. 만일 그러한 일이 시작되면 강호무림은 사분오열될 수밖에 없사옵니다. 누구 밑에도 들어오지 않으려 하는 것이 바로 무림인들의 특성입니다. 더구나 구대문파나 오대세가 같은 세력들은 누구도 자신 위에 사람을 두려 하지 않지요. 더구나 그들 서로도 서로를 견제하며 적당한 힘의 균형을 유지하며 살고 있습니다. 한데 누구 하나에게 무림왕의 지휘를 준다 해 보십시오."

"서로 물고 뜯게 된다 이 말이렷다?"

"그러하옵니다. 게다가 그리 되면 그간 독불장군처럼 홀로 지내던 이들까지 죄다 몰려나오게 되지요. 잠정적으로 화근이 될 소지가 있는 이들이며 강호엔 그러한 은거기인들이 부지기수이니 그들마저 뿌리 뽑지 않고는 후환을 남기는 법이지요."

"그래서? 그들을 모아 놓고 무엇을 하잔 것이냐? 황군이라도 동원해 죄다 죽이자는 것이냐?"

"그럴 필요까지는 없습니다. 공공께 위협이 될 소지가 있는 이들만 추려 놓아도 그게 어디겠습니까? 자고로 숨겨진 비수는 두려운 법이나 드러난 칼은 위협이 될 수 없는 법이라 했습니다."

"하나 강호의 무부들이 순순히 그리 행하겠느냐?"

"거절하지 못할 조건을 제시하면 되지 않겠습니까? 가령 내밀원에 남은 비급이라든지 황궁 비고에 있는 기물들을 풀어도 좋을 것입니다. 여차하면 무림왕의 배필로 자운 공주를 내걸어도 좋지 않겠습니까?"

"크ㅎㅎㅎㅎㅎ! 그거 참 생각만 해도 즐거운 일이로구나."

"거기다 무림왕으로 뽑힌 이를 모든 이들 앞에서 공공께서 친히 제압하신다면 공공의 이름은 황궁을 넘어 천하에 떨쳐질 것입니다."

"크하하하하! 그래. 그것 참······. 그것 참 즐거운 일이 되겠어. 무림왕을 제압하면 내가 바로 무림의 황제가 되는 것이로구나. 크ㅎㅎㅎ흘흘."

태공의 음산한 웃음소리가 밀실을 가득 채워 가는 그 순간 음사의 눈빛에 잠시간 차가운 한광이 흘렀다가 사라졌다.

'자. 곽영! 네 말대로 하긴 했다만······. 대체 네가 원하는 게 무엇이냐?'

　　　　*　　　　*　　　　*

　과거 천하상단의 본단이 있던 자리를 차지한 것은 오수
련이라 불리는 오대세가의 연합체였다.

　하나 지금 오수련의 분위기는 침출함을 넘어 적막감이
느껴질 정도였다.

　세가 수뇌부의 연석회의가 진행되는 대전 안은 물론 그
주변을 경계하고 있는 무인들 중 얼굴에 근심이 없는 이
를 찾기가 어려울 지경이었다.

　특히나 대전 안의 분위기는 너무나 무거웠다.

　오대세가라 불리는 다섯 가문의 가주들과 원로전이라
불리는 곳의 중견 고수들, 거기에 이전까지 오수련의 일에
직접 나서기를 꺼려했던 각 가문의 전대 고수들까지 모여
있었다.

　그럼에도 누구 하나 현 상황을 뚫고 나갈 길을 명확히
제시하지 못하는 실정이었다.

　때마침 누군가가 정적을 깨며 목소리를 높였다.

　"다들 언제까지 놀란 자라 새끼마냥 이리 몸을 움츠리
고 있을 것이오! 나 황보승은 더 이상 참을 수 없소이다.
본가의 사자대를 이끌고 그놈을 쫓을 것이오."

　우렁우렁한 음성의 주인공 황보승은 황보세가의 가주였

다. 지난바 무명은 천중십좌에는 다소 모자란 감이 있으나 중원십대권사라 불릴 정도이니 능히 시대를 풍미할 만한 고수라 할 수 있었다.

그런 황보승의 말에 화답이라도 하듯 또 다른 노인이 나섰다.

"나는 황보 가주와 뜻을 함께하겠다. 이대로 두고 본다면 그 누가 진주언가를 두려워하겠소는가!"

자리를 박차고 일어선 노인은 삐쩍 마른 몸집에도 불구하고 남들보다 머리 하나는 커 보였다.

얼굴에 가득한 주름만 제외한다면 도저히 노인으로 볼 수 없는 인물이었고, 그가 바로 진주언가의 전대 가주인 창왕 언지명이었다.

한 자루 창으로 강호를 누비며 적수를 찾지 못해 창왕이란 별호를 얻은 것이 벌써 삼십 년 전이었다.

그런 언지명마저 나섰다는 것은 오수련의 일이 그만큼 급한 것이며 오대세가로 불리는 진주언가의 피해가 막심하다는 것을 뜻하는 것이었다.

황보승과 언지명이 투기를 일으키자 대전 안에 들불처럼 전의가 번져 갔다.

하나 그러한 분위기는 한 사람의 음성에 의해 또다시 바뀔 수밖에 없었다.

"황보 가주나 언 노사께는 죄송하오나 두 분께서 이 당

모를 일초에 제압할 수 있다고는 믿지 않습니다."

암왕이라 불리는 당이종의 음성이었다.

그가 나서자 황보승은 한발 물러섰으나 언지명은 오히려 노도와 같은 음성을 터트렸다.

"당 가주! 자네의 부친조차 감히 나 언지명 앞에선 그리 말할 수는 없네."

여차하면 출수라도 주저하지 않겠다는 뜻이 분명한 음성, 하나 당이종 역시 전혀 물러서지 않았다.

"선친의 무공 정도는 이십 년 전에 넘어섰소이다. 더구나 제갈 가주가 오기 전까지 이 자리의 주재자가 본인임을 잊지 말아 주셨으면 하외다."

명백한 도발이 분명했고 언지명은 기가 막히다는 눈빛으로 당이종을 노려볼 수밖에 없었다.

아무리 은거가 오래되었다지만, 아무리 천중십좌의 명성이 전대의 십대고수를 뒤안길로 내몰았다 하지만 모욕을 참아 줄 수 없는 일이었다.

요 근자 가주를 맡고 있는 아들에게 진주언가의 발언권이 많이 약해졌다는 말은 들었지만 설마 자신까지 무시당할 것이라곤 생각지 못한 차였다.

이참에 언가창의 명성과 더불어 창왕이 죽지 않았음을 모두에게 똑똑히 보여 줘야 할 필요가 있음을 느꼈다.

"그 입만큼이나 실력이 있었으면 하네. 오늘 내 자네의 가친을 대신해 가르침을 줄 것이야."

"원하신다면 마다하지 않지요. 하나 조심하셔야 할 것입니다. 내밀린 강물이 거슬러 오른다는 말은 들어 본 적이 없으니⋯⋯."

단상 쪽에 자리했던 당이종이 일어서자 언지명이 눈가에 경련을 일으키며 대전 밖으로 향했다.

상황이 이렇게까지 되고 보니 둘의 싸움은 피할 길이 없어보였다.

하나 누구 하나 선뜻 나서서 만류하려는 이가 없었다.

가뜩이나 최악으로 치닫는 상황에 오수련의 근간마저 흔들리고 있는 때였다.

그런 상황에 암묵적으로 오수련의 수장이라 인정받고 있는 제갈 가주가 며칠 동안 자리를 비워 버린 것이다.

하루 이틀은 그럭저럭 버틸 만했으나 사흘이 지나고 나흘이 되자 참지 못하는 이들이 늘어났다.

그리고 열흘이 흘렀다.

정확히는 제갈소소가 흑면수라의 손을 벗어나 장사로 되돌아온 지 십일일째 되는 날이었다.

그간 각 가문에서 급파한 증원군이 속속들이 도착했지만 제갈 가주는 여전히 두문불출이었다.

더구나 천하상단의 안채가 있는 전각 안에서 코빼기도 내비치지 않고 있으니 언지명이나 황보승 같은 이들이 생겨날 수밖에 없는 상황인 것이다.

결국 하염없는 기다림에 지치기보단 당대와 전대를 대표하는 두 고수의 싸움이라도 지켜보는 것이 나을 것 같다는 생각이었다.

실제로도 둘이 전력을 다한다면 누가 이길지 예측하기 힘든 상황이니 은근히 호기심마저 발동해 누구 하나 나서서 만류하지 않는 것이다.

만일 그 순간 단상 쪽으로 이어진 쪽문이 열리지 않았다면 암왕과 창왕의 대결은 피할 수가 없었을 것이다.

"이런이런…… 죄송합니다. 오래들 기다리셨습니다."

사람 좋은 음성을 내뱉으며 들어오는 중년 사내는 연녹색 학창의를 입고 있었다.

그가 바로 일군이라 불리는 제갈세가의 가주 제갈공후였다.

언뜻 보면 도저히 천중십좌라는 이름과는 어울릴 것 같지 않은 인물이었지만 그가 얼마나 대단한 고수이며 그보다 더욱더 무섭도록 치밀한 심계를 지닌 사내인지를 모르는 이들은 거의 없었다.

제갈공후는 단번에 상황을 파악한 듯 입가에 미소를 머금었고 그리되자 암왕 당이종은 그대로 자리에 주저앉아버렸다.

노기가 머리끝까지 차 있는 언지명에겐 일언반구도 하

지 않은 채 일방적으로 싸움을 포기해 버린 것이다.

언지명으로선 또다시 발끈하지 않을 수 없는 상황!

그가 당이종과 제갈공후를 노려보며 입을 떼려 했다.

하나 그보다 먼저 제갈공후가 고개를 숙였다.

"아이쿠! 노가주님께서 오시다니! 정말 죄송합니다. 계신 줄 알았다면 어떻게 해서든지 빨리 나오려 했을 터인데……. 죄송합니다."

한 가문의 수장이 내보이기 힘든 모습으로 사과를 하는 제갈공후, 거기다 대고 무턱대고 화를 낼 수도 없는 입장이었다.

그렇다고 이대로 당이종과의 일을 넘길 수도 없는 상황.

어찌 되었든 잘잘못은 짚고 넘어가야 언가나 자신이 무시당하지 않으리라.

"오랜만일세! 자네가 아니라 볼일은 당 가주에게 있네."

"하하하! 두 분이 왜 이토록 예민해지셨는지 어찌 모르겠습니까? 제가 그저 기다려 달라고 하며 열흘이나 코빼기를 비추지 않았기 때문 아니겠습니까? 고매하신 창왕 어르신이나 여기 당 가주께서 저 하나 때문에 다툰다면 제가 어찌 오수련의 동도들에게 낯을 들 수 있겠습니까?"

"크음!"

언지명이 헛기침을 하며 한발 물러서자 제갈공후가 이

번엔 당이종을 향해 송구한 표정으로 입을 열었다.

"당 가주님께도 죄송합니다. 제가 무리한 부탁을 하지 않았다면 어찌 이런 일이 벌어졌겠습니까? 실은 제가 당 가주님께 어떤 일이 있어도 제가 나설 때까지만 추살대를 꾸리는 것을 막아 달라 부탁했습니다."

제갈공후의 말에 대전 안의 인물들 대부분이 꽤나 놀란 얼굴이었다.

당연히 시비의 당사자인 창왕 언지명 또한 놀라면서도 불쾌한 마음을 지울 수는 없었다.

그러자 당이종이 일어서 전과 다르게 정중히 예를 표했다.

"창왕 어르신께 진심으로 죄를 구하옵니다. 제갈 가주의 말을 지키자니 어쩔 수가 없었다 하나 너무나 무례했사옵니다. 하나 언가의 창을 제대로 보고 느끼고 싶은 마음은 지금도 마찬가지입니다. 하오나 쓸데없는 구경꾼들 좋으라고 할 순 없으니 이 일이 끝나면 가르침을 구하러 찾아뵙겠습니다."

당이종의 음성은 정중하면서도 당당했다.

그의 의도를 안 언지명 또한 그에 대한 불쾌함보단 대전 안에 가득한 다른 이들에게 노기가 치밀었다.

"나 또한 과했음을 인정하네. 하지만 자네 말을 듣고 보니 노부의 창을 보고 싶은 이들이 참으로 많은 듯하구면. 누구라도 좋으니 찾아오시게나. 뒷구멍에 서서 남의 싸움이나 구경할 생각들은 말고……."

당이종에 이어 언지명의 음성까지 이어지자 대전 안의 분위기는 더욱 싸늘하게 변해 버렸다.

조금 전 싸움을 만류하지 못한 이들을 싸잡아 비웃는 두 사람에게 뭐라 반박할 수가 없었던 것이다.

그렇게 묘하게 흘러가는 분위기를 단번에 바꾼 것 역시 제갈공후였다.

"자자! 모든 저 때문에 벌어진 일이니 탓하시려면 이 제갈공후를 나무라십시오. 그전에 제가 준비한 것을 보여 드려야지요. 들여오너라."

대전 안에 자리한 이들이 미쳐 다른 생각을 하기도 전에 이미 상황을 바꿔 놓는 제갈공후였다.

그의 명이 떨어지자 단상 뒤편에 난 문을 통해 무언가를 짊어진 이들이 들어왔다.

모두의 시선이 그곳을 향하면서도 그 눈에는 의아함을 지우지 못했다.

얼핏 보기엔 허수아비 위에 죽대를 이어 만든 옷을 입힌 것 같았다.

머리 쪽은 투구처럼 보이는 것으로 덮여 있었고 몸통 역시나 두툼한 죽대를 이어 만든 것이 꼭 갑옷처럼 보이기도 했다.

거기다 하의마저 죽대로 되어 있었고 발에는 한눈에도 나무를 깎아 만든 것으로 보이는 시꺼먼 신발까지 신겨 있었다.

이게 대체 뭐 하는 짓인가 하는 표정이 삽시간에 주위로 번져 갈 수밖에 없는 상황이었다.

흑면수라라는 정체불명의 고수 때문에 그동안 오수련이 벌였던 일은 물론 자칫 존립 기만마저 흔들릴 상황에 그 수장이란 이가 며칠 동안 틀어박혀 있다 들고 나온 것이 척 보기에도 조악한 대나무 갑옷이라면 누구라도 그런 생각을 할 수밖에 없었다.

하나 제갈공후는 그런 주변의 분위기는 전혀 아랑곳하지 않았다.

"놈을 잡을 수 있는 방편이지요. 아울러 무기는 이것으로 할까 합니다."

그의 말에 무언가를 잔뜩 안아 들고 있던 무인 하나가 품에 있는 것들을 바닥에 흩뿌렸다.

촤라라라락!

한눈에도 죽창 다발임을 알아볼 수 있는 상황, 도무지 영문을 몰라 하는 이들을 보며 제갈공후는 다시 나직한 음성을 내뱉었다.

"동원할 수 있는 모든 것을 동원해 모두 이것과 똑같은 것을 만들어야 합니다. 천의대가 모두 갖춰 입을 수 있도록 해야 하니 최대한 서둘러야 할 것입니다."

이전까지와 다르게 단호하게 변한 제갈공후의 음성이었다.

그가 이제까지 결코 허튼소리 내뱉은 적이 없음을 알고는 있었지만 지금과 같은 상황에서도 이유를 묻지 않을 수는 없었다.

원로전의 누군가가 조심스레 나섰다.

"대체 저런 것으로 무엇을 할 수 있기에……."

순간 제갈공후의 얼굴에는 이전까지 보이지 않았던 너무나도 차가운 미소가 스쳐 갔다.

"덫이지요. 뇌제가 살아왔다 해도 잡을 수 있는 완벽한 덫입니다. 하나 보다 완벽한 덫을 위해선 당가의 힘을 빌려야할 것입니다."

제갈공후의 나직한 음성에 다시 한 번 좌중의 시선이 암왕 당이종으로 향했다.

"본가가 해야 할 일은?"

"암기와 독입니다."

너무나 당연한 말에 당이종이 고개를 갸웃했다.

사천당가의 무인들이라면 당연히 가지고 다니는 것이 암기와 독인데 그것을 새삼 준비하라는 제갈공후의 저의를 이해할 수가 없었다.

"하나 보통의 암기와 독이 아닙니다. 일단 우모침(牛毛

針)과 학우선(鶴羽扇)처럼 금속이 배재된 암기를 총동원해
주십시오. 또한 독은 절독이 아니더라도 광범위하게 살포
할 수 있는 것으로 준비를 부탁합니다."

제갈공후의 말에 당이종은 고개를 끄덕이면서도 의아함
을 모두 지울 수는 없었다.

우모침은 말 그대로 소의 털을 빳빳하게 말린 뒤 특수
한 약물로 가공한 세침 형태의 암기를 말한다.

어지간한 공력으론 그 위력을 제대로 살리지 못하기 때
문에 당가 내에서도 제대로 사용하는 이가 별로 없는 암
기였다.

더구나 우모침과 비슷하면서도 훨씬 위력적이고 누구라
도 손쉽게 사용할 수 있는 멸절폭우침과 화폭염화통이 있
으니 당연히 우모침은 뒷전으로 밀려난 암기였다.

학우선 역시 우모침과 다르지 않았다.

두루미의 깃털을 모아 만든 부채 모양의 암기가 바로
학우선인데 이 또한 만든 노력에 비해 위력이 약하다는
이유로 거의 사용치 않는 암기였다.

마찬가지로 금속이 들어가지 않은 암기들이 몇 개 더
있긴 했으나 역시나 위력이 떨어져 대부분 사용치 않는
것들이었다.

그런 것들만을 추리라 하는 제갈공후의 의도를 이해하
기 힘들었다.

하지만 당이종은 더 이상 묻지 않았다.

그에게 만약통이란 별호를 지어 준 것이 바로 자신이기 때문이었다.

"당 가주님께서는 이전처럼 저를 믿어 주시면 됩니다. 놈을 잡을 것입니다. 그가 아무리 뇌제의 능력을 고스란히 지녔다 해도 틀림없이 그리 될 것입니다. 아니, 환우오천 존이니 뭐니 하는 과거의 망령들 누구라도 좋습니다. 나타 난다면, 그로 인해 우리들 오수련의 앞길을 가로막는다면 철저히 짓뭉개 줄 것입니다. 이 제갈공후에겐 충분히 그럴 능력이 있습니다."

그렇게 점차 목소리를 높이는 제갈공후의 모습이 대전 안을 완벽히 장악했다.

강호를 양분하고 있다고 불리는 오수련의 수장 제갈공 후, 또한 천중십좌 중 일군이라 불리는 그의 존재감은 그 자리에 모인 이들을 압도하고도 남기에 충분한 것이었다.

*   *   *

산동성 곡부(曲阜)는 오직 한 사람의 존재 때문에 번성 한 곳이라 할 수 있었다.

바로 그곳이 유학의 사조라 할 수 있는 공자가 거한 곳 이기 때문이었다.

그가 존재했던 때로부터 무수한 세월이 흘렀으나 여전히 곡부에는 그를 기리고 그 가르침을 따르려는 이들로 가득했다.

더구나 공자의 직계 후예들이 세운 공부(孔府)는 아직까지도 유림이라 불리는 유생들의 세계에서 막대한 영향력을 끼치는 곳이었다.

특히나 요 근자의 시절처럼 세상이 평온치 못할 때면 공부로 몰리는 유생들의 수는 더욱 많아졌다.

배운 것을 온전히 쓸 수 없는 세상이기에 이를 떠나 길을 찾기 위한 여정으로 공부를 찾는 것이다.

게다가 요 근자 은밀히 유림에 퍼진 소문을 들은 이들은 너나 할 것 없이 곡부를 찾았고, 공부에 들어 학문을 배우길 간청했다.

그렇게 무수한 유생들의 발길을 이끈 소문은 바로 공부에 명천대인이 거하고 있다는 이야기였다.

그리고 직접 공부에 들어온 이들은 소문이 진실임을 확인할 수 있었다.

그의 가르침은 놀라워 정녕 이 암울한 중원에 유일한 구원의 빛이 될 것만 같았다.

그런 존재가 죄인의 신세가 되어 관부에 쫓기고 있다 하니 더더욱 유생들의 마음을 아프게 했다.

하나 이렇게라도 그를 만나 배울 수 있는 이들은 그에

게 배운 깨우침들을 유림으로 옮기는 것을 주저하지 않았다.

오늘도 공부에 모인 수십 명의 유생들은 명천대인이 읊조리는 나직한 이야기에 귀를 기울이고 있었다.

"……하여 천하의 주인은 이 땅을 살아가는 만백성이 되어야 한다는 것입니다. 공맹께서 충을 으뜸으로 여긴 것은 지배하는 자를 맹목적으로 섬기라 하는 것이 아닙니다. 마땅히 우리가 충의로 여겨야 할 대상은 우리가 살고 있는 이 땅이 되어야 하며 이는 모두가 주인이기에 당연히 가져야 하는 것입니다. 하물며……. 오늘날 우리의 땅은 누가 주인을 자청하고 있습니까? 누구 때문에 함께 누려야 할 것을 빼앗기고 있습니까? 불의한 것을 참는 자는 소인배라 했습니다. 여러분께서는 오늘의 이야기를 깊이 생각해 보셨으면 합니다."

산들산들한 봄바람이 불어오는 풀밭 위에 선 명천대인의 음성은 나직했지만 흔들림이 없었다.

언뜻 보면 유생들은 그 주위에 무질서하게 앉아 있는 것처럼 보였지만 두 눈과 귀는 오직 그를 향해 있었다.

마침내 그의 이야기가 끝이 나자 유생 하나가 조심스레 입을 열었다.

"대인! 강소 태주에서 온 함지역이라 합니다. 한 가지 여쭐 것이 있습니다."

"말씀하시오."

"외람되오나 저희 가문은 누대로 재물을 축적하여 부친의 대에 이르러 태주 땅의 절반 가까이를 소유하게 되었습니다. 그 과정에 부정한 축재가 없었음을 자신하옵니다. 소작하는 이들 또한 낮은 세율로 인해 부친을 칭송하고 있습니다. 한데도 제 선조와 부친을 불의하다 할 수 있는 것이온지요?"

입을 여는 사내의 음성은 모가 났다기보다 단지 의아함으로 가득했다.

그런 사내의 음성에 명천대인은 명쾌한 음성으로 답을 했다.

"함 학사는 참으로 훌륭한 가친을 두셨소이다. 그런 함 학사의 가문의 재산이 어찌 불의라 할 수 있겠소. 세상에 가진 자들이 모두 영친의 마음과 같다면 이 땅의 백성들이 이토록 시름하고 있진 않을 것이오. 하니 함 학사의 가문과 부친의 대덕은 참 군자의 표상이라고 해도 좋을 것이오."

명천대인의 말에 사내의 얼굴이 말도 못하게 밝아졌다.

깊은 시름을 털어 낸 듯한 사내의 모습을 보며 명천대인은 다시금 입을 열었다.

"하나 한 가지만 생각해 보아야 할 것이오. 내 집의 식구들이 배를 졸이지 않는 것에 만족하여 옆집에서 굶어 죽는 이들을 방관한다면 그것을 어찌 의롭다 하겠소? 결코 그런 우를 범하지 않기를 바랄 뿐이오."

"대인의 뜻을 알겠사옵니다. 본가의 재물이면 보다 많은 이들을 위할 수 있다는 것이고 그러면서도 그것을 행하지 않음이 잘못이라는 것이지요."

"그저 내 소견일 뿐이니 받아들이는 것은 온전히 함 학사의 의지가 될 것이오."

"아닙니다. 대인! 대인 덕에 크나큰 깨우침을 얻었습니다. 출사를 하는 길만이 전부라 여겼는데 지금의 위치에서도 할 수 있는 일이 많음을 대인 덕에 알 수 있었습니다. 진정 가르침에 감사드립니다."

"그리 받아들여 주시니 오히려 고맙소이다. 아쉽지만 금일의 문답은 이것으로 마쳐야 할 것 같소이다. 찾아온 객이 있으니……."

명천대인의 말에 그를 바라보던 유생들의 눈에 아쉬움이 가득했다.

하나 모두 군말하지 않고 조용히 자리에서 일어섰다.

그리고 삼삼오오 모여 오늘 들은 이야기들을 조심스레 주고받으며 풀밭을 떠나갔다.

그렇게 홀로 남은 명천대인의 눈길은 참으로 깊어 마치 끝을 알 수 없는 심연을 바라보는 것만 같았다.

그때 두 사람이 다가와 그 앞에 깊은 예를 취했다.

한 명은 행색이 참으로 보잘것없는 노인이었고, 또 한 명은 상인으로 보이는 중년 사내였다.

"그간 별고 없으셨는지요?"

먼저 입을 연 것은 노인이었다.

한때 개방의 중흥을 꿈꾸었던 인물, 그로 인해 생긴 마찰로 괴개라는 별호를 얻게 된 노인이었다.

"제게 일이랄 것이 있겠습니까? 그보다 바깥 일로 바쁘실 터인데 어인 일로 두 분께서 함께 오셨습니까?"

명천대인 유기문의 질문이 이어지자 그에 답한 것은 갈목종이었다.

"대인께 전해야 할 소식도 있고, 마침 대인께 고견을 들어야 할 일이 있습니다."

멸문한 천독문의 후인이면서 천하상단의 운남지단을 거머쥐었던 구숙이 바로 갈목종이란 중년 사내였다.

"먼저 소식부터 듣지요. 좋은 일인가 봅니다."

"허허! 대인께는 숨길 수 있는 것이 없사옵니다. 유 공자께서 한 달 전 곡을 떠났다 합니다. 난주를 경유해 물길을 탄 것을 보니 북경으로 가시려 하는 것 같습니다."

"벌써요? 노사께선 다른 전언은 아니 남기셨습니까?"

"다른 말은 없으셨고 보고 싶은 것을 다 보았으니 세상에 나갈 일이 더 없을 것이란 말만 남기셨다 합니다."

괴개의 말에 유기문의 눈빛이 살짝 흔들렸다.

그 눈빛엔 분명 놀람의 감정이 스쳐 가고 있었다.

그가 보고 싶은 것이 무엇인지 알기에, 또한 그것을 보았다는 것이 어떤 의미인지 잘 알기에 생겨난 감정이었다.

때마침 다시 괴개의 음성이 이어졌다.

"금성의 일이 심상치 않아 걱정입니다. 하여 혹시 모르니 유공자께 사람을 붙여 놓을까 합니다."

"그럴 필요는 없을 것입니다. 제 앞가림 정도는 할 수 있으니 나왔겠지요."

"하지만 대인! 그러다 혹시 무슨 일이라도 생기면……."

"그것도 그 아이가 감당할 몫이겠지요. 그 아이에겐 지금 마음 가는 대로 행하고 배우는 것이 최선일 것입니다. 그보다 갈 문주께선 어인 일로 근심하시는지요?"

유기문의 음성이 갈목종에게 이어졌다.

"대인께서 지시하신 일이 한계에 달한 듯싶습니다. 더이상 상단의 이동을 억지로 막는 것은 무리입니다. 표국들이 우후죽순처럼 생겨나고 무시할 수 없는 고수들이 보표로 고용되고 있습니다. 큰 충돌을 피할 수 없는 상황이 계속되고 있습니다."

"예상했던 일이로군요. 하나 아직 중소상단이 터를 잡지 못했거늘……."

"그들 또한 도적들이 두려워 쉬 움직이질 못하며 눈치

를 보는 통에 뜻처럼 되질 않았습니다."

"아쉽군요. 소상들이 자리를 잡을 때까지 버텨 주었어야 하는 일인데…… 은자방과 흑명회 정도의 힘이라면 조금은 더 일을 계속해도 좋지 않겠습니까?"

"그게…… 은자방 쪽에서 먼저 청부를 철회했습니다. 그보다 문제는 흑명회입니다. 강소상련에서 대규모로 고수들을 영입했습니다. 그냥 둔다면 필시 적지 않은 살생이 벌어질 것입니다."

"흑명회가 감당치 못할 정도의 고수들입니까?"

"그런 것은 아니지만 전처럼 쉽게 표물만 빼 오진 못할 것입니다. 더구나 흑명회의 늙은 너구리가 과한 욕심을 부리는 것 같기도 합니다. 이번 표행의 규모를 듣더니 눈에서 불똥이 튀는 것 같았습니다."

"하면 이쯤에서 그들과의 거래를 정리하시지요. 혹시 모르니 흑명회의 움직임을 주시하시는 것도 부탁드립니다. 그간 그들에게 많은 돈을 건넨 것은 사람을 상하지 않기 위해서였습니다. 수포로 돌아가지 않도록 유념해 주십시오."

"알겠습니다."

"대신 그동안 확보된 자금을 강소에 쏟아 붓겠습니다. 천하상단에 이어 두 번째 목표를 강소상련으로 정하지요. 제가 직접 움직이겠습니다. 하니 갈 문주께선 그들의 자리를 대신한 소상들을 추려주십시오."

"직접 말씀이십니까?"

"이 년이면 너무 오래 있었습니다. 그간 세상에 이곳에서 내보낸 이들이 족히 수천에 달합니다. 그들 정도라면 뒤바뀔 세상에서 충분한 몫을 해낼 것입니다."

"알겠습니다. 대인. 하면 강소에서 기다리고 있겠습니다."

갈목종과 유기문의 대화는 그렇게 끝이 났고 유기문의 시선이 다시 괴개를 향했다.

"그나저나 그분들은 어찌 지내십니까?"

"여전하지요. 그나마 검륜쌍절이 거동할 정도가 되었다는 것만 다를 뿐이지요."

"불성 어르신께선?"

"여전히 칩거 중이십니다. 상세는 좋아진 듯해도 제자나 다름없는 이에게 당한 마음의 상처는 추스르기가 쉽지 않은 모양입니다."

"그렇군요. 하면 금 형님께선?"

"도왕 그 친구야 그야말로 한결 같습니다. 아니 확실한 목표가 생겨서인지 하루 종일 무공에만 미쳐 있습니다. 태공공의 목줄을 끊기 위해서라면 지옥불에라도 뛰어들 태세지요. 다만 곽 통령이 우리 쪽 사람인 것을 모르고 칼을 갈고 있다는 것이 걱정이지만……."

괴개의 말에 유기문의 안색이 전에 없이 굳어졌다.

"모두가 제가 짊어질 업보입니다. 하나 조만간 모든 것이 제자리를 찾아갈 수 수 있을 것입니다."

"그저 대인을 따를 뿐입니다."

"괴개 어르신이나 갈 문주께선 조금만 더 힘을 내 주십시오. 머잖아 천하에 뿌려 놓은 징조들이 힘을 발휘할 것입니다. 그러기 위해선 그 어느 것도 소홀히 여겨선 아니 됩니다. 이곳의 유생들도, 소상인의 중흥도, 절대 가벼이 여겨선 안 되는 일입니다. 그들이 세상의 중심이 될 수 있어야 합니다. 물론 그전에 무림과 자금성은 이 땅 위에서 사라집니다."

유기문의 나직하면서도 흔들림 없는 음성을 듣는 괴개와 갈목종의 눈에는 더없는 경외감이 넘실거렸다.

눈앞의 이 거대한 사내라면 틀림없이 그 일을 가능케 하리란 믿음이 담긴 눈.

하지만 정작 유기문의 눈빛은 너무도 깊어 그 안에 측량하기 힘든 고뇌가 담긴 것처럼 보였다.

*　　　*　　　*

"그러니까 그자의 정체는 전혀 모르겠고 검제지보를 지녔다는 것이지?"

몇 번이나 물었던 것을 새삼 확인하는 이는 은자방의 방주였다.

목소리는 노회한 것처럼 느껴졌지만 그 모습만은 건장한 장정이 부럽지 않을 정도였다.

이제 오십 대 중반 정도로 보이는 그는 마치 불곰을 연상시킬 정도로 장대한 체구를 지니고 있었다.

그런 은자방의 방주를 향해 탈혼객은 또 한 번 했던 말을 내뱉었다.

"확실한 것은 아니라 하지 않았습니까."

"아니야, 아우가 본 게 맞을 거야. 북궁가의 후예가 아니고선 그렇게 터무니없이 강할 리가 있겠나?"

"하지만…… 북궁세가는 오래전에 멸문했지 않습니까?"

"흠…… 자네는 모르는 게 있어. 검한이 북궁가의 혈손이라는 것이지!"

"네엣? 그거야 그저 소문만 무성하던……."

"강호의 소문 중 근거 없이 나도는 것이 있던가? 더구나 검한마녀의 행적이 끊긴 것이 감숙과 청해의 경계쯤이 아니던가? 하니 그가 난주에 나타난 것도 관련이 있을 수 있지. 세상에 하늘에서 뚝 떨어진 고수는 없는 법이네. 스물 중반 정도로 보인다 하니 어쩌면 검한이 죽기 전 거둔 제자일 수도 있고 핏줄일 수도 있는 일이지."

은자방의 방주는 강직해 보이는 눈매와는 달리 꽤나 고심의 흔적이 역력한 얼굴로 입을 열었다.

그를 오랫동안 곁에서 지켜본 중표는 그가 오늘처럼 신중한 모습을 보이는 날이 많지 않음을 알고 있었다.

아무리 복잡한 일도 쉽게 결정 내리는 것이 그의 가장 큰 장점이었다.

그럼에도 그의 결단은 언제나 옳았고 그런 방주가 있었기에 은자방이 이십 년 세월 만에 산서의 패주를 자청할 수 있었던 것이다.

그런 방주가 오늘 같은 모습을 보이는 것은 상황이 좋지 않음을 뜻하는 것이라 생각했다.

하나 중표는 그가 이토록 고민하는 것이 마땅치 않았다.

괜한 분란을 키우지 말아야 한단 생각이었다.

"팽 형님! 아우로서 말씀드리는 것입니다. 절대로 그를 건드려선 안 됩니다. 제가 그에게 한 약속 때문이 아닙니다. 본 방의 존립 자체가 걸린 일이기에 드리는 말씀입니다."

탈혼객 중표의 말에 은자방의 방주는 잠시 고민을 지우고 가만히 중표를 바라보았다.

그가 사석에서도 하지 않는 호칭을 쓴 것은 그만큼 충심이 깃든 말을 한 것이라는 뜻이었다.

아울러 자신이 누구인지 아는 몇 안 되는 이가 바로 눈 앞의 사내였다.

멸문한 하북팽가의 적손 팽연백.

그것이 바로 지금 은자방의 방주인 중년 사내의 진실한 정체였다. 하나 그 사실을 아는 이는 한 손에 꼽을 정도였 다.

"아우가 그리 말하니 나도 감출 것이 없네. 내가 은자 방을 만든 이유를 알지 않은가? 그저 호의호식이나 하자 고 지금에 이른 것이 아님을……."

"형님의 뜻을 어찌 모르겠습니까? 저 또한 뼈에 사무치 는 원한을 잊은 적이 없습니다. 똥통 속에 숨어서 비도문 (飛刀門) 식솔들이 죽어 나가는 것을 지켜봐야 했던 것이 바로 이 중표입니다."

"그 마음을 잊어선 안 될 것이야. 나는 오래도록 생각 해 왔네. 어째서 놈들이 팽가를 습격했을까? 어째서 놈들 은 그토록 많은 무림방파들을 멸문에 이르게 했을까를 말 이야. 하지만 도통 결론을 내릴 수가 없었어. 빌어먹을 일 들이 중간중간 끼어 있었기 때문이야. 무림과 전혀 상관없 는 이들마저 죽음에 이르게 한 게 바로 놈들의 소행이기 때문이지."

"……."

"한데 의외로 답은 간단하더구만. 둘을 따로 생각하면

너무나 쉽게 답이 나오는 것이야. 황궁과 관련된 일은 모조리 태공공이라는 노환관의 정적들이고, 무림 쪽 일들은 대부분 알게 모르게 구대문파에 위협이 될 소지가 있었다는 것이지. 비도문에 일이 터졌을 당시에도 그랬을 것이야."

"그때 저는 고작 열한 살이었습니다. 하니 정확한 사정은 모릅니다. 다만 본문의 힘이 약하지 않았다는 것을 어렴풋이 기억할 정도입니다."

"당시 비도문은 욱일승천하는 기세를 타고 있는 중이었어. 중경 일대에선 대적할 곳이 없었지. 그대로 십 년 정도만 흘렀으면 사천이나 호남까지 힘이 미쳤을 것이야. 그걸 두고 볼 수 없었을 테지."

"하지만 점창이나 아미파가 그런 일을 했을 리가 없지 않습니까? 차라리 호전적인 당가 쪽이면 모를까? 본문이 당가 쪽에서 분리되어 나왔다 들었으니 그쪽을 의심하는 것이……."

"대부분 그런 식이지. 놈들에게 당한 곳은 이유조차 명확히 알 수 없어. 팽가에 벌어진 일 또한 마찬가지였고……. 당시 본가에는 크나큰 경사가 있었어. 부친과 숙부들께서 혼원신공의 수련법을 복원해 내신 것이야! 삼천지란 때 소실된 것이니 근 이백 년 노력의 결과물이지."

"정말로…… 혼원신공이란 말입니까? 하면 팽가가 마존의 후예라는 소문이 사실이란…… 죄, 죄송합니다."

중표의 눈가는 믿을 수 없다는 듯 떨렸다.

방주를 누구보다 잘 안다고 믿어 왔지만 오늘 같은 이야길 듣는 것은 처음 있는 일이었다.

하나 팽연백은 담담했다.

어차피 미리 언급해 주지 않은 것이 미안하기라도 한 듯 입가에 옅은 미소마저 짓고 있었다.

"말했잖은가? 강호의 소문이란 근거 없는 것이 없다고. 그리고 마존이면 어떻고 도제라 불리면 어떠한가? 어차피 본가의 어르신들도 모르는 일인 것을……. 사당에 모신 시조모님의 영정이 일어나 답해 주지 않는다면 누구도 알 수 없는 일이야. 본가가 어찌 시작되었는지는……. 하나 어떻게든 관련 있는 것은 부정할 수 없어. 본가의 오호단문도법이 도제의 혼원신공을 통해 완성된다는 것만은 틀림없는 사실이니까."

"참으로 믿기 힘든 일입니다. 전 그냥 형님의 가문을 음해하려는 이야기인 줄로만 알고 있었습니다."

"그것도 어쩔 수 없는 일이지. 도제 단리극이 정파라 불리는 곳에 행한 끔찍한 일을 생각하면……. 어쩌면 그래서일지도 몰라. 아니 그 때문이 아니면 설명되지 않지. 중살이란 놈들이 본가에 나타난 것도 그 무렵이니까. 나 역시 혼원신공을 수련키 위해 폐관동에 들지 않았다면 똑같은 일을 당했을 것이야. 또한 때마침 도불쌍성 어르신들이 본가를 찾아 주지 않았다면 살아남지 못했음이 분명하고……."

그때를 회상하는 듯 은자방 방주의 눈가가 한 차례 경련을 일으켰다.

스스로의 존재조차 세상에 드러내지 못하고 살았던 지난날의 회한이 고스란히 드러난 눈빛이었다.

마주한 탈혼객 중표 역시 무거운 분위기에 취한 듯 묵묵히 입을 닫았다.

방주의 무공은 분명 강했다.

팽가의 적손이라는 신분이 지닌 절기는 능히 강호의 일절로 불리기에 손색이 없는 것이다.

그의 실력이라면 십귀와 자신의 합공을 제압하고도 남았다.

하나 거기까지가 한계였다.

정체 모를 사내와 같이 압도할 만한 실력은 아니었다. 그것이 냉정한 방주의 실력이었다.

둘이 싸운다면 결과는 너무도 명확했다.

방주 또한 일합을 견디기 어려울 것이 분명했다. 하니 더 이상 사내와 마찰을 일으켜선 안 되는 것만은 틀림없었다.

"어찌 되었든 나는 살아남았지 않은가? 그 덕에 본가의 맥이 끊이지 않을 수 있었고……. 자네가 무엇을 걱정하는지 아네만 너무 염려하지 말게나. 다만 은자방은 이만 접을까 하네."

"네엣?"

중표는 소스라치게 놀란 목소리를 내뱉었다.

그와 자신의 일평생이 남긴 것이 바로 은자방이었다.

맨몸으로 지금의 은자방을 일구기까지 수없는 위기를 넘기며 만든 것을 너무 쉽게 접는다는 것이다.

아무리 십귀나 자신이 당한 일이 작은 일이 아니라 할지라도 그것과 이 일은 전혀 별개의 문제였다.

물론 본 눈이 하나둘이 아니니 소문을 피할 수는 없을 것이다. 그간 쌓아 놓은 이름값이 끈 간 데 없이 추락할 것이 틀림없지만 그래도 은자방을 필요로 하는 곳은 많았고, 여전히 산서에선 함부로 이빨을 드러낼 이들이 없을 만큼 힘이 있었다.

한데 왜 은자방을 접는다 하는 것인지 도저히 이해할 수가 없었다.

"이제 와 아우에게 무엇을 더 감추겠는가? 솔직히 말함세. 혼원신공은 내력을 형성한 몸으로는 익힐 수 없는 무공이야."

중표는 눈을 동그랗게 뜨고 팽연백을 바라보았다.

이 상황에 대체 무슨 소리를 하는 것인지 모르겠다는 얼굴이었다.

"솔직히 그걸 처음 알게 되었을 땐 미치지 않은 것이 다행이었지. 내 손으로 복수할 자신감을 완전히 잃어버렸어. 결국 그 덕에 지금까지 살아온 것일 테지만……."

"형님! 그런 약한 소릴 하시면……."

참지 못한 탈혼객이 입을 열었는데 팽연백이 전에 없이 여유로운 눈빛으로 그의 말을 잘랐다.

"나는 하북으로 돌아갈 생각이네. 팽가를 다시 세울 것이야. 물론 아우는 내 곁에 있어 주겠지?"

전혀 예상치도 못한 상황에 터져 나온 말이기에 중표는 또 한 번 눈을 동그랗게 치떴다.

혹 자기가 잘못 들은 것은 아닌가 하는 표정이었다.

물론 언제가 되었어도 시도할 일이라는 것은 알겠지만 지금처럼 낭패한 상황에서 벌일 일은 절대로 아니란 생각이었다.

"시기상조입니다. 십귀와 저 때문에 아이들의 사기가 땅에 떨어졌는데…… 어찌 산서를 버리고 하북으로 가신다는……."

"아니! 지금이 적기야. 어차피 방도들 중 본가의 식솔로 받아들일 만한 녀석들은 별로 없어. 내가 세우고자 하는 것은 팽가지 지저분한 흑도 문파가 아니니까……."

"하지만 대체 무엇으로……."

"자네에게까지 감춰서 미안하네만……. 일원 그 아이는

살아 있네."

팽연백의 말에 중표는 잠시간 멍한 표정을 지었다.

그가 말한 일원이 누구인지 전혀 생각나지 않았던 것이다. 그러나 까마득한 세월 전에 있었던 일을 떠올렸다.

'아! 일원(一願)…… 팽일원…… 하지만 그 아인…….'

하나의 염원이란 이름을 지닌 아이, 팽연백의 아들이었던 그는 다섯 살 무렵 돌림병으로 죽어 버렸다.

아니, 그렇게 알고 있던 아이가 바로 팽일원이었다.

"자네마저 속여서 미안하네만……. 어쩔 수가 없었다네. 그들의 눈을 속이자면……."

그제야 상황을 이해한 중표는 놀란 마음을 진정시키며 말했다.

"형님께서 오죽하시면 그러셨겠습니까? 그나저나 저 또한 기쁩니다. 제가 조카 녀석을 얼마나 예뻐했는지 아시잖습니까?"

"하하하! 그랬지. 나보다 자넬 더 따랐어."

"벌써 이십 년이 다 되어 가는군요."

"정확히는 십칠 년이지. 차마 아비라 할 수도 없는 못할 짓을 시켰지만 참으로 잘 견뎌 주었다네……."

"……."

"내가 못 이룬 꿈을…… 본가의 염원을 이루었지. 그 아이가 혼원신공을 완성했다네."

"아……."

"이만하면 다시 팽가를 세워 볼 만하지 않은가?"

팽연백의 음성은 전에 없이 밝았고 그 음성엔 자신감이 가득했다.

덕분에 탈혼객 중표의 얼굴에 드리웠던 그림자도 완전히 사라졌다.

"형님! 경하드리옵니다. 저 또한 신명을 다해 형님을 따를 것입니다."

"고맙네. 참으로 고마워! 어쩌면 이는 하늘이 내려 주신 기회일 수도 있어. 이런 때에 검제지보가 드러남은……."

입가에 미소를 짓던 팽연백의 음성에 한 줄기 서늘함이 서렸다.

"본가가 자리를 잡자면 세상이 시끄러워야 할 것이 아닌가? 북궁세가의 후예가 나타난 것을 알면 정신이 없을 게야. 화산은 물론 소림이나 무당조차 과거에 벌인 일이 있으니…… 모르긴 몰라도 똥줄깨나 탈 것이야."

"하오나 무당은 형님께 은인이나……."

"은인은 무슨! 강호에 영원한 친구가 어디 있는가? 그저 동냥하듯 검보 몇 개 던져 주고 종처럼 부리고 싶었던 것이지. 덕분에 화산을 잘 견제해 주었지 않은가? 어차피 주고받은 것일 뿐, 무에 고마울 것이 있겠는가?"

"알겠습니다. 하지만 그와는 적으로 만나고 싶지 않습

니다. 그는 정말로 강합니다. 또한 이 중표 한 입으로 두 말을 뱉고 싶진 않습니다."

"자넬 어찌 모르겠는가? 우린 그저 소문을 흘리면 될 뿐이야. 강호의 소문이란 참으로 기이막측한 힘을 지닌 녀석이거든……."

그렇게 입을 여는 팽연백의 모습에 탈혼객 중표의 눈가에 한 줄기 낯선 감정이 스쳐 갔다.

이제껏 단 한 번도 본 적 없는 팽연백의 모습이었다.

그가 믿고 따랐던 모습이 아닌 너무나도 생경한 그의 모습에 당황스러운 감정마저 일었다.

하나 그를 따르기로 마음을 정한 일을 후회할 수는 없었다.

어차피 나아가야 할 길이었다.

'가 봐야지. 그 끝에 무엇이 있든…….'

*　　*　　*

삼협으로 이어지는 강줄기 위를 빠른 속도로 가르는 배가 있었다.

얼핏 보면 군선(軍船)으로 보일 법한 배는 날렵하게 물살을 가르고 있었다.

하나 배 위에 휘날리는 깃발은 분명 오수련이라 적혀

있었다.

흑면수라를 쫓기 위한 추살대가 탄 배가 바로 지금 삼협으로 향하는 물줄기를 가르고 있는 것이다.

널따란 갑판 위에 긴장한 눈을 한 백여 명의 무인들이 있었다.

그들은 모두 봇짐과도 같은 무언가를 등에 메고 있었는데 자세히 보면 그것이 청죽이 둘둘 말린 것임을 알 수 있었다.

그런 무인들 사이에 남궁인이 있었다.

다른 이들과는 달리 그는 벌써 이미 청죽을 엮어 만든 갑옷 같은 옷으로 전신을 뒤덮고 있었다.

그 때문인지 모르지만 그를 바라보는 주변의 시선이 곱지 않았으나 그는 주변의 시선을 전혀 의식하지 않는 듯 보였다.

때마침 그를 향해 진녹색 무복을 입은 아리따운 여인이 다가왔다.

이번 추살대의 군사로 내정된 제갈소소였다.

"아버님의 뜻을 제대로 이해한 것은 오라버니뿐이시군요."

그녀의 음성은 볼멘소리처럼 흘러나왔다.

하지만 남궁인은 늘 그렇듯 무뚝뚝한 음성이었다.

"익숙해져야 하니까. 그만큼 살아남을 확률도 높아지는

것이고……."

남궁인의 말에 제갈소소는 조금 놀란 눈빛이었다.

솔직히 이번 추살대의 대주를 남궁인에게 맡긴 것은 모두가 경악할 만한 일이었다.

아무리 그가 흑면수라를 상대하고도 멀쩡할 수 있었다지만 그 일로 외려 도망만 다녔다고 비난과 멸시를 받게 된 것이 남궁인이었기 때문이었다.

그날 단목세가의 폐허에서 흑면수라를 마주한 이들 중 거의 유일하게 멀쩡했던 이가 남궁인이었으니 어쩌면 당연하게 이어진 멸시와 조롱이었다.

그렇다고 해도 제갈소소만은 진실을 알고 있었다.

남궁인만이 유일하게 흑면수라의 공격을 피해 냈다.

원로전의 고수들조차 일합에 나뒹굴던 상황, 하지만 그는 몇 번이나 이어진 뇌전의 줄기를 피했고 흑면수라는 더 이상 그를 공격하지 않았다.

남궁인 또한 공격을 할 수 없었는지 아니면 공격할 의지가 없었는지 모르지만 그와 대적하는 것을 포기한 얼굴이었다.

결국은 끝까지 자신을 지켜주기 위해서임을 알았지만 오수련으로 돌아왔을 때 그를 향한 비난은 끝이 없었다.

제갈소소는 분함을 느껴야 했지만 나설 수가 없었다.

그가 아무렇지도 않게 그 일을 받아들였기 때문이었다.

그리고 부친이 그를 추살대의 대주로 임명하자 또다시 수많은 반발이 일었다.

그의 가문인 남궁세가에서조차 반대하였던 일이니 상황이 오죽했겠는가?

하나 오수련의 수장인 부친의 의지는 절대적이었다.

'아버지는 어디까지 오라버니의 강함을 알고 계실까? 정말로 흑면수라를 제압할 수 있다고 여기시는 것인지, 아니면 그저 방패막이로……'

그런 생각을 하던 제갈소소가 황급히 고개를 내저었다.

어째든 부친의 결정은 번복되지 않았고 그에겐 대주의 자리가 내려졌다.

하나 새로 구성된 추살대는 천의대란 이름을 대신했지만 과거의 천의대와는 또 달랐기에 그의 앞길이 고되지 않을 것이 분명했다.

각 가문에서 만일을 위해 꼭꼭 감춰 두었던 전력들이기에 자부심도 강했고 그만큼 위계가 서질 않는 이들이었다.

당가의 암전대(暗戰隊)와 황보세가의 사자대, 남궁가의 수호검대와 진주언가의 무창단(武槍團)은 물론 제갈가의 선풍대(扇風隊)까지 모두 그 자부심이 하늘을 찌르는 이들이었다.

아니나 다를까 지급된 죽갑을 우습게 여기는 것은 물론 제대로 입어 본 이들조차 몇 없었다.

제갈가의 선풍대마저 그 모양이 우습다고 입고 다니기를 꺼려하는 상황.

물론 흑면수라의 행적이 강북으로 이어졌다는 것을 알고 있기에 그러할 것임은 알고 있었다.

그와 마주치자면 앞으로도 시간이 더 있어야 할 일이니 우스꽝스러운 모습을 유지하고 싶지는 않을 것이다.

이는 선실에 있는 암왕이나 창왕, 황보승마저 용인하는 일이니 어쩔 수가 없는 일이었다.

어떨 때는 직접 오지 않은 부친이 원망스러울 정도였다.

하나 모두가 자리를 비울 순 없는 일이기에 어쩔 수가 없었다.

그런데도 남궁인은 전혀 다른 모습이었다.

남들의 조롱 어린 시선에도 전혀 개의치 않았다. 처음 죽갑을 지급 받은 날로부터 한시도 그것을 벗은 적이 없었다.

"오라버니는 이것이 정말 효과가 있다고 보시나요?"

제갈소소마저 부친의 말에 확신을 할 수 없기에 흘러나온 의문이었다.

"글쎄! 하지만 믿어야지."

"믿다니요?"

"딱 한 번! 딱 한 번만 그 무시무시한 뇌성벽력을 견뎌 주기만 한다면…… 놈을 벨 수 있으니까."

무심하지만 일말의 주저함도 없이 흘러나온 음성이었다.

그런 남궁인의 모습에 일말의 안도감이 들면서도 걱정이 가시지는 않았다.

"만일 그 한 번을 막아 주지 못한다면 어찌 되는 건가요?"

제갈소소의 음성에는 진심 어린 걱정이 가득했다.

하나 남궁인은 피식하고 웃었다.

"두 가지는 확실하지."

"……"

"하나는 네 부친이 생각보다 멍청할 수 있단 것이고, 또 하나는 저놈들 모두가 죽는다는 것이지. 물론 나도 그 안에 포함될 테지만……."

아무렇지도 않게 흘러나온 말이지만 제갈소소는 순간 전신으로 퍼져 나가는 소름을 막을 수가 없었다.

부친에게 입에 담지도 못할 언사를 한 것은 신경도 쓰이지 않았다.

하나 추살대가 모두 죽을 것이란 그의 말을 듣는 순간 흑면수라의 모습이 생생히 떠올랐다.

"소소야! 그자 강해! 본능조차 두려워서 덤비지 말라고 경고할 정도로……. 빌어먹을 느낌이야. 신검이니 도성이니 하는 이들조차 떨쳐 냈다고 생각했는데 난데없이 그런 놈이 나타나다니……."

입술을 꽉 깨무는 남궁인의 모습에 제갈소소는 너무나 낯선 감정을 느껴야 했다.

그는 자신을 높게 보지 않는 이였다.

그런 이가 신검은 물론 도성을 떨쳐 냈다는 말의 의미는 결코 가볍지 않은 것이다.

그들과 직접 마주했던 남궁인 스스로 그런 말을 했다는 것은 이제는 적어도 그들과 나란히 설 수 있음을 말하는 것이 틀림없었다.

정말로 믿기지 않는 일이었다.

제왕검학이라고 불리던 남궁가의 검이 사장된 지금 무엇으로 그의 나이에 그런 경지를 넘볼 수 있었는지 이해할 수가 없었다.

하지만 한 가지만은 분명했다.

그가 흑면수라를 제압하지 못한다면 오수련은 회복할 수 없는 지경에 처할 것임을…….

부디 그런 일이 벌어지지 않기만을 빌어야 했다.

빠르게 물살을 가르는 뱃머리에서 제살소소의 근심은 점점 깊어만 갔다.

第九章

모든 시작과 끝에 자부가 있으니

흙먼지를 잔뜩 일으키며 말을 내달리던 사내가 붉은 흙 벽으로 가득한 협곡에 이르러서야 고삐를 움켜쥐었다.

지친 말이 힘겹게 투레질을 하자 사내가 말 등에서 훌쩍 뛰어내렸다.

머리끝에서 발끝까지 온통 흙먼지가 덕지덕지 묻어 있는 사내는 음자대의 대주 암천이었다.

하지만 암천은 머뭇거리기만 할 뿐 눈앞에 개미굴처럼 뚫린 동부들을 바라보기만 했다.

혼자 힘으로 그 안에 들어가 봤자 헤매기만 할 것을 알고 있었기 때문이었다.

대체 무슨 절진이 펼쳐진 것인지는 모르지만 몇 번이나

길을 잃어 본 적이 있기에 이곳의 주인이 나오기를 기다리는 것이 현명한 일임을 알고 있었다.

그렇게 암천이 협곡 입구에 서 있었다.

하나 평소와는 달랐다.

조금만 서성이면 어디선가 불쑥 나오던 혁무린이 한참을 기다리는 동안에도 모습을 드러내지 않는 것이었다.

하는 수 없이 목소리를 높여야 하는 암천이었다.

"혁 공자!"

암천의 음성이 협곡을 타고 메아리를 쳤지만 역시나 무린은 나타나지 않았다.

혹여 무슨 일이 생긴 것은 아닌가 하는 걱정이 들지 않을 수 없었다.

근 이십여 일이나 걸려 곤륜산을 넘었다가 되돌아오는 길이었다.

'혹시 동창과 내밀원에서!'

탑리목의 지척까지 추격해 왔던 것을 감안하면 이곳이라고 마냥 무사할 리 없다는 생각이 들었다.

물론 혁무린의 신비한 능력을 감안한다면 별 탈이 없을 줄로 믿지마는 세상일이란 모르는 것투성이라는 것이 암천의 생각이었다.

"혁 공자! 암천입니다."

다시 한 번 목소리를 높인 암천은 되돌아온 익숙한 음

성에 저도 모르게 안색이 바뀌었다.

"아, 죄송요! 좀 깊은 곳에 있어서요. 그나저나 생각보다 빨리 왔네요."

절벽의 가운데쯤에 위치한 동부에서 흘러나온 음성이었는데 기이하게도 귓가에 뚜렷하게 들려왔다.

암천의 시선이 동부를 향했지만 무린의 모습은 보이질 않았다.

암천이 잠시 난감한 표정을 지을 무렵 다시금 무린의 음성이 이어졌다.

"일단 이리로 오시겠어요! 마침 전해 드릴 것도 있고 해서요."

암천은 고민할 필요도 없이 흙벽을 타올랐다.

어차피 무린이 아니면 분지 안으로 들어갈 수 없는데 고민할 것이 무엇이겠는가.

한 발 한 발을 찍을 때마다 푹푹 들어가는 흙벽을 밟으며 순식간에 칠 장 높이에 뚫린 동부 안으로 들어선 암천.

때마침 다시 무린의 음성이 들려왔다.

"목소리를 따라오시면 돼요."

암천은 다시 동부 안에서 이어지는 무린의 목소리를 따라 주저하지 않고 발걸음을 옮겼다.

가까운 곳에 있을 것이라 생각하고 그다지 서두르지 않았는데 다시 무린의 음성이 이어졌다.

"그러다가 날 새요!"

"아…… 알겠소."

걸음을 서둘러야 할 정도의 거리라는 뜻임을 알고 운신의 속도를 높였다.

내달리는 것에 준하는 속도로 보폭을 넓힌 암천, 하나 무린의 타박이 또 한 번 귓가로 전해졌다.

"아 참! 빨리요."

은근히 자존심이 상한 암천이 전력으로 질주를 시작하자 머잖아 갈림길이 나왔다.

"이쪽이요!"

무린의 음성은 왼편 동굴에서 들려왔고 암천은 속도를 더욱 높였다.

뚝 떨어지듯 아래로 이어진 동굴을 만났는데 한참이나 내달렸지만 도저히 끝이 보이질 않았다.

그러다 다시 몇 가래의 길이 뚫린 광장을 만난 암천이었다.

입에서 거친 숨이 토해질 지경이었다.

사실 지난 이십여 일간 제대로 잠조차 자지 않으며 이동한 덕에 심신의 피로가 극에 달한 상태였다.

거기다 금방 끝날 줄 알고 무리하게 경신술을 전개했더니 머리 속이 어질어질할 정도였다.

"좀 쉬세요! 절반도 도착하지 못했어요!"

다시금 들려온 무린의 음성에 암천은 턱하고 숨이 막히는 기분이었다.

어지간한 산자락 하나를 타 넘을 거리를 내달렸는데 절반도 오지 않았다는 것이다.

대체 얼마나 깊이 들어왔는지, 또 얼마나 더 내려가야 하는지 막막한 기분마저 들었다.

게다가 널따란 동부 안은 다른 곳에서 느낄 수 없는 기이한 한기로 가득했으니 왠지 오지 말아야 할 곳에 발을 디딘 느낌이었다.

때마침 다시 무린의 음성이 이어졌다.

"가셨던 일은요?"

"원하던 소식은 아니었습니다."

"그럴 줄 알았어요. 강이 녀석이 나오려면 빨라도 수삼 년은 더 걸릴 거예요."

바로 옆에 있는 사람과 대화를 나누듯 암천 또한 편안하게 입을 열었다.

"그래도 정말 의외의 소식이었습니다. 소문을 종합해 보니 아무리도 사 공자가 본가에 왔었던 거 같습니다."

"사다인이요?"

"확실치는 않지만……. 세상 천지에 벼락을 무공으로 펼칠 수 있는 이가 사 공자 말고 또 어디 있겠습니까? 게다가 흑면수라라는 별호 또한 그렇고……."

암천의 음성엔 걱정이 가득했다.

유가장의 참화를 함께 겪으면서 사다인의 무공을 직접 본 암천이었다.

들리는 소문과 정황으로 흑면수라가 누구인지 유추하는 것은 어려운 일이 아니었다.

한편으론 가주나 소가주가 벌인 일이 아니라 아쉽기도 하면서 다행이란 생각도 들었다.

그런 반면에 사다인에게 닥친 일들이 남의 일이 아님을 알기에 미안하고 걱정스런 마음까지 동시에 이는 복잡한 심경이었다.

"녀석이라면 물불 가리지 않을 테지요. 은근히 정이 많은 녀석이라니까요"

때마침 들려온 무린의 음성은 어쩐지 들떠 있는 것처럼 느껴졌다.

"걱정되지 않으십니까? 사 공자는 결코 쉽지 않은 상황에 처해 있습니다."

외려 암천의 음성에 진득한 근심이 서려 있었다.

소가주인 단목강과 그의 우애가 얼마나 깊은지 알기에 당연히 일 수밖에 없는 마음이었다.

하지만 이어진 무린의 음성은 전혀 예상 밖이었다.

"걱정은 무슨. 그 녀석 지는 싸움은 하지 않을 놈이에요. 무모하지도 않구요. 다 감당할 만하니까 나섰을 거니까 너무 걱정 마세요. 오히려 그 녀석을 적으로 삼은 이들이 걱정이네요."

"상대는 오수련입니다. 홀로 감당하기엔……."

"오수련이든 뭐든 그런 건 상관없어요. 뇌령은 천지간에 가장 강한 힘이에요. 아버님께서 친히 나서 거둬야 했을 만큼의……."

예상치 못한 무린의 말에 암천은 둔기로 머리를 맞은 듯한 표정을 지었다.

과거 전 무림을 공포로 몰아넣었던 뇌령마군이 홀연히 사라진 것에 망량겁조가 개입되어 있다는 말이니 기가 막히지 않을 수가 없었다.

"뭐, 궁금하신 것들이 많은 줄 알아요. 오늘 그 비밀 한 자락을 보여 드리려 하는 거예요. 사실 대주 아저씨는 남이라고 할 수 없으니까요. 아! 그렇다고 겁먹거나 그러진 말아요. 또 말하지만 동생 녀석의 사람을 뺏을 정도로 염치가 없진 않으니까요."

"……."

"괜찮다면 서둘러 주시겠어요?"

연이어진 무린의 말에 암천이 벌떡 일어섰다.

그러고는 이내 다시 무린의 목소리가 들려오는 동부 쪽으로 쏜살같이 내달렸다.

그렇게 들어간 동부는 그 안에서 무수한 갈림길이 계속

되었고 그러면서도 암천은 점점 더 자신이 아래쪽으로 내려가고 있다는 것을 느낄 수 있었다.

그사이 한기는 더욱더 심해져 어느 순간 천산 꼭대기에서 겪은 한파보다도 더욱 극심한 냉기를 느껴야만 했다.

"이제 정말로 다 왔어요! 조금만 더 힘을 내세요."

'젠장! 다 왔다는 게 몇 번째야!'

그런 마음이 목구멍으로 튀어나올 때가 돼서야 암천은 목적지에 이르렀다는 것을 알 수 있었다.

눈앞을 가로막고 있는 거대한 빙벽, 그 안에서 무린의 음성이 들려왔기 때문이었다.

"잠깐 몸을 회복하세요. 지금 상태라면 얼어 죽기 십상이겠어요."

"아…… 네……."

무슨 뜻인지 알아차린 암천이 주저앉아 내기를 가라앉혔다.

선천지기가 내공을 내신하게 된 후부터 이전과는 전혀 달라진 몸을 지니게 된 암천이었다.

내력이 고갈된다는 것을 느끼지 못하는 것이다.

내공이 있던 자리에 단단하게 뭉쳐진 힘은 쓰고 나면 저절로 채워지니 스스로도 그 영통함에 놀랄 때가 한두 번이 아니었다.

그 힘이 없었다면 지금처럼 살아 있을 수도 없으리라.

다만 문제는 자신의 몸은 그렇듯 무한정 움직일 수 없다는 것이다.

진기가 끊이질 않는다고 해서 육체마저 한계가 없는 것이 아니었다.

지금의 암천은 그 한계점에 달해 있는 것이고.

암천이 주저앉아 몸을 살피자 몸 안에 자리 잡은 단단한 힘이 순식간에 퍼져 나갔다.

그 기운들은 부드럽게 온몸을 주무르며 지친 근육들마저 보듬었다.

그렇게 한 시진가량 앉아 있자 몸이 회복되는 것이 느껴졌다.

완벽하다고는 할 수 없지만 추위에 손발이 얼어붙는 것을 막을 정도는 된다고 생각했다.

"준비가 되셨나 보네요. 생각보다 추울 거예요!"

때마침 이어진 무린의 음성과 함께 동부가 무너져 내리는 듯한 굉음이 터졌다.

구르르르릉!

눈앞의 빙벽이 거짓말처럼 땅으로 꺼졌고 빙벽 안쪽에서 온몸을 얼려 버릴 듯한 냉기가 날아들었다.

"헉!"

삽시간에 뼛속까지 얼어 버린 듯 암천은 그 자리에서 꼼짝도 할 수가 없었다.

"아이참!"

언제 나타났는지 무린이 암천의 손을 붙들었다.

그리고 그 순간 얼어붙어 가던 몸뚱이가 순식간에 제 기능을 되찾았다.

그렇다고 해도 얼이 빠진 듯 암천은 멍한 표정을 감출 수가 없었다.

"괜찮아요. 그나저나 아저씨, 형편없네요. 원정의 크기가 이 정도라는 건 전혀 수련은 하지 않았다는 거네요."

무린의 힐난이 무엇을 말하는 것인지 당연히 알아들을 수 있었다.

단전이 있던 자리를 차지한 기운을 말하는 것이고 그 기운이 미약하다는 것을 지적하는 것이리라.

하나 변명하자면 꺼리는 많았다.

정말로 수련 따윈 할 수 없을 정도로 눈코 뜰 새 없이 바빴던 것이 지난 몇 년간이었기 때문이었다.

"하여간! 연화 소저도 그렇고 대주 아저씨도 그렇고, 그런 실력으론 객사하기 딱 좋겠어요."

"죄송……."

"아저씨가 죄송할 게 뭐 있어요. 아무튼 들어오세요."

무린이 앞서 나가자 암천은 그 뒤를 조심스레 따랐다.

그렇게 들어선 곳에서 암천은 또 한 번 눈을 휘둥그레 뜰 수밖에 없었다.

마치 수정과도 같은 얼음들로 가득한 공간이었다.

어디서 빛이 나오는지 푸른 빛을 머금은 얼음들이 눈이 부실 정도로 아름다움을 뿜내고 있었다.

그리고 그 가운데 한 쌍의 남녀가 누워 있었다.

정확히는 노인 한 명과 여인 한 명이 거대한 수정과도 같은 얼음덩이에 둘러싸인 채 영면을 취하고 있는 모습이었다.

하나 두 사람의 모습을 다시 살핀 암천은 흠칫하며 몸을 떨 수밖에 없었다.

노인은 분명 일전에 보았던 혁무린의 부친이 분명했다.

자글자글한 주름 아래로 드러난 이목구비에 또렷하게 겹쳐지는 혁무린의 얼굴이 보였으며 무엇보다도 그 가슴에 여전히 박혀 있는 혈마도는 그가 누구인지 부정할 수 없는 증거였다.

그 혈마도조차 얼음덩이 속에서 망량겁조와 함께 잠들어 있는 것이었다.

그 순간 혁무린에게서 또다시 예상치 못한 음성을 들었다.

"어머니예요. 아름다운 분이시죠?"

"아……."

암천은 저도 모르게 탄성을 내지을 수밖에 없었다.

사연이야 모르겠지만 두 눈을 감고 평온히 잠들어 있는

여인의 모습만큼은 세상의 표현으로는 결코 다하지 못할 정도로 아름다웠다.

당장이라도 눈을 뜰 것처럼 느껴지는 여인, 만일 눈이 떠진다면 감히 그 눈을 바라볼 자신마저 없어지는 느낌이었다.

암천은 그저 멍하니 얼음 속에 갇힌 두 구의 시신을 바라볼 뿐이었다.

어찌하여 무린이 자신을 이곳으로 이끌었는지도 생각하지 못한 채……

"그래도 아버지신데 칼을 박은 채 내버려 둘 순 없잖아요."

무린의 말에 암천이 퍼뜩 정신을 차렸다.

하나 그 눈엔 또 다른 의구심이 가득했다.

그런 정도의 일이라면 직접 해도 될 일이 분명할 터인데……

"아까워서요."

나직하게 흘러나오는 무린의 음성에 암천이 저도 모르게 반문했다.

"네?"

"아깝잖아요. 저 칼……"

"그게 무슨 말씀이신지……"

"제가 손대면 혈마도는 죽어 버려요. 귀령이 깃든 신물인데 아깝다는 생각이 들어서요."

연이어진 무린의 말에 암천은 고개를 갸웃할 수밖에 없었다.

하나 그 진의가 무엇인지는 어렴풋이 느낄 수 있었다.

신물이든 마물이든 그렇게 불리는 것들에겐 영성이라는 것이 있다고 들었다.

아마도 무린이 혈마도를 잡으면 그것이 파괴되는 것이라는 뜻일 테고.

"강이에게 주고 싶어요. 녀석이라면 잘 쓸 수 있을 거예요. 그것으로 과거의 빚을 청산하고 싶고요."

전에 없이 나직하게 이어지는 무린의 말에 암천은 조심스레 입을 열 수밖에 없었다.

"빚이라니요. 공자께서 본가에 베풀어 주신 은혜가 하늘같은데 어찌 그런 말씀을……."

아무리 단목강과 친우라지만 그에게 받은 것들은 결코 그런 범주로 가능한 것들이 아니었다.

더불어 강호제일의 신병이라는 혈마도의 가치는 상상을 초월하는 것이었다.

환우오천존 중 두 명의 주인을 선택했던 것이 바로 혈마도였다.

혈마도왕과 만병천왕!

더구나 고금제일 신병이라 불리는 것이 바로 혈마도가

아닌가.

그런 것을 내주면서 빚을 청산한다는 것이 가당키나 한 말인가 싶었다.

"아버지께서 저를 유가장으로 보낸 이유를 알게 되었어요. 과거 당신께서 저지를 과오를 되돌리고 싶으셨던 것이죠. 전에는 원망했지만…… 다 알고 나니 이해할 수밖에 없게 되었는걸요."

"저는 도대체 무슨 말씀이신지……."

암천의 나직하고도 조심스러운 말에 무린이 잠시 상념에 잠겼다.

그리고 그야말로 상상도 하지 못한 말을 듣게 되었다.

"어머니를 죽인 건 무제였어요."

너무나 얼토당토않은 말에 암천의 눈가가 튀어나올 듯 변해 버렸다.

무제가 언제 적 사람인데 무린의 어머니를 죽인단 말인가?

암천은 그저 눈만 멀뚱멀뚱 뜨고 무린을 바라보았다.

하나 연이어진 말은 그런 암천을 더더욱 미칠 것처럼 만들었다.

"정확히는 어머니의 혼을 죽였다고 해야겠지요."

"네엣?"

"여기 누워 계신 분…… 제 몸뚱이를 만들어 주신 이

분을 세상은 성모라 칭하더군요."

"아……."

"아버진 알지 못했어요. 참으로 오랜 세월을 살아오셨지만 그 대부분의 시간을 망균을 없애기 위해 잠들어 계셨기 때문이지요."

"……."

"아버지께선……. 정말로 모르셨어요. 어머니가 어떤 사람이었는지를…… 고작 제 나이 때 어머니를 만났으니까요. 어머닌 단지 불멸의 인을 취하기 위해서 접근했던 것뿐이었어요. 언제인가 말씀드린 적이 있었죠? 아버지가 강하다고 말한 세 사람을요. 그중 한 분이 바로 어머니셨다는 걸 알게 되었어요. 그 사실을 인정하기가 힘들었기에, 그걸 인정하는 순간 삶이 부정되기에 차마 죽기 전까지 어머니의 존재를 제게 숨기셨던 것이에요."

"하면 공자께서도……."

"네! 정말 몰랐어요. 엄마 뱃속부터 나이를 먹는다고 계산하면 제 나이가 올해 몇인 줄 아세요?"

"……."

"천칠백 살이 넘어요. 정확히는 천칠백여든네 살이네요."

암천은 그저 멍한 얼굴이었다.

"본래 자부의 주인은 천 년의 수명을 인정받고 태어나

요. 그것을 역행하면서까지 부친은 어머니를 살리고 싶어 하셨어요. 계승하여야 할 불멸의 인을 영혼마저 빠져나간 어머니의 몸뚱이 속에 불어넣었어요. 젠장할! 생각해 보세요. 이 안에서 천칠백 년 동안 조금씩 만들어진 게 나라는 사실을 알게 되었을 때 어떤 느낌이 들었겠어요?"

암천은 아무런 말도 할 수가 없었다.

도무지 믿어지지 않는 말을 듣고 있지만 눈앞의 사내가 결코 헛소리 따위 내뱉을 이가 아니라는 사실을 잘 알고 있었기 때문이었다.

그렇다고 해도 믿을 수가 없는 일이었다.

그 후로도 암천은 전설에나 기록되어 있는 상고시대의 이야기들을 하나씩 들을 수가 있었다.

어쩐 일인지 무린은 작정이라도 한 듯 그 모든 이야기들을 들려주었다.

하나 암천은 그제야 무린이 조금은 사람답다고 느껴졌다.

도저히 홀로 감내하고 있기엔 그가 짊어지고 있는 것들이 너무나 무거운 것들임을 알 수 있었기 때문이었다.

그저 말하고 싶었으리라.

누군가는 알아주기를 바랐으리라.

아마도 초노인이 살아 있었다면 그랬다면 지금 이 자리에선 초노인은 충분히 무린의 위안이 되었을 것이란 생각이 들었다.

"……태고(太古)에 천문(天門)이 열리고 자부와 서왕궁이 그 뜻을 이어받아 세상에 나왔어요. 그로부터 생긴 뿌리 깊은 대립은 결국 자부만이 천문의 맥으로 남게 되며 종결되었어요. 하나 서왕궁과 자부의 대립은 결국 환란으로 이어졌고 치우라 불리는 자부의 이대 종사와 서왕궁이 내세운 황제의 대립은 끝을 향해……. 환란은 끝났지만 자부 내의 갈등은 여전했어요……. 세상에 뿌린 힘을 거두자는 쪽과 그대로 널리 사용케 하여 사람을 복되게 하여야 한다는……. 그렇게 뿌려진 힘들이 무학이란 이름으로 상고무림을 형성하게 되었고…… 하나 인간사의 분란은 끝이 없었죠. 급기야 망균이란 것까지 만들어지고 자부마저 무너질 위기에……. 하나 그것이 서왕궁의 마지막 후손인 어머니의 안배라는 것을 알기엔 당시 부친은 너무나 어렸어요……. 더불어 사랑하는 여인을 지키기 위해서라면…… 못할 일이 없으셨죠……."

넋두리처럼 이어지는 무린의 이야기가 계속될수록 암천의 마음도 더욱 무거워졌다.

망량겁조가 살아왔던 삶이, 무린은 그저 어머니를 향해 바보같은 애증이라 말하는 그 삶의 고뇌가 얼마나 깊었을까 하는 생각을 씻어 낼 수가 없었다.

그리고 그 뒤를 이어 앞으로 무한에 가까운 삶을 살아

가야 한다는 이 어린 사내의 삶의 무게가 마치 자신의 일인 양 가슴을 짓눌렀다.

그 앞에선 모든 것이 부질없는 느낌이었다.

단목세가의 일도 천하를 오시하는 고수들의 이야기들도 모두가 어른 앞에서 부리는 아이들의 재주처럼 느껴지는 것이었다.

"너무 그런 눈으로 보진 마세요. 대주 아저씨가 있잖아요."

"네엣?"

"이런 이야기 공짜로 들려주는 줄 아세요?"

"하지만 저는 단목세가에……."

"아저씬 오래 사실 거예요. 선천지기가 아무나 얻을 수 있는 건 아니거든요. 삼백 살쯤 사시게 될 거니까……. 그중 절반은 단목세가를 위해 사세요. 나머진 저와 함께 보내시는 거구요."

"……."

"그 정도도 못하시겠다면 회수할 수밖에 없어요. 선천의 기운은 다른 힘들과는 다르거든요. 과거엔 아버지께서 잠드셔서 어쩔 수 없었다지만 무선 같은 사람이 또 나오는 건 안 될 말이거든요. 그 여파는 하나로 끝나지 않아요. 감당할 수 없는 힘들로 이어지고 결국 좋은 결과가 될 수 없어요. 진경을 모두 회수한 것도 다 그런 이유 때문이죠."

전과 달리 조금은 편안해진 무린의 음성에 암천도 덩달아 무거운 짐을 내려놓은 기분이었다.

그러면서도 정말 자신이 삼백 살이나 살게 될까 하는 생각을 하게 되었다.

'뭐 일단은 오래 산다고 하니 좋기는 하지만……'

그래도 그렇지 이건 왠지 반칙 같다는 느낌만은 지우기 힘들었다.

"혈마도 뽑고 나가죠."

"아! 네……."

"느낌이 요상할 테니 조심하세요."

"알겠습니다."

"그리고 강이 녀석한테도 당부해야 해요. 진짜 위험할 때가 아니면 뽑지 말라고. 심지가 굳지 않으면 주인마저 잡아먹는 놈이거든요."

"명심하겠습니다."

암천의 대답에 무린은 씨익 웃었다.

그러고는 그의 손끝이 그의 부친을 둘러싸고 있는 얼음을 향했다.

우우우웅!

한 차례 수정 같은 얼음덩이가 들썩이는 듯 흔들리더니 이내 빠른 속도로 녹아내리기 시작했다.

"뭐 하세요! 이거 녹이는 게 쉬운 일인 줄 아세요!"

때마침 들려온 무린의 호통에 저도 모르게 삐죽 튀어나온 혈마도의 도병을 잡은 암천이었다.

그렇게 도를 잡은 순간 암천은 이제껏 꿈에도 생각해 보지 못한 기이한 경험에 휩싸여야만 했다.

마치 수천 마리 악귀들이 한꺼번에 손끝을 타고 들어오는 듯한 소름 끼치는 느낌, 의지로 견뎌 내기엔 너무도 두려워 정신줄을 놓고만 싶은 느낌이었다.

때마침 이어진 무린의 음성이 아니었다면 그 기괴한 기운들에 혼이라도 빠져 버렸을 것 같았다.

"이놈들!"

그저 귓가를 울린 듯한 목소리가 들린 것뿐이었지만 순간 거짓말처럼 날뛰던 기운들이 숨을 죽였다.

그 짧은 순간에도 모든 귀기들이 두려워 바들바들 떠는 것이 느껴졌다.

그때를 놓치지 않고 손에 힘을 주어 혈마도를 빼 든 암천!

순간 녹아들던 얼음들은 거짓말처럼 부풀어 올라 본래의 모습으로 되돌아갔다.

때마침 무린의 입에서 나직한 음성이 흘러나왔다.

"가죠! 슬슬 춥네요."

마치 나들이를 끝낸 듯한 무린의 음성, 암천은 그 뒤를

쫄래쫄래 따를 수밖에 없었다.

그러면서도 참으로 궁금하지 않을 수가 없었다.

귀신들마저 두려워 떨게 하는 그 힘의 정체가 무엇인지
를 말이다.

第十章

걸란의 소용돌이

세 줄기 강물이 합쳐진다 하여 삼협이라 불리는 곳에 무산이 있었다.

그 때문에 삼협과 무산을 한데 묶어 무산삼협이라 불렀다.

그렇게 삼협과 무산이 닿아 있는 한쪽에서 기이한 일이 벌어지고 있었다.

상선으로 보이는 배 한 척과 군선으로 보이는 배 한 척이 나란히 강변 한쪽에 떠 있는 것이다.

앞을 가로막은 절벽 덕에 물살이 보통이 아닐 정도로 빠른 곳인데 그런 곳에서 두 척의 배는 닻을 내린 것이다.

그중 상선에 타고 있는 이들은 한눈에도 두려움에 떨고

있는 것이 보였다.

당연히 군선처럼 보이는 배로 인해 생긴 두려움이었다.

수적처럼 보이지는 않았으나 자신들의 배를 멈춰 세운 이들의 분위기가 보통 흉흉한 것이 아니었기 때문이었다.

그렇게 떨고 있는 이들로 가득한 갑판 위에 사다인이 있었다.

그의 눈빛은 맹수의 그것처럼 사납게 변해 있었다.

"결국 이렇게 나왔다는 말이지?"

나직하게 뇌까리는 그의 음성이 들릴 리야 없었으나 오수련의 뱃전에 선 제갈소소는 두려움을 느끼지 않을 수 없었다.

하나 추살대의 군사로 내정된 그녀가 적을 두려워만 하고 있을 수는 없었다.

"죄 없는 양민들을 상하게 하고 싶진 않아요! 순순히 투항하면 누구도 다치는 일은 없을 것이에요."

그녀의 음성이 건너편 상선 위로 향했다.

두 배는 거의 닿을 듯한 거리를 두고 나란히 서 있기에 여차하는 상황에 그의 공격이 이어진다 해도 단번에 건너편로 이동할 수 있었다.

당연히 배에 탄 추살대의 무인들은 모두 죽갑을 걸치고 있었다.

그런 자신들의 모습이 행여 우습게 보일지도 모른다는

불만으로 가득하긴 했지만 암왕이나 창왕까지도 걸친 죽갑을 거부할 수 있는 이들은 없었다.

확실히 그런 모습은 조금 우스꽝스럽기는 했다.

제갈소소 자신조차 건너편 갑판에 자리한 이들의 시선에 신경이 쓰이는 터이니 다른 이들이라고 다를 것이 없다는 생각이었다.

순간 사다인이 입을 열었다.

"그러니까 뭔가 준비를 했단 말이지? 그래서 그렇게 뻣뻣하게 구는 것인가?"

사다인의 조소 어린 음성에 가장 먼저 반응한 것은 그녀 뒤편에 선 창왕 언지명이었다.

"이놈! 내 오늘 네놈의 목을 효수하고 말리라."

그의 목소리가 어찌나 크고 강렬한지 상선 위에 선 이들은 동시에 귀를 틀어막으며 주저앉아야 했다.

마치 천신의 음성을 듣기도 한 듯 부들부들 떠는 이들로 가득하게 변한 갑판 위.

하나 사다인은 차가운 시선으로 언지명을 비롯한 오수련의 무인들을 살필 뿐이었다.

"해 봐! 뒷전에 숨어 떠는 늙은이 따윌 두려워할 이유가 없으니까."

"이놈!"

다시 한 번 언지명의 노성이 터졌으나 그와 나란히 선

당이종이 그를 만류했다.

"참으시지요. 자칫 무고한 양민이 다치기라도 하면 어르신의 명성에 큰 해가 될 것입니다."

그 말이 통했는지 언지명은 불같이 타올랐던 노기를 어느 정도 가라앉혔다.

어차피 독 안에 든 쥐나 다름없었다.

제 놈이 물고기가 아닌 이상 강물로 숨을 수도 없을 것이며 새가 아닌 이상 치솟아 있는 절벽 위로 날아갈 수 없을 것이다.

상황이 그러하니 급하게 행동할 이유가 없었다.

그때 다시 제갈소소가 나섰다.

"거듭 말씀드리지만 무고한 이들이 다칠 수도 있어요. 당신은 그런 일이 벌어지길 바라시나요?"

"하하하하하하! 무고한 이들이라고? 그런 무고한 이들을 가로막은 것이 누구인데 그런 개소릴 늘어놓는 것이냐?"

"당신 정말!"

"계집아! 너는 정말로 큰 착각을 하고 있구나. 내가 알지도 못하는 중원 놈들 때문에 네놈들에게 끌려갈 사람으로 보았더냐?"

너무나 명백한 조롱으로 가득한 사다인의 음성에 제갈소소는 더 이상 말을 나눌 의미를 찾지 못했다.

그나마 다행인 것은 사태의 심각성을 깨달은 이들이 흑면수라 곁에서 멀찌감치 떨어졌다는 것이었다.

갑판 중앙에 홀로 서 있는 것처럼 남게 된 흑면수라.

괜한 망설임으로 선공을 놓칠 경우 악록산의 일이 되풀이 되지 말라는 법이 없었다.

"남궁 오라버니, 부탁드릴게요."

제갈소소의 음성이 이어지자 기다렸다는 듯 추살대의 무인들이 일제히 선두에 선 남궁인을 바라보았다.

어찌 되었거나 그가 추살대의 수장이었고 그의 명을 따라 움직여야 하는 상황이었다.

물론 그럴 필요성을 느끼고 있는 이들은 거의 없었지만 말이다.

하나 남궁인은 누구도 예상치 못한 말을 내뱉었다.

"아니! 여기선 안 돼. 뭍으로 가서 싸운다."

그의 말에 추살대의 무인들은 물론 제갈소소마저 놀란 눈을 내비쳤다.

이렇게 완벽한 포위망을 구축한 상황에서 땅 위로 가자는 그의 말을 이해하기 힘든 것이다.

"대체 왜……?"

"물 때문에……. 저자 강물을 쳐다보는 눈이 심상치 않아. 지금 이대로 배를 물려. 삼십 장 거리까지……. 그 거리가 한계처럼 보였으니까."

남궁인의 말은 분명 예상치 못한 것이었다.

거기다 제갈소소 또한 흑면수라를 가볍게 보지 않았다. 더구나 지금 흑면수라의 모습은 너무나 자신감으로 가득 차 있었다.

일말의 압박감도 느끼지 않는 듯한 모습, 그렇다고 해도 이 거리를 장악한 지금 물러서는 선택을 하기는 쉽지가 않았다.

하나 그녀는 남궁인의 말을 믿기로 했다.

"대주님의 말을 믿기로 하지요. 배를 돌리고 삼십 장 거리를 유지합니다."

제갈소소의 명이 이어지자 여기저기 당혹스러운 표정이 여실히 드러났다.

대체 그럴 필요가 어디 있냐는 생각이었다.

이렇듯 조악한 모습까지 갖춰 입고 무기라고는 꼴랑 죽 창과 묵궁 같은 허접한 것만을 지닌 상황이었다. 하나 그 마저도 감내할 수 있었다. 자신들의 동료이며 형제자매들이 놈에게 당해 반병신처럼 똥오줌을 못 가리는 처지에 놓여 있었다.

그런 것을 생각하기에 참아 낼 수 있었던 것이다.

하나 찢어 죽여도 시원치 않을 놈을 눈앞에 두고도 물러서라 하니 그 명을 따를 마음이 일지 않음은 당연했다.

그리고 그 선두에 창왕 언지명이 있었다.

"모든 책임은 내가 지지. 무창단은 나를 따르라."

그가 어느새 소리치며 건너편 배 위로 신형을 날렸고, 기다렸다는 듯 추살대의 한편이 그의 뒤를 따라 움직였다.

진주언가의 무인들이 바로 그들이었다.

그런 것을 두고 볼 수 없는 이들이 또 있었다.

황보승과 사자대 또한 공을 뺏기지 않으려는 듯 상선으로 앞다투어 몸을 날렸다.

이탈은 거기서 끝이 났다.

다른 이들도 마음은 굴뚝같은 태가 역력히 드러났으나 억지로 그것을 참아 내고 있는 듯했다.

당가의 가주가 함께 있으니 암전대는 요지부동임이 당연했고 제갈세가의 선풍단 역시 그녀의 눈치를 살펴야 했다.

상대적으로 남궁세가의 수호검대가 가장 불만 어린 표정을 짓고 있었는데 그들은 남궁인의 실력을 알고 있는 듯 더 이상 다른 행동을 취하지 않고 있었다.

상황이 이렇게 되고 보니 결정하기가 쉽지 않았다.

전력의 반이나 다름없는 이들이 넘어간 상황, 공세를 취하지 않을 도리가 없는 것이었다.

그 순간 뜻하지 않게 암왕이 나섰다.

"군사! 나는 군사의 뜻대로 했으면 좋겠네. 바람이 너무 강해 암전대가 준비한 것들이 효과가 없을 수 있네."

"하지만……."

"무엇을 걱정하는지 알지만 군사의 명을 거절한 것은 저들일세. 더구나 저자는 강하다네. 누가 뭐라 해도 이 암왕을 일합에 기절시킨 괴물이 아니던가?"

암왕 당이종이 그렇게까지 나오자 제갈소소는 마음 편히 결정할 수가 있었다.

"알겠습니다. 뭣들 하세요! 배를 물리라는 말을 못 들으셨나요?"

제갈소소의 음성에 닻이 올라가고 선체의 양 옆구리 구멍에서 삼십여 개의 노가 불쑥 튀어나왔고 노들이 일제히 움직여 물살을 갈랐다.

오수련의 배는 순식간에 상선과 멀어졌고, 그 모습이 기가 막힌지 상선으로 건너온 황보세가와 진주언가의 무인들은 황당한 눈이 되었다.

"도대체 너 같은 애송이 하나에게 얼마나 겁을 집어 먹었으면……."

창왕 언지명의 음성에 노기가 가득한 것은 당연한 상황, 하나 그는 끝까지 말을 이을 수가 없었다.

사다인의 비릿한 웃음이 그의 말 허리를 잘랐기 때문이었다.

"늙은이! 왜 그런지 이제 알게 될 거야."

입을 여는 사다인의 손끝이 허공으로 치솟은 것도 바로

그 순간이었다.

그가 공세를 취하는 줄 알고 일제히 죽창을 곧추세운 이들은 잠시 뒤 허탈함을 느껴야만 했다.

우르르릉!

콰콰콰쾅!

마른하늘에서 갑작스레 뇌성벽력이 울렸으니 긴장한 것은 당연한 것.

그리고 떨어져 내린 몇 줄기 뇌전이 애꿎은 강물을 때렸으니 잠시 긴장했다는 사실이 부끄러울 지경이었다.

요동치는 강물이 치솟으며 빗물처럼 갑판 위로 흩뿌려졌지만 그 차가운 물줄기가 오히려 긴장감을 씻어 버린 듯 추살대의 무인들은 오만한 미소까지 지어 보였다.

과연 죽갑의 효과 때문인지 그의 공격이 먹혀들지 않는다고 여겼으니 여유롭지 않을 수가 없는 것이었다.

그 순간 사다인의 입이 다시 열렸다.

"병신들! 공격이라도 해 보던지."

물기로 흥건한 갑판 위로 한 발을 내디딘 사다인.

파치치치칙!

순간 기괴한 소리와 함께 사다인의 발등에 뿜어진 뇌전의 줄기가 삽시간에 사방으로 퍼져 나갔다.

그와 동시에 일제히 터져 나온 비명 소리가 갑판 위로 처절하게 울렸다.

크아아악!

단 한 번, 벌레가 기어가는 듯한 기이한 소리와 함께 벌어진 일이었다.

그 사이 이어진 단 한 번의 발걸음에 불과했지만 모두가 바닥을 나뒹굴고 있었다.

사자대도 무쌍대도 황보승도 언지명도 예외가 될 순 없었다.

사다인의 발걸음이 한 걸음 더 나아갔다.

파지지지지지직!

다시 한 번 더해진 기괴한 소음과 함께 비명 소리는 더더욱 커졌다.

"크아아아아악!"

그 비명을 마지막으로 혼절하는 이들이 속출하기 시작했다.

아니 그런 이들도 대부분 혀를 내빼고 축 늘어져 갔다.

이전까지 부들부들 경련하던 이들과는 분명히 다른 결과였다.

그들에게 내려진 대가는 죽음이었다.

"크허허헉!"

마지막까지 비명을 질러 내면서도 끝끝내 사다인을 노려보는 창왕 언지명, 그런 언지명을 향해 사다인의 뚜벅뚜벅 걸어갔다.

사다인의 발이 아직까지도 숨을 꼴딱거리고 있는 언지명의 목에 올려졌다.

"늙은이! 사람을 봐 가며 엉기라고."

우둑!

목뼈가 부러진 언지명 또한 혀를 길게 내민 채 절명했다.

순식간에 오십 구에 달하는 시신이 널려져 버린 갑판 위에 오롯이 사다인 홀로 서 있었다.

행여 그와 눈이라도 마주칠까 두려워하는 이들은 상선의 후미에 모여 바들바들 떨고 있을 뿐이었다.

일의 전후를 떠나 단지 그들의 눈에 비친 사다인의 모습은 명부에서나 볼 수 있다는 악귀의 모습 그 자체였다.

하나 사다인은 그들의 시선엔 신경조차 쓰지 않았다.

죽은 이들의 몸을 감싸고 있는 죽갑을 살피느라 여념이 없었다.

한참을 그렇게 시신들을 살피던 사다인의 시선이 멀찌감치 거리로 물러난 오수련의 배를 향했다.

"쉽지 않겠어……."

전에 없이 나직한 사다인의 음성이 흘러나오고 있었다.

＊　　　＊　　　＊

강서와 안휘의 경계에 위치한 경석산의 한편에서 믿기지 않은 참극이 벌어졌다.

피와 주검만이 가득한 산자락에 칠십여 명에 달하는 흑의인들이 흉흉한 기세를 풍기고 있는 것이다.

그들 사이사이로 주검이 되어 널린 시체만 해도 족히 백여 구는 넘어 보였고 주인을 잃은 일곱 대의 수레와 그 위에 가득한 표물만이 참혹했던 현장을 말해 주고 있었다.

그럼에도 여전히 짙은 살기를 뿜어내는 흑의인들은 아직도 살육의 장에서 헤어나지 못한 듯 줄기줄기 살기를 일으키고 있었다.

그런 흑의인들 가운데서 카랑카랑한 노인의 음성이 흘러나왔다.

"젠장할 놈들! 우리 쪽은 몇 명이나 죽었어?"

"열일곱이 죽고 스물이 다쳤습니다. 예상외의 피해였습니다."

"흠! 그 정도면 양호하지. 오늘 얻은 것만 해도 황금으로 칠십만 냥은 호가할 거야. 그 정도면 우리 흑명회가 강서를 장악하기에 충분한 자금이고……."

노인은 부하들의 죽음에는 전혀 아랑곳하지 않고 탐욕스런 눈으로 표물들을 바라보았다.

그도 그럴 것이 노인은 전충(全忠)이란 자신의 이름을 그대로 따서 전충(錢蟲)이라고 불리는 흑명회의 회주였다.

하나 그가 단지 돈 벌레라고만 불리는 것은 아니었다.

작은 몸집과는 어울리지 않게 그가 대두도(大豆刀)로 펼치는 십전광도(十全狂刀)의 절초는 강서 땅에선 적수를 찾을 수 없을 정도의 위명을 날리고 있었다.

그 하나를 보고 모인 수하들 역시 그 무공들이 녹록치 않아 흑명회의 힘은 적어도 강서 땅에서는 견줄 곳이 없을 정도였다.

하나 흑명회는 하나의 문파로 대접받지 못하는 것이 엄연한 현실이었다.

단지 돈을 받고 궂은일을 대신하는 청부단체로만 여겨지며 대놓고 무시당하기 일쑤였다.

실제로도 생긴 얼마 되지 않은 흑명회는 객잔이나 도박장 같은 번듯한 사업장을 지니고 있지 못했다.

그런 것이라도 있어야 번듯한 흑도 문파로 대접 받을 터인데 오직 청부를 받은 대가로만 유지되어 온 것이다.

물론 그 청부라는 것엔 살인이나 납치, 방화는 물론이요 각종 세력 다툼에 칼잡이를 보내는 일들 같은 흉흉한 것들이 대부분이었다.

하나 그런 것도 이제 과거의 일일 뿐이었다.

지난 이 년간 벌어들인 막대한 자금과 더불어 오늘의 수입을 합하면 일거에 강서 땅 곳곳에 든든한 사업장을 얻을 수가 있었다.

특히나 그중 남경의 노른자위를 장악한다면 흑명회의 위명을 단숨에 대륙 전체로 퍼트릴 수 있었다.

남경이야말로 과거의 황도가 있던 곳이니 그곳을 장악하여 제대로 개파식을 열기만 한다면 앞으로 그 누구도 흑명회를 무시할 수 없으리란 생각이었다.

이는 흑명회가 당당히 강서를 일통하는 대문파로 거듭나기 위한 기반이 되는 일이었다.

제대로 된 문파로 뿌리를 내릴 수만 있다면 대대손손 힘을 유지할 수 있는 기반을 잡는다는 말이었다.

전충의 꿈은 바로 그것이었다.

자신의 대에서 그치지 않고 영원히 그 힘이 유지되는 유구한 문파로 흑명회를 키우는 것. 그리고 그 시작이 되는 날이 오늘이라는 생각에 수많은 시신들 속에서도 전충은 웃을 수 있었다.

그 즈음 전충 옆으로 곰을 연상시키는 대머리 장한이 다가왔다.

"회주! 이래도 뒤탈이 없을지 모르겠습니다."

"뒤탈은 무슨!"

"문제의 소지가 다분합니다."

"뭔 문제?"

"강서상련에서 준비를 꽤 했습니다. 대부분 별 볼일 없었지만 몇몇은 보타암 쪽 고수로 보였고, 소림의 속가 출신도 몇 명 섞여 있는 것 같았습니다."

"그게 뭐가 문제야. 어차피 다 죽였는데!"

"그래도 보타암과 소림은……."

"우리가 죽였는지 알게 뭐야! 왜? 또 다른 문제 있어?"

흥겨웠던 기분이 상했는지 전충의 음성은 곱지 못했다. 하나 대머리 장한은 주저하지 않고 말했다.

명색이 부회주이자 군사이니 우환이 될 요소는 차단해야 하는 것이다.

사실 오늘 벌인 일은 이전까지 표행을 털던 일과는 차원이 다른 일임이 분명했기 때문이었다.

"일단은 상인이란 자가 걸립니다. 어찌 이 같은 일이 벌어질 줄 알고 미리 청부를 취소했는지……. 그래도 그간 깔끔하게 거래를 해 오지 않았습니까? 또한 그는 우리가 이 일을 벌였다는 것을 알고 있을 것입니다."

"대체 뭐가 문제란 말이야? 여태껏 표물을 턴 게 그놈 덕인데, 그놈이 미쳤다고 우릴 걸고넘어지겠어?"

"그래도 그자는 사람을 죽이지 않는 대가로 막대한 돈을 우리 쪽에 제시했던 인물입니다. 뭔가 석연치 않습니다."

"도대체 네놈은 왜 그렇게 겁이 많은 거야? 그야 사람 죽는 거에 벌벌 떠는 겁쟁이니까 그런 거야. 이름을 들어 보면 모르나? 상인(商人)이잖아. 어차피 그 녀석도 어디

상단의 책사 정도 될 게 뻔한데 뭐 그리 걱정이야! 자, 봐라. 오늘의 수입을!"

"하지만 꺼림칙한 것이……."

"참으로 쌍부혈탑(雙斧血塔)이란 별호가 아깝다."

"죄송합니다. 하지만 혹여 상인이란 자가 다시 접촉해 오면 어찌 할까요? 그간 그의 정보력으로 볼 때 이번 일을 모를 리가 없을 터인데……."

"뭘 어째! 죽여. 그렇잖아도 알게 모르게 상련 놈들이 우리 쪽을 의심하는 눈치였잖아. 끝낼 거면 우리 쪽에서 확실히 끝내 버리자구."

"알겠습니다."

그 말을 끝으로 쌍부혈탑이란 별호의 대머리 사내는 부하들을 독려해 재빠르게 표물을 이동시켰다.

당연히 죽은 부하들의 시신도 말끔히 수습했고 흑명회가 개입한 흔적 또한 꼼꼼하게 지워 냈다.

그렇게 흑명회가 떠나고 나자 산자락에 남은 것은 백여 구가 넘는 참혹한 시신들뿐이었다.

한데 흑명회가 떠나고 난 후 얼마 되지 않아 한 줄기 바람을 타고 나타난 듯 그 자리에 멈춰 선 이가 있었다.

푸른색 학창의를 입은 중년 문사였는데 그의 눈길이 참혹하게 죽은 이들을 살피며 한없이 깊어만 갔다.

언뜻 보면 분노하는 것처럼 보이기도 했으나 또 어찌

보면 너무도 무심하게 그 참혹함 속에 편안함을 유지하는 것처럼 보이기도 했다.

그렇게 영문 모를 눈빛으로 한참이나 그 자리에 서 있던 중년 사내가 어느 순간 한 줄기 바람처럼 움직이기 시작했다.

표홀한 바람을 타듯 너무나도 가볍게 몸을 띄운 중년 문사의 신형이 향한 곳은 십전광도를 비롯한 흑명회의 무인들이 사라져 간 방향이었다.

*   *   *

'아아! 이럼 정말 곤란한데……'

무린은 참으로 난처한 표정을 짓고 있었다.

하나 나란히 걷는 단목연화는 아랑곳하지 않았다.

"혁 공자! 이렇게 부탁드려요. 강이를 만날 때까지만이라도 동행해 주세요."

"안 된다니까. 대주 아저씨랑 가잖아."

"제발요! 어머니까지 모시는 길이에요. 혁 공자가 계신다면 더욱 안심이 될 것이에요."

"아이 참! 너 요새 왜 그래?"

"제 목숨을 구해 주시고 하늘보다 더한 가르침을 주신 분께 어찌 무례를 범하겠어요. 과거의 허물을 탓하신다면 어쩔 수 없지만 혁 공자를 은인으로 여기는 마음만은 진심입니다."

단목연화의 음성에는 일말의 가식도 없었다.

하나 정말로 혁무린을 불편하게 만드는 것은 그녀의 태도가 아니었다.

이따금 느껴지는 그녀의 애달프면서도 어딘지 몽롱함이 느껴지는 시선.

그것이 무엇을 말함인지 모를 정도로 숙맥이 아닌 것이다.

'아…… 이럼 진짜 곤란한데…….'

머릿속은 그리 말하면서도 솔직히 싫은 기분은 아니었다.

단목연화는 정말로 예뻤다.

아니 예쁘다는 말로 설명하기에는 부족할 정도로 아름다운 여인이었다.

어찌 되었든 스물셋 혈기방장한 몸을 지닌 혁무린의 마음에 봄바람을 일으키기에 차고도 넘칠 정도의 여인인 것이다.

'아서라. 아서……. 아이고 참! 그런 눈으로 보지 말라고…….'

무린은 전에 없이 당황스러웠다.

차라리 독하게 대할 때가 편했지 이건 함께 있는 순간

순간이 살얼음판을 걷는 느낌이었다.

왠지 조금만 더 하면 상공이니 가가니 하는 표현을 서슴없이 내뱉을 것 같은 눈빛이었다.

그런 상황이 더욱 곤란한 것은 만약 그렇게 나오기라도 한다면 '에라 모르겠다' 하는 마음이 들 것 같았기 때문이었다.

때마침 그런 무린을 향해 구원의 음성이 들려왔다.

"연화야! 무례하구나. 그간 입은 은혜가 하늘같거늘 또다시 이토록 과한 청을 한단 말이더냐."

떠날 차비를 끝낸 용화부인이 나서며 나직한 질책을 내뱉었다.

하나 단목연화는 입술을 꽉 깨물면서 입을 열었다.

차마 꺼내지 못할 말을 작정하고 꺼내는 것처럼 그녀의 눈은 혁무린을 정면으로 응시했다.

"이대로…… 이대로 혁 공자와 헤어지고 싶진 않습니다. 천박하다 욕하실지 모르겠지만 조금 더…… 조금 더 혁 공자를 알고 싶은 마음입니다."

그녀의 음성과 흔들리지 않는 눈빛에 혁무린은 저도 모르게 흠칫했다.

'아! 그러면 안 되잖아. 그런 눈빛으로 말하는데 거절하는 건 정말 예의가 아닌 게 되잖아!'

난처함으로 어찌할 바를 몰라 하는 무린이었다.

사실 조만간 한 번 중원에 다녀올 마음이긴 했다.

단오절에 동정호에서 친구들을 만나기로 한 약속을 잊지 않았기 때문이었다.

딱 한 번, 마지막으로 친구들을 보고 싶었다.

그 때문에 요 근래 웅구를 훈련시키는 데 박차를 가하고 있는 무린이었다.

그 먼 길을 왔다 갔다 하며 몇 달의 시간을 허비하고 싶지 않았기 때문이고, 그러다 혹시라도 만나게 될 세상속의 인연들이 두렵기 때문이었다.

사실 친구들의 안부를 제외하곤 그 무엇과도 얽히고 싶지 않은 것이 무린의 본심이었다.

그러니 단목연화 일행과 함께 동행할 수는 없었다.

그 순간 뒤늦게 용화부인 곁으로 나타난 암천이 슬쩍 한마디를 꺼내 놓았다.

"혁 공자께선 한가해 보이지만 실상 막중한 일을 하시는 분이십니다. 하니 아가씨께선 뜻을 이루시려거든 좀 더 용기를 내셔야 할 것입니다."

예기치 않은 암천의 말에 혁무린이 눈 꼬리를 치켜떴다.

당연히 암천은 모르는 척 황급히 고개를 돌려 버렸고.

그 순간 다시 단목연화가 결심한 듯 열었다.

"함께 가시지 않는다면 저는 남도록 하겠어요. 대주님

과 어머니껜 죄송하지만 조화만상곡을 완성한 뒤 이곳을 나가고 싶어요. 이대로라면 또 대주님의 짐이 될 테니까요."

예상치 못한 단목연화의 말에 무린이 화들짝 놀랐다.

"망혼동인지곡이면 충분하다고……."

"아직 마지막 악장을 연주할 수 없잖아요. 부디 거절치 말아 주세요. 혁 공자가 아니면 미거한 저를 누가 일깨워 줄 수 있겠어요."

단목연화는 정말로 작정한 눈빛이었다.

순간 용화부인과 암천은 기다렸다는 듯 나섰다.

"이 어미는 찬성이니라. 부디 네 뜻이 이루어지도록 기원하마. 혁 공자! 염치없지만 연화를 부탁드립니다."

'이거 왜 이러시나.'

"저야 뭐 주모님 한 분만 모시게 된다면 한결 수월하게 일을 볼 수 있지요. 모쪼록 아가씨께서 대공을 이루시길 기원합니다. 혁 공자께서 지도하여 주신다면 반드시 그리 될 것입니다."

'어라! 대주 아저씨까지!'

무린의 얼굴은 난처함을 넘어서 황당함으로 가득했다.

"어째서……. 당신들 마음대로 그런 결정을……."

그렇게 쩔쩔매던 무린의 표정에 마주한 이들은 저도 모르게 웃음이 흘러나왔다.

어찌 되었던 이별의 분위기치고는 나쁘지 않아 보였다.

하지만 그 순간 너무나 갑작스레 무린의 얼굴이 굳어져 버렸다.

황급히 허공으로 치켜 올라간 그의 눈엔 이전까지 볼 수 없었던 다급함이 가득했다.

그런 무린의 변화가 너무나 예기치 못한 터라 마주하던 이들 모두가 당혹스러워했다.

혹시나 자신의 억지 때문인가 하여 단목연화는 더욱 조심스러움으로 가득한 얼굴이었고, 상황을 알지 못하는 용화부인마저 송구함을 지우지 못한 표정이었다.

암천 또한 당연한 듯 무린의 눈치를 살필 수밖에 없었고……

그리고 잠시 뒤 무린의 눈빛이 본래의 신색을 되찾았다.

그런 무린의 입에서 흘러나온 나직한 음성.

"공령지도라니……. 대체 누가 있어……."

혼잣말을 뇌까리는 무린이 자신을 향하고 있는 시선들을 느끼고 그제야 어색하게 웃었다.

그리고 그 웃음은 이내 전과 다름없는 장난스러운 미소로 바뀌었다.

"이거 어쩔 수 없이 나가 봐야겠는걸요."

순식간에 마음이 바뀐 무린을 대하며 적잖이 당황할 수

밖에 없는 이들.

단목연화가 그런 무린의 변화를 느끼며 조심스레 물었다.

"갑작스럽게 어이해서……."

"아! 갑자기 해야 할 일이 생각났지 뭐예요."

뒷머리를 긁적거리는 무린의 소탈한 모습에 단목연화는 저도 모르게 함박꽃처럼 활짝 웃음이 피어났다.

하지만 암천마저 그럴 수는 없는 일이었다.

앞으로도 쭉 세상일에 관여하지 않겠다고 말했던 것이 엊그제의 일이었다.

이제는 그를 안다.

아니, 세상에서 유일하게 자신만이 혁무린을 안다고 할 수 있었다.

과거 초노인이 했던 말은 결코 과장이 아니었다.

천의를 집행한다는 자부의 주인이 바로 혁무린이란 사내.

그런 이가 나서야 할 일이 결코 가벼울 수 없음은 당연한 일이었다.

어색하게 웃고 있는 무린의 모습을 보며 암천의 뇌리 속에 스멀스멀 불안감이 피어오름은 어쩔 수가 없었다.

'대체 무슨 일이?'

그리고 바로 그 시각!

안휘와 강소의 경계에 위치한 경석산 어름에서 믿기지 않는 일이 벌어지고 있었다.

강소상련의 표물을 약탈한 채 산을 타넘고 있던 흑명회 앞을 중년 사내가 홀로 가로막고 선 것이다.

푸른 학창의를 입은 중년 사내의 표홀한 신법에 기가 질린 흑명회의 무인들은 감히 경거망동을 하지 못하고 사내를 노려보기만 했고, 당연히 회주인 십전광도 전충의 노성이 토해졌다.

"네놈도 상련에서 고용된 놈이냐?"

우렁우렁 흘러나온 전충의 음성에도 불구하고 중년 사내의 눈빛은 일말의 흔들림도 없었다.

하나 전충 또한 그간 강호의 풍파를 숱하게 헤쳐 온 인물이었다.

상대의 기도가 범상치 않음을 모를 정도는 아니었다.

예감이 좋지 않음을 느끼고 잠시 그를 노려보기만 했는데, 이럴 때면 의례히 나서 주는 충직한 이가 있었다.

쌍부혈탑이라 불리는 자신의 오른팔이었다.

"이놈! 보지 말아야 할 것을 보았구나. 뭐 하느냐! 치우고 가던 길을 가자꾸나. 오늘 특별히 원 없이 계집들을 품게 될 것이니라."

부회주인 쌍부혈탑의 말에 한껏 들뜰 수밖에 없었다.

어찌 되었든 진득하게 피를 묻힌 날이었다.

흑명회가 생기고 오늘처럼 많은 피를 본 적이 없으니 착잡하지 않은 이가 없는 것이다.

더구나 십여 명에 달하는 동료들마저 죽어 나간 침울한 상황에서 이어진 쌍부혈탑의 말에 분위기가 달아오름은 당연했다.

하나 그 순간 흑명회의 앞길을 홀로 가로막고 있던 사내의 입이 열리기 시작했다.

"어차피 가고자 한 길인데……. 무엇을 주저할 것인가……."

혼잣말처럼 뇌까리는 사내의 음성은 너무나 나직했지만 기이하게도 그 자리에 있는 모든 이들의 귓가로 뚜렷하게 전해졌다.

칠십에 달하는 흑명회의 무인들이 모두가 그 음성에 흠칫한 것이다.

그 기이한 현상에 한층 불안감이 더해진 전충이 대노한 음성을 토해 냈다.

"뭣들 하느냐! 저놈의 목을 딴 놈에게 특별히 금 열 냥을 하사할 것이다."

그의 말에 눈이 돌아간 이들이 한둘이 아니었다.

금 열 냥이라면 은자로 천 냥에 달하는 어마어마한 돈이었다.

두 번 고민할 것도 없이 병장기를 빼 들었다.

혹여 동료에게 돈 덩이를 빼앗기지나 않을까 하며 앞다투어 중년 사내를 향해 달려 나가는 것이다.

오죽 했으면 좁은 산길이 한꺼번에 몰려든 이들로 꽉 메워졌을 지경이었다.

하지만 학창의를 입은 중년 사내는 미동도 않았다.

그저 조금 전처럼 모두의 귓가로 사내의 청명함이 깃든 음성이 또렷이 들려왔을 뿐이었다.

"망설이지 않게 해서 고맙소이다."

우우우우웅!

사내의 전신에서 기괴한 빛이 뿜어졌다.

그리고 그 빛은 순식간에 줄기줄기 모여들며 뚜렷한 형상이 되었다.

희뿌연 줄기는 번뜩이는 섬광으로 변해 검의 형상이 되었고, 그렇게 생겨난 검이 차곡차곡 늘어나 사내의 전신을 휘감았다.

차마 마주 볼 수도 없을 정도로 눈부신 빛을 쏘아 내는 검들이었다.

달려들던 이들이 너나 할 것 없이 멈춰 버릴 수밖에 없었다.

가장 후미에서 그 기경할 광경을 목도한 전충이 부들부들 떨며 소리쳤다.

"거…… 검강……. 하지만 저런 건 듣도 보도 못한……."

하나 전충은 더 이상 입을 열 수도 없었고 의문을 갖지도 못했다.

일순간 찬란한 빛 무리가 전방을 가득 메우며 쏘아졌기 때문이었다.

마치 유성우처럼 쏘아져 오는 너무나도 황홀한 빛에 전충은 넋을 잃었다.

슈아아앙!

전충이 의식의 끝자락에서 느낀 것은 한줄기 빛이 자신의 눈으로 파고들었다는 것뿐이었다.

그 후 세상이 멈춘 듯한 정적이 이어졌다.

산 중턱의 모습은 유성에 휩쓸린 것이나 진배없었다.

중년 사내의 전신을 둘러싼 찬란한 검의 형상들이 뻗어나갔고 그 섬광이 전면을 휩쓸었다.

은하유성검!

그 가공할 검학이 펼쳐진 결과는 너무나 극명했다.

누구도 살아남지 못했다.

더불어 누구도 자신이 어찌 죽었는지 알지 못했으며 누구도 자신의 죽음을 인지하지 못했다.

은하유성검이 내린 죽음은 그렇게 평온한 것이었다.

상인이라 불리기도 하고 혹은 대인이라 불리기도 하는

사내.

그보다는 유기문이라는 이름을 지닌 사내의 무공이 세상에서 처음 피를 머금은 것이다.

하나 은하유성검조차 그가 지닌 힘의 전부는 아니었다.

공령의 도를 이룬 유기문은 과거 무선이라 불리던 존재가 이른 길에 다다라 있었다.

그런 유기문이 손에 피를 묻히는 것을 주저하지 않기로 마음먹은 것이다.

"백 명을 죽여 천 명을 살린다면 망설이지 않을 것이고, 천 명을 죽여 만 명을 살릴 수 있다면 검을 세울 것이다. 하물며 내가 죽어 천만 인이 사람답게 살 수 있음에 무엇을 주저할 것이냐. 그것이 나의 도! 내가 가야 할 길이다."

흑명회의 몰살이 이어진 산중에서 그의 음성이 그의 신형과 함께 허공으로 흩어져갔다.

하나 그런 유기문조차 알지 못하는 일이 있었으니 그로 인해 자부의 주인이 세상을 향해 발을 디뎠다는 사실이었다.

그리고 그 시간 삼협의 물줄기를 타고 포구에 이른 또 다른 이가 있었다.

유연후!

그의 눈에 처음 보인 것은 포구에 정박한 두 척의 커다란 선박이었다.

상선으로 보이는 선박 위에는 널브러진 시신들로 가득했고 배에 탄 이들은 부들부들 떨기만 하며 차마 내릴 생각조차 하지 못하는 모습이었다.

그런 상선 옆에 군선처럼 위용이 대단한 배가 한 척 있었다.

하나 그 배 위엔 아무도 없었다.

급히 배를 버리고 모두가 떠나기라도 한 듯한 모습이었다.

그 기이한 두 척의 배를 보며 연후 또한 호기심이 일지 않을 수 없었다.

그 순간이었다.

포구 너머 자리한 구릉 뒤편으로 한줄기 거대한 섬광이 떨어져 내린 것은.

번쩍!

강렬한 섬광이 먼저 이어지고 두 호흡 반이 지나자 이내 천둥치는 소리가 포구까지 이어졌다.

우르르르릉!

'빛이 보이고 두 호흡 반이면 사백 장 거리라는 건가?'

저도 모르게 광해경에 언급된 빛과 소리의 간극으로 거리를 유추하게 된 연후였다.

그렇다고 해도 청명한 하늘에 내리치는 낙뢰가 반가울 리 없었다.

더불어 포구에 닿자마자 주검들을 먼저 보게 된 상황이니…….

연후와 같은 배를 탄 이들조차 왠지 모를 꺼림칙함에 하선하기를 주저하는 이들이 대부분이었다.

그만큼 포구의 분위기가 심상치 않다는 뜻이었다.

그럴 즈음 승객들 중 누군가에게서 나직한 음성이 흘러나왔다.

"별일은 없을 것이오. 내 이래 봬도 강호에 대해 좀 아는데 저 배는 오수련이란 정파 무림인의 배라오. 아마도 흑면수라라는 마두를 쫓는 소문이 사실인 듯……."

순간 연후의 눈이 번쩍 뜨여졌음은 당연한 일이었다.

그 짧은 순간 왜 사다인을 생각지 못했는지 스스로를 원망할 수밖에 없었다.

'대체 무슨 일이냐!'

순간 연후의 눈에 번쩍이는 광망이 뿜어졌다.

그 광망이 채 사라지기도 전 갑판 위에 서 있던 연후의 신형은 포구 건너편 이백 장 거리의 언덕 위에 머물고 있었다.

그렇게 도달한 연후의 눈에 보이는 광경은 너무나도 다급한 모습이었다.

주변에 숯덩이처럼 변해 쓰러져 있는 수많은 무인들!

그리고 그 가운데 선 사다인이 보였다.

하나 그가 처한 상황은 절망에 가까운 것이었다.

그의 심장을 꿰뚫기 직전의 검이 있었고 그것을 움켜쥔 젊은 사내의 모습이 선명하게 눈에 잡힌 것이다.

"안 돼!"

연후의 대성이 터져 나왔고 다시 한 번 그의 눈에 강렬한 광망이 뿜어졌다.

느리게만 흘러가는 세상의 시간 속에서 미친 듯이 질주하기 시작한 연후의 신형!

그 순간에도 검날은 사다인의 가슴을 뚫고 들어가고 있었다.

점점 짙게 흑의 위로 번져 가는 사다인의 핏물들.

그런 사다인을 향해 달려가는 연후의 전신에선 믿기지 않을 정도로 강렬한 기운이 휘돌고 있었다.

공파탄강을 날려 검신을 부러뜨리기 위해서였다.

극성의 염왕진결을 끌어올린 연후, 하나 출수를 할 수가 없었다.

그사이에도 점점 더 검날은 깊이 파고 들어가 이제는 검신이 부러지면 그것이 오히려 심장을 가르게 될 것이 뻔한 상황이 되었다.

이를 깨물고 그야말로 마지막 한 올의 힘까지 다해 내

달린 연후가 검을 쥔 사내와 사다인 사이에 이른 것은 그야말로 눈 한 번 깜빡이는 것 같은 짧은 순간이었다.

그 순간 남궁인의 검은 이미 반 자 깊이나 사다인의 가슴속에 박혀 있었다.

그렇게 파고 들어가던 검날을 망설임 없이 움켜잡은 연후가 대성을 토해 냈다.

"물러나시오!"

콰쾅!

엄청난 굉음과 함께 남궁인의 신형이 튕겨졌고 연후의 눈에 뿜어지던 광망은 자취를 감췄다.

비로소 세상의 시간과 연후의 시간이 동화되는 순간이었다.

하나 연후는 주변을 둘러싸고 있는 믿기지 않는 참상에 아연실색한 모습이 될 수밖에 없었다.

"크윽! 왔나?"

몇 년 만에 마주한 상황, 또한 목숨이 경각에 달한 상황에서도 사다인은 어제 본 듯 연후를 맞았다.

하나 연후는 그처럼 아무렇지도 않게 사다인을 대할 수는 없었다.

족히 백여 명은 넘어 보이는 불에 탄 것 같은 참담한 시신들을 보면서 어찌 담담할 수 있겠는가.

"젠장! 크윽…… 독이란 거 무섭네. 엉망이야……."

사다인은 그 말을 끝으로 의식을 잃어버렸다. 하나 그 입가에 흐릿한 웃음만은 뚜렷하게 느껴졌다.

하나 연후는 그런 사다인을 돌보고 있을 수가 없었다.

어느새 검을 다시 세운 눈앞의 사내를 보며 뜻하지 않게 초연검이 강렬한 반응을 했기 때문이었다.

그 순간 연후 앞에 선 남궁인이 입을 열었다.

"동료인가?"

"친구."

"괴물들이로군."

"……."

"살아남은 이들을 수습해 돌아가고 싶은데 허락하겠나?"

"……."

"자네하곤 절대로 싸우지 말라고 하는군…… 여기 이놈이……."

자신의 머리를 톡톡 건드리는 남궁인의 음성에 연후는 한동안 할 말을 잃을 수밖에 없었다.

〈『광해경』 제5권에서 계속〉

광해경

1판 1쇄 찍음 2010년 4월 17일
1판 1쇄 펴냄 2010년 4월 22일

지은이 | 이훈영
펴낸이 | 정 필
펴낸곳 | 도서출판 뿔미디어

기획 | 이주현, 한성재
편집책임 | 권지영
편집 | 장상수, 심재영, 조주영, 주종숙
관리, 영업 | 김미영
출력 | 예컴
본문, 표지 인쇄 | 광문인쇄소
제본 | 성보제책사

출판등록 | 2002년 9월 11일 (제1081-1-132호)
주소 | 부천시 원미구 중3동 1058-2 중동프라자 402호 (우)420-023
전화 | 032)651-6513 / 팩스 | 032)651-6094
홈페이지 | www.bbulmedia.com
E-mail | BBULMEDIA@paran.com

값 8,000원

ISBN 978-89-6359-388-3 04810
ISBN 978-89-6359-256-5 04810 (세트)